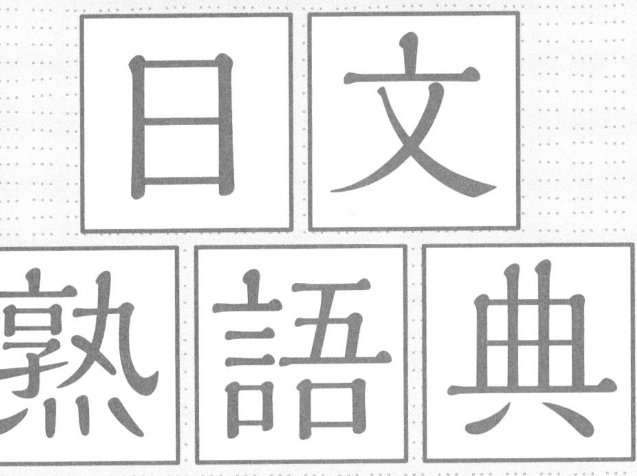

張秀慧——著

笛藤出版

目錄

Part 1 二字熟語

① 同(近)字異義

9. 人生 ……p.037

門出　出發、出門；開始新生活、邁向新人生。

節目　階段、轉捩點。

述懐　談心；追述往事、憶往。

本意　真心；本來的願望。

素性　出身、身分、經歷。

苦汁　苦味飲料；痛苦的經驗。

頓挫　挫折，停頓；抑揚頓挫。

辟易　感到為難、束手無策；為情勢所迫而退縮。

快挙　果敢的行動、壯舉、令人稱快的行為。

悪運　做壞事沒遭到報應，反而有好報；壞運氣。

10. 自然氣候 ……p.042

平明　天剛亮的時候、黎明；容易理解、簡明淺顯。

結実　植物結果實；獲得成果。

11. 其他 ……p.043

億劫　麻煩的。

肝心　首要、緊要、關鍵。

希薄　液體或氣體等濃度、密度稀少；欠缺某個要素；對事物欠缺慾望。

散見　零散可見。

次第　順序；經過、緣由、情況；隨即；端看。

質素　樸素、簡樸；簡陋。

尋常　普通、一般；溫和、純樸；正派、堂堂正正。

筋道　理由、道理；手續、程序。

説得　説服。

相違　差異、懸殊、不同。

訴求　用廣告、宣傳等手段吸引顧客。

退廃　頹廢、荒廢。

当該　該、有關。

返戻　歸還。

多用　經常使用，大量使用；事情多、繁忙。

重宝　寶物；方便、很有用。

撞着　碰觸；牴觸、矛盾。

便宜　方便、便利；特別處理、權宜措施。

② 異字近義

1. 情緒 ……p.052

鬱屈　鬱悶、抑鬱。

2. 態度 ……p.052

諾否　同意與否。

妥結　妥協。

注力　盡力。

3. 能力 ……p.054

稚拙　幼稚而拙劣。

4. 人生 ……p.054

指向　志向。

進捗　進展；升職。

阻害　阻礙。

5. 自然氣候 ……p.056

時季　時節。

6. 其他 ……p.056

提言　提議、建議。

着目　著眼、矚目。

冒涜　褻瀆。

辛勝　險勝。

施策　政策、措施。

焦眉　燃眉，非常急迫。

③日本特有

愛想　和善、和藹、親切。

難癖　缺點；毛病。

自慢　得意、自豪、自誇、驕傲。

安堵　消除不安、放下心來；安心居住；獲得幕府對土地所有權的認可。

気楽　舒適、安閒。

固唾　（屏息等待時）嘴裡存的口水。

未練　依戀；不乾脆。

我慢　忍耐、忍受。

逆上　因憤怒或悲傷等而惱火、勃然大怒。

悋気　吃醋。

臆病　膽小的。

思案　憂慮、擔心；思慮、考慮；盤算、打主意。

素直　坦率、直率、誠實；（物品形狀）端正、工整。

目端　機警、機靈。

本気　認真、當真。

意地　志氣；倔強；物欲；心眼。

大仰　鋪張的。

無茶　胡來、亂來；過分、離譜。

邪推　猜疑、胡思亂想。

悪辣　毒辣、狠毒。

丁重　很有禮貌；鄭重其事。

納得　理解；同意、認同；信服。

快諾　欣然承諾、慨允。

無下　不屑一顧；不假思索；隨便地。

横柄　傲慢、自大。

気障　裝模作樣。

復調　復原；（電）檢波。

腕前　能力、本事。

度胸　膽量；氣魄。

采配　指揮、指示；麾令旗、令旗。

快勝　漂亮的勝利、大勝。

極上　極好、最好。

随一　第一、首屈一指。

絶賛　無上的稱讚、最好的讚美。

辣腕　精明能幹。

駄作　拙劣的作品、無價值的作品。

愚挙　愚蠢的行為。

架電　打電話。

懇意 有交情、親密往來。

仲間 同志、朋友、同事；同類；夥伴。

言質 承諾、諾言；落人口實。

配意 關懷；照顧。

配慮 關懷；顧慮。

会釈 點頭、打招呼；佛教裡有融會貫通的意思。

足労 勞駕。

後釜 繼任人；填房。

軋轢 不合、摩擦、衝突。

定石 棋譜；一般規律、常規。

満喫 飽嚐、充分領略（享受）。

活況 繁榮。

改心 悔改、改過自新。

難儀 困難、麻煩；痛苦、苦惱。

稼働 工作；機器運轉。

傘下 系統下、旗下、隸屬下。

手配 籌備、安排；（警察逮捕犯人的）部署、布置；通緝。

忙殺 非常忙碌、忙得不可開交。

幸先 吉兆；前兆、預兆、兆頭。

師走 十二月。

最期 臨終、死亡、最後時刻。

長閑 晴朗、舒適；悠閒、寧靜。

場末 郊區、偏遠地區。

沽券 體面、身價、尊嚴；販售證明；售價。

自腹 自己的錢、自掏腰包；自己的腹部。

薄謝 薄禮、薄酬。

手間 工夫、時間；工錢勞力。

数多 數目多、許多。

案外 沒料到、意外。

存外 意外、沒想到。

心外 意外、想不到；遺憾、因出乎預料而感到惋惜。

生憎 不湊巧、掃興。

突如 突然。

生贄 活祭、祭神的活供品。

朧気 模糊、恍惚不明確。

晦渋 艱澀、難以理解。

過酷 過於苛刻、殘酷。

苛烈 激烈、殘酷、厲害。

痛烈 激烈、猛烈。

邪魔 妨礙、阻礙；打擾拜訪；妨礙修行的惡魔。

早急 緊急、火速、火急、趕忙。

肝要 要緊、重要。

早速 馬上、迅速、趕緊。

即座 立即。

泥縄 臨陣磨槍、臨時抱佛腳、臨渴掘井、急就章。

際物 季節商品；迎合時尚的東西。

些細 細微、微不足道、瑣碎的。

些末 瑣碎、細小、零碎。

Part 2 三字熟語

① 同（近）字異義

② 異字近義

硬骨漢	意志堅強，不輕易改變自己主張的男人。
片意地	固執己見。
土性骨	骨氣；拗脾氣。
無邪気	天真無邪。
唐変木	木頭人；糊塗蟲。
陰日向	向陽地與背陽處；表裡不一、雙面人。

4. 信念、意志 ……………………p.117

不退転	(宗)立意修行；堅定不移，絕不退縮。

5. 態度 ……………………p.118

風見鶏	風向儀；見風轉舵。
日和見	觀察天氣；觀望情勢、見機行事。
空元気	表現得讓人覺得自己很有精神。
鉄面皮	厚臉皮。
破廉恥	厚臉皮、寡廉鮮恥。
二枚舌	花言巧語；說話前後矛盾。

6. 能力 ……………………p.121

一隻眼	一隻眼睛；獨具慧眼。
麒麟児	神童；傑出青年。
猿真似	依樣畫葫蘆、東施效顰。
半可通	一知半解。
一丁字	目不識丁。

7. 人際關係 ……………………p.124

幼馴染	青梅竹馬。

8. 人生 ……………………p.124

裸一貫	一無所有；白手起家。
茶飯事	家常便飯、司空見慣的事。
絵空事	白日夢。
皮算用	事情都還沒實現就已經在計畫實現後要怎樣做，可說成「打如意算盤」。
楽隠居	年老退休後過舒適生活(的人)。

9. 自然氣候 ……………………p.127

別天地	別有天地、世外桃源。

10. 金錢 ……………………p.127

価千金	價值千金、非常有價值。
身代金	贖金。

11. 其他 ……………………p.128

怪気炎	借酒裝瘋。
紙一重	相差無幾，一線之隔。
紅一点	萬綠叢中一點紅。
珍無類	奇妙絕倫。
間一髪	千鈞一髮。
美人局	仙人跳。
太鼓判	掛保證。
無尽蔵	無窮盡。

③日本特有

1. 人物 ……………………p.133

野暮天	土包子。
昼行灯	糊塗的人；沒用的人。
昔気質	老頑固、古板。
用心棒	保鏢、護衛；防小偷或強盜而準 備的防身棒；頂門棍。
好事家	收藏家。

猪口才　耍小聰明、賣弄小聰明。

浅知恵　知識淺薄、膚淺。

耳学問　聽到的學問、和別人交談聽來的知識。

不得手　不擅長；不愛好。

不器用　笨拙、不靈巧。

下克上　以下犯上、以臣壓君。

三行半　休書。

面倒見　照顧別人。

泥仕合　互揭瘡疤、互槓。

下馬評　原本是局外人對某個人的評論，後來衍生出社會輿論、社會評價或者八卦傳聞的意思。

胸算用　打算、盤算。

乱高下　短時間內出現劇烈的起伏。

八百長　假比賽。

新機軸　新方法、新方式。

正念場　比喻工作上、生活上「考驗一個人的關鍵時刻、重要關卡或事情」。

青写真　藍圖、初步計畫。

瀬戸際　緊要關頭、危險邊緣。

立往生　動彈不得、進退兩難。

袋小路　死胡同、一籌莫展。

閑古鳥　蕭條、生意冷清、門可羅雀。

雰囲気　氣氛、感覺。指有生命或無生命體所散發出來的感覺。

一張羅　只有一件好的衣服，衣服很少。

左団扇　左手揮扇子，表示安閒度日。

出来心　一時興起的壞念頭。

不行跡　行為不端、不規矩。

無駄足　走冤枉路、白跑一趟。

千鳥足　喝醉酒後，腳步搖搖晃晃、腳步蹣跚。

雨模様　要下雨的樣子。

秋日和　秋天天氣晴朗。

冬将軍　嚴冬、寒冬。

丼勘定　對錢完全不精打細算，採用一種隨興處置的態度。

暗暗裏　背地裡、暗中。

合言葉　暗號、通關密語。

音沙汰　音訊、訊息、消息。

金釘流　亂塗鴉、字寫得很亂。

外連味　過度鋪張粉飾；精彩絕倫引人注目。

助太刀　復仇時的幫手；協助、幫助。

一筋縄　普通的方法。

屁理屈　狡辯、歪理。

便宜上　為了方便起見。

我楽多　不值錢的東西、破爛。

駄洒落　冷笑話。

理不尽　不合理、不講理；荒謬。

眉唾物　不可輕信的事物、可疑的事物。

出鱈目　胡亂；亂講、胡說。

居留守　假裝不在家。

一目散　一溜煙地、飛快地。

短兵急　突然、冷不防。突然直接採取行動或表現。

突拍子　超出常理、異常，失控、突然做出反常的行為。

Part 3 四字熟語

① 同(近)字異義

1. 性格、特質……p.182

明目張胆　「明目」是仔細地看，而「張胆」則是毫無畏懼，勇往直前。日文的意思是執行重要任務時，鼓起勇氣向前。

一刀両断　是指「一刀揮下來把東西完完全全切成兩部分」，比喻不拖泥帶水乾脆徹底地處理事情。

2. 能力……p.184

天衣無縫　優美的文章或詩歌，沒有多餘的修飾就非常美妙；事物完美無缺；性情天真爛漫。

伏竜鳳雛　指將來會有發展指望的年輕人，或指沒有發揮能力的機會，而未被發掘的英雄。

一言九鼎　重要到能左右國家的一句話。

和光同塵　隱藏自己的才能，低調地過日子。避免展現自己的才德，隱身於世俗社會。

按図索驥　比喻根本派不上用場的意見或做法。

3. 人際關係……p.188

八面玲瓏　語帶褒義，表示從任何角度看都很美，很會打交道。

落花流水　落花想順水而流，流水想伴花而行，比喻男女互相愛慕。

4. 人生……p.190

春風秋雨　吹著春風，到開始下秋雨的這一段時間，指時間很長。

造次顛沛　時間很短，十分慌忙的時候；極短的時間。

酒池肉林　酒肉豐盛、奢侈的宴會。

朝三暮四　用花言巧語欺騙別人，或是被表面上的利弊蒙蔽雙眼。

5. 其他……p.193

空中楼閣　空中顯現的樓台觀閣，比喻虛構的事物或不切實際的幻想。

② 異（近）字同義

1. 人物……p.194

一顧傾国	絕世美女；太過貌美的女性會讓男人、甚至是君主著迷，最後導致國家滅亡。
衣香襟影	形容婦女的衣著穿戴十分華麗、或美人多的場合。

2. 情緒……p.195

有頂天外	「有頂天」在佛教中是指頂端的天界，意思是快樂的程度超越了「有頂天」，形容非常開心。
手舞足踏	手舞足蹈，形容高興到了極點。
円満具足	感到非常滿足；因滿足而圓滿、沒有缺點、非常自在。
喜色満面	臉上流露出開心的表情。
恐悦至極	對上位者表達愉悅之意、深感歡喜。
恐懼感激	受寵若驚，畢恭畢敬地表達感激。
失笑噴飯	吃飯時笑到連嘴裡的飯都噴出來。形容事情非常可笑或行為、話語讓人發笑。
破顔大笑	大笑到臉部表情也改變，或是捧著肚子大笑。
意趣遺恨	必定要以某種方式復仇，比喻仇恨極深，不共戴天。
眥裂髪指	怒髮衝冠，非常生氣的樣子。
悲憤慷慨	對命運及社會的不公平感到氣憤、悲嘆。
慷慨憤激	對政治或社會的不公不義，或是對自己的壞運氣感到憤怒與感嘆。
感慨無量	感慨萬千。
細心翼翼	原本是指小心謹慎、做事中規中矩，後用來形容膽子很小，一直都在擔心害怕的人。
医鬱排悶	消除憂鬱，讓心情變好。

3. 性格、特質……p.205

鬼面仏心	面惡心善。
大胆不敵	具有堅強的意志，毫不懼怕。
軽妙洒脱	文雅、灑脫；會話或文章等簡練俐落。
意気衝天	意氣風發，非常有活力。氣勢幾乎要衝向天際。
旧套墨守	墨守成規。堅守以前的形式或方法，無法變通。
頑迷固陋	冥頑不靈。頑固、眼光短小，無法做出正確的判斷。
杓子定規	不近人情、不通融、固執的人。只用一種方式來判斷事物，以一定的基準來看待所有事情。
優柔不断	做事猶豫，缺乏決斷。
我田引水	完全不在乎會對別人帶來麻煩或阻礙，只做對自己有利的事情。

4. 信念、意志……p.213

悪木盗泉	不飲盜泉。再怎麼窮困潦倒，也絕對不會去做壞事。
匡衡壁鑿	鑿壁偷光。生活貧苦仍努力求學。

懸頭刺股	懸梁刺股。懸頭，將頭髮用繩子綁在屋梁上防止打瞌睡；刺股，用錐子刺腿保持清醒。用來比喻發憤學習。
刻苦勉励	就算辛苦也全心全意投入工作或學習，亦或身心雖然辛苦也繼續努力。
悪戦苦闘	與最強的敵人奮戰。面對艱困的局面仍奮力戰鬥。
粉骨砕身	粉身碎骨。比喻為了某種目的或遭遇危險而喪失生命。
一死報国	以身報國。為了守護國家而捨棄自己的性命。

5. 態度 ……………………………… p.219

全身全霊	一個人用盡全部力氣與體力，全心全力。
恪勤精励	全心投入工作或學業，沒有絲毫懈怠。
磨斧作針	磨杵成針。再怎麼困難的事，只要忍耐並且努力的話就一定會成功。
首尾貫徹	貫徹始終。開始到結束都維持相同方針及態度，沒有改變。
自己矛盾	自相矛盾。
拱手傍観	袖手旁觀。
面従腹背	陽奉陰違；表裏不一。

6. 健康 ……………………………… p.225

一汁一菜	一碗湯搭配一盤菜，形容簡單的飲食；粗茶淡飯。
延命息災	消災延壽。消除災難，延長壽命。
気息奄々	奄奄一息、快要斷氣的樣子。或是用來形容事情處於非常艱辛的狀態。

7. 能力 ……………………………… p.227

奇想天外	異想天開。
八面六臂	三頭六臂。指各方面都很活躍的人，或一個人擁有的能力要比多數人加起來的多。
神算鬼謀	神機妙算。想出一般人想不到的絕佳策略。
完全無欠	完美無缺。不論從哪一方面來看，都沒有任何缺點或不足。
博学才穎	博學多才。
希世之雄	一世之雄。也可用來指稀有的優秀人才。
用意周到	面面俱到。
当代無双	當世無雙。在目前這個世界、或這個時代，沒有人可以跟他相比。指非常優秀。
群鶏一鶴	鶴立雞群，眾人當中特別優秀的人。或是在平凡人群中，混雜了特別優秀的人。
文武両道	指的是學識以及武術。通常用來表示這兩項都很優秀。
竜攘虎搏	龍爭虎鬥。比喻勢均力敵的雙方競爭激烈、難分高低。
多士済済	指有許多優秀的人才。
眼光炯々	眼光銳利，閃閃發光。或指具有洞察力與觀察力的人。

浅学非才	才疏學淺。謙虛説自己的學問與知識淺薄，以及沒有才能。
才子多病	越是有才能的人，身體越是衰弱、容易生病。
談論風発	議論風發、談論風生。形容談論廣泛、生動而又風趣。
野心満満	野心勃勃。狂妄非分之心或遠大的企圖。
一子相伝	一脈相傳。學問、技藝等精妙深奧道理只由一個血統或派別承傳下來。
唯一無二	獨一無二。
玉石混交	寶石與石頭混雜在一起而難以分辨，比喻優秀的與拙劣的混雜在一起。
一割之利	鉛刀一割。就算是用鉛做成的刀子，刀口不鋒利也可以割斷東西。比喻就算是平庸的人，有時也可以幫上忙。多用來謙稱自己的微薄之力。
器用貧乏	鼯鼠五技。會的事情很多，但卻無法專精於一件事。用來比喻技術多而不精，於事無益。
口角飛沫	激烈的辯論，激動到口沫橫飛。
机上空論	紙上談兵。聽起來很有道理，但實際上卻沒有用。
寡聞浅学	孤陋寡聞。有時是謙虛的説法。
浅薄皮相	皮相之見。對事物的看法及想法太過膚淺，不夠周全。
一斑全豹	從事情的一部分去推測整體，並加以批評。用來形容人見識短小。
美辞麗句	花言巧語。最近多用來形容沒有內容，空洞的言語。帶有貶義。

8. 家庭關係 p.246

鴛鴦之契	鳳凰于飛。指夫妻的感情非常好。
琴瑟相和	琴與瑟的聲音非常協調，會經常一起演奏。日文除了用來形容夫妻相處和諧，也可以指朋友感情很好。
形影一如	就像身體與影子不會分開，比喻夫妻的感情很好。也可形容一個人心裡的善惡想法，會直接呈現於外在的行為。
棣鄂之情	指兄弟感情很好。
全生全帰	全受全歸。好好照顧父母賜予的身體，不能有任何損傷才是真正的孝道。
斑衣之戯	斑衣戲綵。用盡一切方法讓父母親開心，用來比喻孝順。
反哺之羞	反哺之恩。比喻子女長大奉養父母，報答養育之恩。
骨肉相食	骨肉相殘。親子或手足間發生激烈的鬥爭。

9. 人際關係 p.251

断金之交	斷金之交。指情誼深厚的朋友。
一味同心	同心協力。因為同一個目的而聚集、聯合起來。
愛及屋烏	愛屋及烏。因為非常喜歡一個人，而連帶關愛與對方有關的事物。

一味徒党　狐群狗黨。具有相同目的的同夥人，大多用於不好的事情。

阿附迎合　阿諛奉承。

阿附雷同　自己沒有主見，只迎合他人意見。

10. 人生 p.256

一日一善　每天做一件善事，希望能持續下去。

一六勝負　以天下為賭注，一決勝負；冒險，碰運氣。

老若男女　不論男女老少。

自業自得　自作自受。

取捨選択　區分東西的好與壞，留下需要的處理掉不需要的；選擇要留下或丟掉的東西。

自縄自縛　作繭自縛。自己做的事情或內心所存的想法，反而為自己帶來困擾。

艱難辛苦　處境艱苦，困難重重。

干戈倥偬　戎馬倥傯。指戰爭頻繁發生，沒有停歇的時刻。

前途多難　前途坎坷。將來或預期將來會有許多困難或災難。

暗澹冥濛　黑暗不清，看不到前方。指未來沒有希望，前途黯淡。

砲煙弾雨　硝煙彈雨。形容炮火猛烈，戰況激烈。

苛斂誅求　橫徵暴斂。無情地徵收稅金，或類似的嚴苛政策。

狂瀾怒濤　非常兇猛；非常凌亂的樣子，主要用來指世界或時代的情勢；以波濤洶湧形容事情秩序混亂。

遅暮之嘆　隨著年齡的增加而感嘆不已。

有為無常　人生無常。世間所有事情的發生皆是命中註定，所以經常會有所變動。

生者必滅　生死無常。任何有生命的終將會有一死，只是時間早晚的問題。

前代未聞　指從未聽過，非常稀奇古怪的事。或是很重大的、非常珍奇的事。

大鳳之志　鴻鵠之志。指遠大的志向。

前車之轍　前車之鑑。從前者的失敗獲得警惕，小心不再犯同樣的錯。

忙中有閑　忙裡偷閒。忙碌工作時，也能挪出片刻時間稍作休息。

時節到来　等待的好機運終於來到。

前途洋々　前途無量。人生將一片光明，充滿希望。

車魚之嘆　「車」為外出乘坐別人備好的交通工具，「魚」為有魚肉吃的待遇，兩者皆無表示慨嘆待遇之差。

順風満帆　一帆風順。指所有事情都進行得很順利。

岡目八目　棋盤外的人可以看到下棋的人接下來八步要怎麼走，亦即旁觀者清。

悠々自適　悠閒自得。不因世事而煩惱，悠閒地過日子。

日進月歩　日新月異。

一利一害　有利有弊。事情有好的一面，也有壞的一面。

毀誉褒貶	有時稱讚，有時又貶抑。指各種評價，毀譽參半。

11. 自然氣候……p.277

暗香浮動	暗香疏影。從幽暗處傳來陣陣花香，尤其是指梅花的香氣，表示春天已經來到。
一望千里	一望無際。
一望千頃	一望無際。
自然天然	自然天成。讚美事物自然形成，不用加工就十分完美。
四方八方	四面八方，指所有方向或方面。
窮山幽谷	深山窮谷。
鬱鬱勃勃	生氣勃勃，充滿朝氣的樣子。
水天一碧	水天一色。碧綠的秋水與藍天相映，連成青碧一色。用以形容水域廣闊，景色清新遼遠。
無為自然	不刻意地去做改變，保持原有的樣子。也可用來形容什麼事都不做，順其自然。

12. 金錢……p.282

一夜検校	一夜致富，突然變成富翁。
栄耀栄華	極端奢侈。

13. 其他……p.284

死屍累々	屍橫遍野。
一殺多生	犧牲一個人，讓大多數的人得救。原本是佛教用語，意思是為救大眾，犧牲一個壞人的性命也無可奈何。
常住不滅	永生不滅、永久不變。
永遠無窮	永世無窮。長久而無止盡。
挙動不審	行跡可疑。
主客転倒	弄錯事物的大小及輕重、主要與次要的立場顛倒。本末倒置。
危機一髪	千鈞一髮。
大言壮語	誇大其辭。說話誇張，所講的內容與事實不符。
漫言放語	隨便亂說沒有根據的事。
蜃楼海市	海市蜃樓。光線通過不同密度的空氣層，發生折射作用，使遠處景物投映在空中或地面。用來比喻虛幻的景象或事物。

③日本特有

1. 人物……p.293

海千山千	經驗豐富、看透一切的人。多用來指有小聰明、狡猾的人。
擲果満車	非常有人氣，或形容非常好看的美少年。
大兵肥満	身體非常壯碩、肥胖的人。

2. 情緒……p.295

愛月撤灯	獨愛月光的美，那豈是燈燭所能比擬。比喻對某種事物特別喜愛。
興味津々	興致勃勃、津津有味。
無我夢中	熱衷於一事物到忘我的境界；為一件事失去本意。
感奮興起	內心感到振奮。

一朝之忿	短暫的憤怒。
切歯扼腕	非常生氣、後悔而焦躁不安。
吃驚仰天	非常驚訝。
心機一転	因某件事而完全改變心情。
青息吐息	在感到非常困擾的時候，無精打采的嘆氣。
手前味噌	自誇、自豪。
笑止千万	滑稽可笑。

興味本位	所有事物的判斷都以「有沒有趣」為基準。
一言居士	遇任何事都要提意見、發言的人。
口不調法	不喜歡説話，或是覺得自己不太會説話。
三日坊主	形容三天打魚兩天曬漁網，做事無法持之以恆的人。
石部金吉	意思是説這個人頑固不化、不近人情，也可用在不近女色的場合。
内股膏薬	沒主見、沒節操，看情形選邊站的人、牆頭草。
雄気堂堂	雄赳赳氣昂昂，沉穩從容無所懼的樣子。
猪突猛進	是指人對一件事情不顧後果，用盡全力去完成。所以這個詞除了形容人做事很有幹勁，也有暗指人的個性魯莽之意，同時具有褒獎和貶抑意思的成語。
四角四面	正四方形。形容太過認真，欠缺幽默感。或是想法及態度等太過死板。
悪木盗泉	再怎麼窮困潦倒，也不做出有違道德之事；不做會被懷疑的行為；有志氣的人絕不做出不義之事。
判官贔屓	不管任何狀況，一定會對弱者表示同情。
油断大敵	不小心、粗心大意。

一心発起	為了完成某件事而下定決心。
一意攻苦	一心一意地學習。雖然辛苦仍努力學習。
七転八起	跌倒七次，也要爬起來八次。意思是不管失敗幾次也要振作起來。
勤労奉仕	為了公共目標，無償地從事義務勞動。
我武者羅	不顧慮後果，只是一昧地往前衝。也可用來形容專心於一件事。
真一文字	指一直線，或是專心一意、心無旁騖。
一生懸命	「懸命」有拼命的意思，用來指非常投入某件事的樣子。
只管打坐	心無雜念，坐禪修行。

勝手気儘	不在意別人的眼光，按照自己的想法行動。
手前勝手	按照自己的方便來行動。不顧慮他人，想做什麼就做什麼。
得手勝手	任性、隨心所欲、任意妄為。

脚下照顧	一再注意自己的腳步，表示在指責他人過錯前，應該要先反省自己，或是指應該對身邊事物特別注意小心。
遠慮会釈	控制自己的行為及態度，隨時顧慮對方的感受。
虚心坦懐	不先入為主，以平常心看待。
大所高所	不在意一些細微末節，而是以寬廣的角度來看。重視大局，不在乎小節。
不承不承	嘴巴說不要，但還是默默地去做。勉強答應。
愛楊葉児	不去探究事情的深層涵義。
孫楚漱石	不願承認自己的失敗，或是幫自己找藉口。
緊褌一番	全力以赴，奮力一搏。
力戦奮闘	使出全力，發揮自己的能力。
平身低頭	低頭謝罪，或是低聲下氣地拜託。

6. 健康……p.325

一病息災	有點小毛病的人反而長壽。
精進潔斎	不吃肉、不喝酒，甚至也斷絕與異性交往。
無病息災	不生病，健康地活著。手腳靈活，有朝氣的生活。
可惜身命	愛惜身體與性命。

7. 能力……p.327

理路整然	形容思路清晰，或是文章、談話有條不紊。
事理明白	事理清楚明白；對事情的道理脈絡非常清楚，通曉事情道理。
眼光紙背	文字等的理解力很高。或指不光是看懂表面的文字，也可洞悉其背後涵義。
緩急自在	能自由地掌控速度。或是依據狀況等彈性調整，隨心所欲地控制。
才気煥発	腦筋轉得很快，才能優秀、才氣洋溢。
五分五分	勢均力敵，平分秋色。
打打発止	激烈辯論的樣子。
虚虚実実	雙方竭盡所能想出對策，全力以赴應戰。或是藉由謊言與真實交錯，來探求彼此真正的想法。
機知奇策	能隨著狀況的變化而臨機應變，想出絕佳的對策。
栴檀双葉	偉大、有才能的人大部分在小時候就很優秀。
有智高才	天生聰明，後天又很努力學習。形容非常優秀的人。
海内奇士	其優秀的程度，在世界上無人可比。或是指行為舉止與一般人不同的人。
白眉最良	在眾多人事物當中最優秀的。
蓋世不抜	性格及優秀的才能是他人所無法匹敵的。
無位無冠	指沒有身分地位，或是不居於重要職位。
少数精鋭	人數雖少，但每個人能力都很強的部隊。或指有同樣能力的人才。

相碁井目	凡事都有能力之差，表示人的聰明愚笨是有天地之差的。
無手勝流	不戰而勝的策略、方法；不經師傅傳授，自己獨創的一套。
再起不能	已經無法再恢復到過去的狀態，或是指就算想振作也無法辦到。
万能一心	要是不能集中注意力來學習任何事情的話，就不可能學成。也可用來形容所有技能要是缺了真心，就不可能完美呈現。
粗鹵狭隘	見識與學問粗糙、雜亂。
一長一短	既有長處也有短處。
外題学問	表面上的學問。像是只知道書名卻不了解內容的情形。
浅瀬仇波	思慮短淺的人，就算是遇到芝麻綠豆大的小事也會非常慌亂。
手練手管	以巧妙的騙術欺騙他人。
活殺自在	能隨意掌控別人的生死，也就是能照著自己的意思讓別人行動。

8. 家庭關係 ……p.345

偕老同穴	夫妻感情很好，過著幸福美滿的生活。
亭主関白	大男人主義，通常是指家庭內，丈夫對妻子有強烈的支配慾。
一族郎党	指有血緣的人，或是具有相同利益的人。
一家団欒	全家聚在一起吃飯聊天，和樂融融。
三枝之礼	對父母給予應有的敬重，以及奉行孝順。
荊妻豚児	謙稱自己的妻子與兒女。

9. 人際關係 ……p.349

八方美人	從任何角度看都很漂亮。用來比喻為了不讓別人產生壞印象，所以巧妙地去迎合他人。
鳩首凝議	匯集了許多人，大家相互額頭貼近，踴躍地討論。
叱咤激励	以強烈的言語或是宏亮的聲音來激勵他人，使其振作。
一宿一飯	以提供一晚的留宿、一餐飯來表示得到及時的幫助。也可用來提醒世人，滴水之恩，當湧泉相報。
円転滑脱	避免跟別人發生爭執，讓事情更為圓滿順利。
兄弟弟子	在同一師父底下學習的師兄弟。

10. 人生 ……p.352

行屎走尿	用來指日常生活。
門外不出	家裡貴重的物品絕不拿到外面，小心翼翼地收藏。絕不拿出來給別人看。
乳母日傘	生活條件優越，家有奶媽伺候，外出有洋傘遮太陽。沒經過任何艱苦環境的磨練，養成嬌生慣養的習慣。
苦学力行	辛苦地邊工作邊賺取學費，非常努力讀書。
四苦八苦	千辛萬苦，形容非常辛苦。

面目躍如	風評很好，且非常活躍。或是讓名聲、面子等變得更好。
一期一会	指一生一次的機會，當下的時光不會再來，須珍之重之。
合縁奇縁	人們之間的各種關係皆來自於奇妙的緣分。
天下布武	以武力取得天下，或是以武家政權來支配天下。
大義名分	對任何人都可以堂堂正正闡明的理由；做人必須遵守的根本道理。
砲刃矢石	以大砲、刀劍、弓箭、十字弓等來譬喻戰爭。
悪逆非道	違背人應有的基本道德，做出有違人性的事。
澆季溷濁	處於道德淪喪、人情淡薄的世代。
乱離拡散	遭逢亂世，家人離散。形容世界的混亂。
三日天下	形容掌權的時間極為短暫。
烏兎怱怱	光陰似箭，時光飛逝。
雨奇晴好	晴天好，雨天也很好，各有各的好。就像人生，有好也有壞。
二転三転	事情的內容、狀況或人的態度再三反覆。
年百年中	一整年都是。或指不管是睡覺還是醒著，任何時間。從早到晚。
一栄一落	草木在春天開花，秋天落葉。比喻人生既有運勢好的時期，當然也會有運勢差的時候。
運否天賦	人的幸運與不幸都是由上天來安排的。
心頭滅却	去除心中雜念。不管遇到任何困難，只要除去心中雜念就不會感到痛苦。
離合集散	分離與團聚不斷重複發生。
幽明異境	形容死別。
未来永劫	從現在到未來，永無止盡。永遠、永久。
絶体絶命	陷入非常緊迫，或沒有退路的狀態、立場。
前人未到	從未有人走過，無人到達。用來比喻至今尚未有人完成的事，或是沒有人到達的領域。

11. 自然氣候 p.369

三寒四温	在冬天連續三天寒冷的天氣後，會帶來連續四天的溫暖天氣。
小春日和	初冬的天氣就像春天那樣溫暖。
新涼灯火	初秋涼爽的天氣最適合閱讀。
黒風白雨	狂風暴雨，伴隨著大風的強降雨。
暗雲低迷	好像現在就要開始下雨；一些危險、不好的事情即將發生；不穩定的局勢。
青山一髪	能看到遠處的山。遠處的山與地平線成為一直線，就像一根頭髮似的。
長汀曲浦	綿延不絕的海岸。

12. 金錢 p.373

白日昇天	突然變有錢，富貴起來。

13. 其他 ……………… p.374

一本調子	狀況相同，缺少變化。
一部始終	事情從頭到尾，所有細節也都包含在內。
有象無象	數量很多但是卻沒有什麼用途，或指一切有形無形的事物。
有耶無耶	指某人、某事物處於「有或無之間的曖昧狀態」。
津々浦々	全國各個角落。
金甌無欠	比喻事物完整無缺。尤其會用來形容從未受到其他國家侵略的獨立國。
愚問愚答	提出很無聊的問題，以及做出很蠢的回答。
砂上楼閣	指容易崩壞，無法長久持續下去的事物。用來形容不可能實現的事。
天地無用	因為害怕物品破損，所以不能上下顛倒放置。
右往左往	如字面意思一樣，一會兒向右，一會兒向左，來來回回，往往復復。形容場面很混亂，沒有頭緒、方向。
無茶苦茶	胡說八道，完全沒有道理。
大山鳴動	雷聲大，雨點小。用來譬喻小事情卻引起很大的騷動。
事実無根	與事實完全相反，沒有根據的話。
無理難題	沒有道理，不可能解決的問題及不可能達到的要求。
已己巳己	指非常相像的人事物。

Part 1

二字熟語

① 同（近）字異義

1 人物

相好（そうごう）

解釋

臉色、容貌、表情。

中文原意

關係親密、感情好的人。

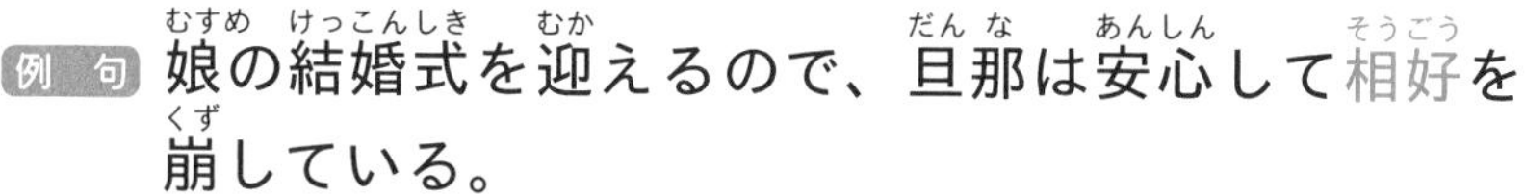

例句 娘（むすめ）の結婚式（けっこんしき）を迎（むか）えるので、旦那（だんな）は安心（あんしん）して相好（そうごう）を崩（くず）している。

因為女兒即將結婚，所以老公一直眉開眼笑的。

無骨（ぶこつ）

解釋

粗魯、粗糙、庸俗。

中文原意

人體沒有骨頭、體態柔軟輕盈；沒有骨氣；字體柔弱無力。

例句 弟（おとうと）が木（き）で作（つく）った椅子（いす）は無骨（ぶこつ）だ。

我弟弟做的木椅感覺很粗糙。

這裡不一樣！

中文 骨　　漢字 骨

道化（どうけ）

解釋

滑稽、搞笑的人、丑角。

中文原意

闡明事物的變化；道德風化；以某種教義教化之。

例句 先輩（せんぱい）は社長（しゃちょう）の機嫌（きげん）を取（と）る為（ため）に、道化（どうけ）のように振（ふ）る舞（ま）っている。

前輩為了討好總經理，總是在搞笑。

重鎮（じゅうちん）

解釋

重要人物、權威。

中文原意

軍事上佔重要地位的城鎮。

例句 こんな重要（じゅうよう）な提案（ていあん）は重鎮（じゅうちん）に意見（いけん）を聞（き）いた方（ほう）がいいだろう。

這麼重要的提案，還是詢問權威的意見比較好。

中文 鎮　漢字 鎮

2 情緒

私感（しかん）

解釋

個人感想。

中文原意

內心感激。

例句 社長（しゃちょう）の私感（しかん）によって、あの人（ひと）は首（くび）になった。

他因社長個人的想法而被開除了。

苦情（くじょう）

解釋

抱怨、不滿。

中文原意

悲慘痛苦的遭遇或情況。

例句 あの店（みせ）のサービスが悪（わる）いから、オーナーに苦情（くじょう）を言（い）った。

因為那家店的服務很糟，所以我就跟老闆抱怨了。

這裡不一樣！

中文 苦　　漢字 苦

閉口（へいこう）

解釋

閉口無言；為難。

中文原意

閉嘴不說話，不表態。

例句 1 弟（おとうと）のわがままな言動（げんどう）に閉口（へいこう）する。

我對弟弟任性的行為感到無言。

例句 2 アルバイトの人（ひと）が急（きゅう）に辞（や）める事（こと）には閉口（へいこう）した。

我對工讀生突然要辭職一事感到很為難。

皮肉（ひにく）

解釋

挖苦、諷刺；令人啼笑皆非；皮與肉。

中文原意

肉體。

例句 皮肉（ひにく）にも全然勉強（ぜんぜんべんきょう）しなかった私（わたし）は合格（ごうかく）してしまった。

諷刺的是，完全沒念書的我竟然及格了。

野次（やじ）

解釋

奚落聲、嘲笑聲。

中文原意

野外住宿之處。

例句 論文発表（ろんぶんはっぴょう）の時（とき）、野次（やじ）は本当（ほんとう）に酷（ひど）いもので、その言葉（ことば）に傷付（きずつ）いて何（なん）にも答（こた）えられなかった。

發表論文時，因為奚落聲不斷，以致我相當受傷，完全無法回答問題。

あぜん
唖然

解釋

驚訝得說不出話來、目瞪口呆。

中文原意

形容寂靜無聲或驚訝得說不出話來。

例句 友達(ともだち)が全然(ぜんぜん)似(に)合(あ)っていないミニスカートを履(は)いて、金髪(きんぱつ)にして現(あらわ)れたので、唖然(あぜん)とした。

因為我朋友穿了一點也不合適的迷你裙，以及染了一頭金髮出現，以致我驚訝得說不出話來。

---

3 性格、特質

じっちょく
実直

解釋

誠實、正直、耿直。

中文原意

實際價格。

例句 彼(かれ)は実直(じっちょく)で、まっすぐな後輩(こうはい)だ。

他是一個耿直且坦率的後輩。

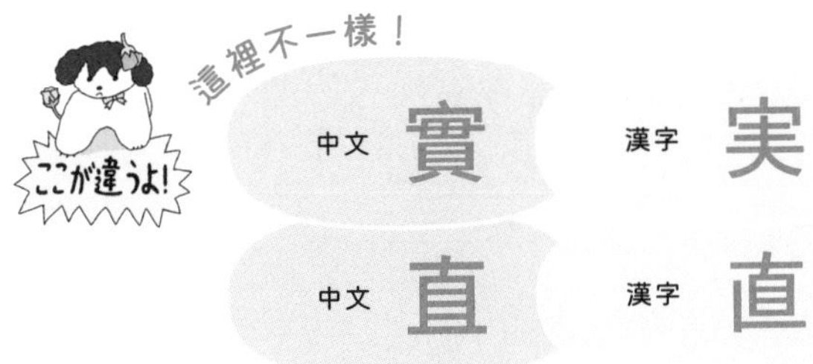

地道（じみち）

解釋

腳踏實地；質樸。

中文原意

地下隧道；真實、不虛偽。

例句 彼（かれ）は頭（あたま）があまり良（よ）くないけど、地道（じみち）な努力（どりょく）が先生（せんせい）に認（みと）められた。

他雖然不是很聰明，但腳踏實地的努力獲得了老師的認可。

遠慮（えんりょ）

解釋

顧慮、客氣。

中文原意

長遠考慮。

例句1 同僚（どうりょう）からプライベートで映画（えいが）を見（み）に誘（さそ）われたけど、遠慮（えんりょ）して断（ことわ）った。

同事私下約我去看電影，不過因為我有所顧慮就拒絕了。

例句2 遠慮（えんりょ）しないで、どうぞ食（た）べてください。

不要客氣，請享用。

おうよう
鷹揚

解釋

高雅大方、大方的。

中文原意

威武奮揚如鷹的意思。

例句 高校の先生は私たちのミスに対して、いつも鷹揚に許してくれた。

高中老師對我們所犯的過錯，總是大方地包容。

這裡不一樣！

中文 鷹　漢字 鷹

かくしつ
確執

解釋

固執己見、堅持己見；爭執。

中文原意

明確認定。

例句 父と兄は家庭旅行の行き先について、お互いに自分の意見を曲げず、確執が生まれた。

父親與哥哥對於全家旅遊的目的地都不願改變自己的意見，所以發生了爭執。

這裡不一樣！

中文 確　漢字 確

けいきょ
軽挙

解釋

舉止浮躁、輕舉妄動。

中文原意

舉止浮躁，隨意行事；登仙、歸隱。

例句 同僚(どうりょう)の軽挙(けいきょ)のせいで、この契約(けいやく)は破談(はだん)になった。

因為同事輕率的舉止，讓這份契約破局了。

こんたん
魂胆

解釋

計謀、陰謀、企圖、意圖。

中文原意

精神和勇氣。

例句 信(しん)じられない。彼(かれ)はどんな魂胆(こんたん)があってあんなことをしたのか。

真令人無法置信。他到底有什麼意圖才會做出那種事來呢？

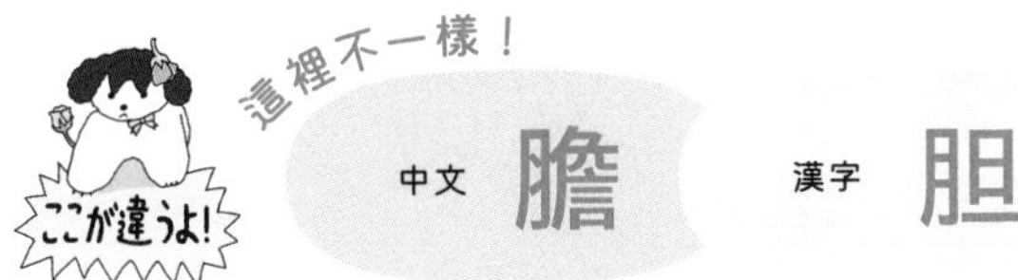

ふいちょう
吹聴

解釋

吹噓、宣揚。

例句 彼女(かのじょ)は自分(じぶん)の成績(せいせき)を偉(えら)そうに吹聴(ふいちょう)して回(まわ)っている。

她很跩地到處吹噓自己的成績。

補充 中文有「風聽」，意為收集、聽取；由傳聞而得知的消息。

中文 聽　　漢字 聴

ふしん
不審

解釋

可疑、疑問、不清楚。

中文原意

不察、不知、不清楚或不準確。

例句 不審(ふしん)な人物(じんぶつ)を見掛(みかけ)たら、警察(けいさつ)に通報(つうほう)してください。

要是看到可疑人物的話，請報警。

4 信念、意志

けいぞく
継続

解釋

持續不間斷；繼承。

中文原意

持續不間斷。

例句 1 継続的（けいぞくてき）に運動（うんどう）を続（つづ）ければ、ダイエットに成功（せいこう）できると思（おも）う。

持續運動下去的話，我想一定能減肥成功。

例句 2 父（ちち）の店（みせ）を継続（けいぞく）することにした。

我決定要繼承父親的店了。

5 態度

こそく
姑息

解釋

為敷衍而遷就；卑鄙。

中文原意

苟且求安、無原則地寬恕他人。

例句1 試験前、一夜漬けなどの姑息なやり方では、本当の理解力が身に付かない。

考試前，如果只是臨時抱佛腳讀書的話，是無法培養真正的理解力的。

例句2 自分が会社を辞めるまでは問題が表面化しないように、姑息な手段を取った。

在我離職前，為了不讓問題表面化而採取了姑息的手段。

かんか
看過

解釋

看漏、放過、寬恕。

中文原意

已經看了。

例句 三回も授業をさぼったから、先生は絶対に看過しない。

因為我已經翹三次課了，所以老師絕不可能睜隻眼閉隻眼的。

6 健康

げんき
元気

解釋

精神、朝氣、活力；身體結實、健康、硬朗。

中文原意

天地未分前的混沌之氣；宇宙自然之氣；人的精神；國家或社會團體得以生存發展的物質力量和精神力量等等。

例句 外は寒いのに、元気な子供達が公園で遊んでいる。

外面明明很冷，但活力十足的孩子們就在公園裡玩耍。

這裡不一樣！

中文 氣　漢字 気

せいき
生気

解釋

朝氣，活力。

中文原意

發怒。

例句 今朝先生に怒られたから、今は生気のない顔をしている。

因為早上被老師罵了，所以現在一臉無精打采的樣子。

這裡不一樣！

中文 氣　漢字 気

7 能力

けんしき
見識

解釋

看法、見解；
見識、見聞。

中文原意

主見、看法、眼光或見解。

例句 悪口(わるぐち)を言(い)う人(ひと)の見識(けんしき)を疑(うたが)う。

說別人壞話的人的見解實在令人懷疑。

きりょう
器量

解釋

才能、才幹；容貌、姿色；面子。

中文原意

器皿的容量；氣量、度量。

例句1 あの後輩(こうはい)は器量(きりょう)がある人(ひと)だから、重要(じゅうよう)な仕事(しごと)を任(まか)せられる。

因為那個後輩很有才幹，所以能把重要的工作交給他。

例句2 彼女(かのじょ)は優(やさ)しくて、器量(きりょう)の良(い)い人(ひと)だ。

她是一個既溫柔、相貌也出眾的人。

例句3 来週(らいしゅう)の試験(しけん)に合格(ごうかく)すれば、器量(きりょう)を上(あ)げられるだろう。

要是下星期的考試能夠及格，就能挽回我的面子吧。

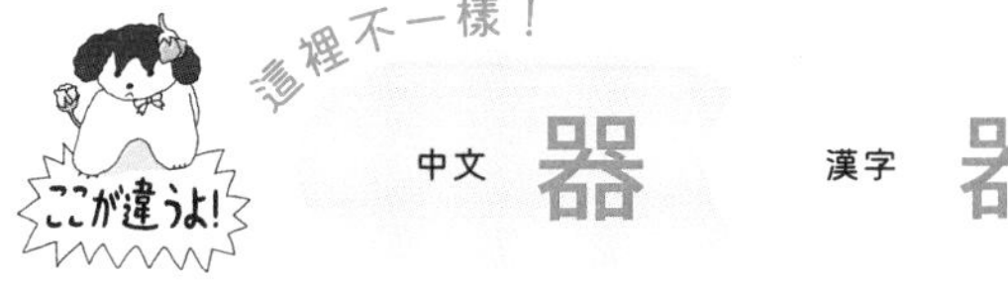

ぞうさ
造作

解釋

費事；款待；方法。

中文原意

故意做出的不自然舉動。

例句 泥棒（どろぼう）は造作（ぞうさ）もなく鍵（かぎ）を壊（こわ）して家（いえ）に入（はい）った。

小偷毫不費力就將鎖破壞，進到了家裡面。

やぼう
野望

解釋

野心；奢望。

中文原意

在野外遠望。

例句 彼（かれ）は野望（やぼう）を叶（かな）える為（ため）に、命（いのち）まで捨（す）てられる。

他為了實現他的野心，甚至可以犧牲性命。

這裡不一樣！

中文 望　漢字 望

8 人際關係

目下（めした）

解釋

部下；晚輩。

中文原意

目前、現在、在此時。

例句 あの先輩（せんぱい）は目下（めした）の者（もの）に対（たい）しては厳（きび）しいのに、目上（めうえ）の者（もの）が来（き）た途端（とたん）にコロッと態度（たいど）が変（か）わる。

那個前輩明明對後輩嚴苛得很，但只要長官一來，態度瞬間就徹底變了。

補充 日文如果唸法是「目下（もっか）」的話，則是現在、眼前的意思。

絶縁（ぜつえん）

解釋

斷絕關係；斷絕電的通路。

中文原意

不相關連、沒希望了；斷絕電的通路。

例句 家族（かぞく）の関係（かんけい）が悪（わる）くても、親子関係（おやこかんけい）や兄弟関係（きょうだいかんけい）の絶縁（ぜつえん）は難（むずか）しいものだ。

家人關係再怎麼不好，還是很難斷絕親子與兄弟關係。

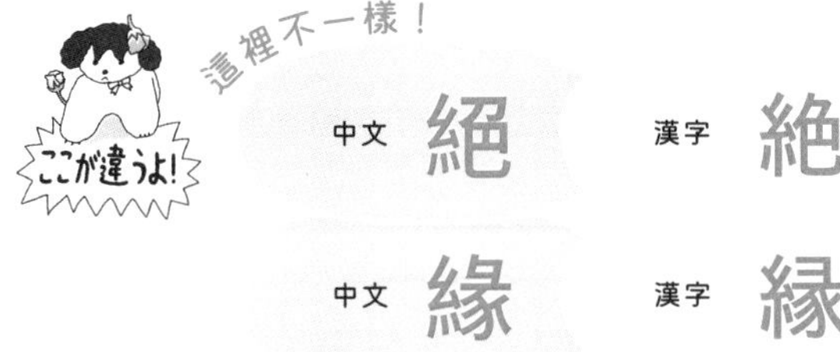

9 人生

門出（かどで）

解釋

出發、出門；
開始新生活、邁向新人生。

例句 日本(にほん)の大学院(だいがくいん)に留学(りゅうがく)する彼女(かのじょ)の門出(かどで)を祝(いわ)おうと友人達(ゆうじんたち)は空港(くうこう)に向(む)かった。

朋友們前往機場，要祝福即將前去日本研究所留學的她邁向新的生活。

補充 中文為「出門」二字，有外出、離家遠行、女子出嫁之意。

節目（ふしめ）

解釋

階段、轉捩點。

中文原意

電視台播放或文藝演出的項目。

例句 二十歳(はたち)を節目(ふしめ)に、長(なが)い間(あいだ)趣味(しゅみ)として続(つづ)けてきたテレビゲームをすっぱり止(や)めることにした。

把二十歲當作是人生的轉捩點，我斷然戒掉了長久以來愛打的電玩。

じゅっかい
述懐

解釋

談心；追述往事、憶往。

中文原意

陳述情懷、表達志向。

例句　田舎へ帰って、幼馴みと昔の事を述懐しながら、ゆっくりと家路を辿った。

我回到故鄉，跟小時玩伴聊著往事，慢慢地踏上回家之路。

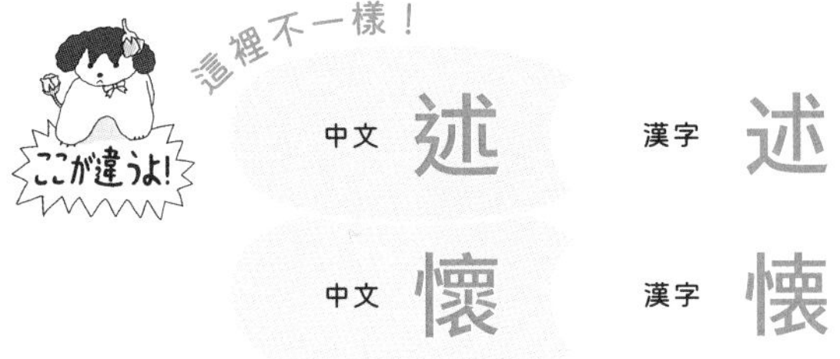

ほんい
本意

解釋

真心；本來的願望。

中文原意

原本的想法，心意。

例句　高校を卒業して、元々仕事をしたいと思っていたけど、大学に入るのは私の本意ではない。

原本我想在高中畢業後去工作的，上大學並非我的本意。

素性（すじょう）

解釋

出身、身分、經歷。

中文原意

本性。

例句 友達（ともだち）が付（つ）き合（あ）ってる男（おとこ）はあまり素性（すじょう）の良（よ）くない奴（やつ）らしいから、親（おや）に反対（はんたい）された。

因為朋友交往中的男朋友出身似乎並不好，所以遭到她父母親的反對。

中文 素　漢字 素

苦汁（くじゅう）

解釋

苦味飲料；痛苦的經驗。

中文原意

苦味飲料。

例句 前回（ぜんかい）のテニスの試合（しあい）では、苦汁（くじゅう）を飲（の）まされたが、一生懸命練習（いっしょうけんめいれんしゅう）したので、今回（こんかい）は絶対（ぜったい）に勝（か）てる。

雖然我在上次的網球比賽嚐到了苦果，但經過拼命地練習，這次絕對能獲勝。

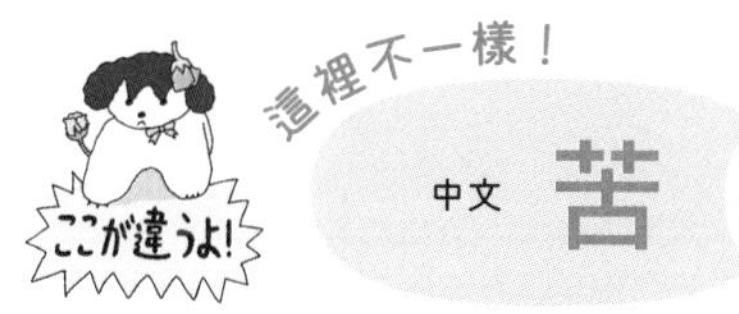

中文 苦　漢字 苦

とんざ
頓挫

解釋

挫折，停頓；抑揚頓挫。

中文原意

聲調抑揚、停頓轉折；閃爍、坎坷、挫折、段落。

例句 人手不足の為、学園祭に屋台を出す事は頓挫した。

因為人手不足的緣故，所以園遊會要擺攤的事就停頓下來了。

這裡不一樣！

中文 頓　　漢字 頓

へきえき
辟易

解釋

感到為難、束手無策；為情勢所迫而退縮。

中文原意

退避、避開；擊退；拜服、傾倒。

例句 校長先生の長いお説教にはその場にいた学生達は辟易させられた。

對於校長又臭又長的訓話，在場學生實在不敢恭維。

快挙（かいきょ）

解釋

果敢的行動、壯舉、令人稱快的行為。

中文原意

痛快地舉杯飲酒，快意的舉動。

例句　あの水泳（すいえい）の選手（せんしゅ）はオリンピックで、世界新記録（せかいしんきろく）に達成（たっせい）の快挙（かいきょ）を成（な）し遂（と）げた。

那名游泳選手在奧運比賽中，完成挑戰世界新紀錄的壯舉。

中文　舉　　漢字　挙

悪運（あくうん）

解釋

做壞事沒遭到報應，反而有好報；壞運氣。

中文原意

壞運氣、不好的遭遇。

例句　悪運（あくうん）が強（つよ）いので、何（なに）をやっても大丈夫（だいじょうぶ）だと考（かんが）えている兄（あに）が心配（しんぱい）だ。

真擔心因為做壞事都沒遭到報應，就覺得做什麼都沒關係的哥哥。

中文　惡　　漢字　悪

10 自然氣候

へいめい
平明

解釋

天剛亮的時候、黎明；
容易理解、簡明淺顯。

中文原意

天剛亮的時候；公平嚴明。

例句 あの数学の先生は平明な解説で生徒に人気がある。

那位數學老師的說明淺顯易懂，所以很受學生的歡迎。

けつじつ
結実

解釋

植物結果實；獲得成果。

中文原意

植物結果實；強健牢固。

例句 先輩は詳しい調査を重ね、論文に結実させた。

前輩做了詳盡的調查，完成了論文的寫作。

這裡不一樣！

中文		漢字	
中文	結	漢字	結
中文	實	漢字	実

11 其他

億劫（おっくう）

解釋

麻煩的。

中文原意

謂極長久的時間。佛經言天地的形成到毀滅為一劫。

例句 料理（りょうり）が下手（へた）だから、毎日（まいにち）お弁当（べんとう）を作（つく）るのは億劫（おっくう）だ。

因為我不太會做菜，所以每天要做便當實在很麻煩。

肝心（かんじん）

解釋

首要、緊要、關鍵。

中文原意

比喻人的內心。

例句 浮（う）き輪（わ）とか、日焼（ひや）け止（ど）めとか、色々用意（いろいろようい）して来（き）たのに、肝心（かんじん）な水着（みずぎ）を忘（わす）れてしまった。

我準備了游泳圈、防曬乳等等來了，但卻忘了最重要的泳衣。

這裡不一樣！

中文 肝　　漢字 肝

希薄（きはく）

解釋

液體或氣體等濃度、密度稀少；欠缺某個要素；對事物欠缺慾望。

中文原意

稀薄。

例句1 富士山の山頂に近付くと、空気が希薄になって、歩くペースが遅くなる。

一接近富士山山頂，會因為空氣變得稀薄，走路速度就會變慢。

例句2 弟はまだ14歳なのに、勉強に対する熱意が希薄だ。

弟弟才 14 歲，就缺少了對讀書的熱誠。

散見（さんけん）

解釋

零散可見。

中文原意

零星地出現、分散看到（指文章或觀點）。

例句 新型コロナウイルスのせいで、商店街には既に閉店した店が散見している。

因為新冠病毒的緣故，商店街已零星出現結束營業的店家。

次第（しだい）

解釋

順序；經過、緣由、情況；隨即；端看。

中文原意

次序、等級；依次；情景、場合。

例句1 会議（かいぎ）の時間（じかん）が分（わ）かり次第（しだい）、連絡（れんらく）してください。

一知道會議時間時，請立即跟我聯絡。

例句2 台風（たいふう）の強（つよ）さ次第（しだい）では、橋（はし）を閉鎖（へいさ）しなければならない。

有時因為颱風太大，不得不封鎖橋樑。

例句3 事故（じこ）に遭（あ）ったので、今（いま）病院（びょういん）から電話（でんわ）している次第（しだい）だ。

因為我發生了意外，所以現在是從醫院打電話給你的。

質素（しっそ）

解釋

樸素、簡樸；簡陋。

中文原意

事物本身的性質、素養；成分；質樸；材質。

例句1 彼女（かのじょ）は綺麗（きれい）なんだから、質素（しっそ）な服装（ふくそう）が良（よ）く似合（にあ）っている。

因為她很漂亮，所以適合穿樸素的衣服。

例句2 家（うち）は質素（しっそ）だけど、温（あたた）かいんだ。

我家雖然簡陋，但很溫馨。

尋常(じんじょう)

解釋

普通、一般；溫和、純樸；正派、堂堂正正。

中文原意

普通、一般。

例句1 彼(かれ)の精神(せいしん)状態(じょうたい)は尋常(じんじょう)ではない。

他的精神狀態不正常。

例句2 逃(に)げるのは諦(あきら)めて、尋常(じんじょう)に縄(なわ)にかかれ。

你就放棄逃跑，乖乖地束手就擒吧！

例句3 今回(こんかい)は尋常(じんじょう)に勝負(しょうぶ)せよ。

這次可要堂堂正正地一決勝負。

中文 尋　漢字 尋

筋道(すじみち)

解釋

理由、道理；手續、程序。

中文原意

食物有韌性；老人身體結實。

例句1 進路(しんろ)について父(ちち)が言(い)うことは筋道(すじみち)が通(とお)っている。

關於我未來的出路，父親說的很有道理。

例句2 退学(たいがく)にしても筋道(すじみち)を立(た)てるべきだ。

就算是退學，也應該要按照程序辦理。

せっとく
説得

解釋

說服。

中文原意

可以說；說到。

例句 部長（ぶちょう）の説明（せつめい）は説得力（せっとくりょく）があるので、信用（しんよう）できる。

因為經理的說明很有說服力，所以可以信任。

そうい
相違

解釋

差異、懸殊、不同。

中文原意

互相避開；彼此違背。

例句 教科書（きょうかしょ）と先生（せんせい）が教（おし）えてくれた内容（ないよう）は相違（そうい）がある。

教科書和老師教的內容有所出入。

そきゅう
訴求

解釋

用廣告、宣傳等手段吸引顧客。

中文原意

要求，請求。

例句 新(あたら)しい商品(しょうひん)の訴求(そきゅう)ポイントはなんといっても安(やす)いということだ。

新產品的宣傳重點，無論如何就是便宜這一點。

這裡不一樣！

中文 訴　漢字 訴

たいはい
退廃

解釋

頹廢、荒廢。

中文原意

黜退不用。

例句 退廃(たいはい)した飛行機(ひこうき)を利用(りよう)して、レストランを開(ひら)こうと思(おも)っている。

我想利用廢棄的飛機來開餐廳。

這裡不一樣！

中文 廢　漢字 廃

とうがい
当該

解釋

該、有關。

中文原意

當班、值班。

例句 当該商品には、我が社の新しい技術が結集されています。

該商品匯集了本公司的新技術。

へんれい
返戻

解釋

歸還。

例句 クラスメートから借りた参考書を返戻した。

我把跟同學借的參考書歸還給他了。

補充 中文有「反戾」一詞，意為違背、背離；乖戾、反常。

たよう
多用

解釋

經常使用，大量使用；事情多、繁忙。

中文原意

具多種實際用途的、具有多種目的的。

例句1 論文発表の時、専門用語を多用すればいいというものではない。分かりやすい説明の方がいいよ。

發表論文時，並非多用專業用語就好。簡單易懂的說明反而比較好喔。

例句2 課長は色々と多用な方なので、電話をするタイミングが難しい。

因為課長有很多事情要忙，所以打電話給他的時間很難抓。

ちょうほう
重宝

解釋

寶物；方便、很有用。

中文原意

重器或貴重的財寶。

例句1 鶏殻スープからは色々な料理が作れるので、重宝している。

因為雞骨高湯能做出各種不同的菜餚，所以我很愛用。

例句2 この刀は先祖代々から受け継がれている重宝だ。

這把刀是祖先代代傳承下來的珍貴寶物。

中文 寶　漢字 宝

どうちゃく
撞着

解釋

碰觸；牴觸、矛盾。

中文原意

撞到。

例句 会議(かいぎ)で、もし誰(だれ)かと意見(いけん)が撞着(どうちゃく)したら、深呼吸(しんこうきゅう)をして、頭(あたま)を冷(ひ)やしてください。

開會時，如果碰到跟某人看法有所牴觸時，請深呼吸一下，讓頭腦冷靜下來。

べんぎ
便宜

解釋

方便、便利；特別處理、權宜措施。

中文原意

價錢低；不應得的利益。

例句 妻(つま)の意見(いけん)と私(わたし)の意見(いけん)は食(く)い違(ちが)っていたけど、便宜的(べんぎてき)に同意(どうい)しておいた。

老婆的意見跟我的意見雖然有所衝突，但權宜之計下，還是先贊同她的意見。

② 異字近義

1 情緒

うっくつ
鬱屈

解釋
鬱悶、抑鬱。

例句　彼はいつも無口だったんだが、ある日鬱屈していたものが爆発した。

他總是沉默寡言的，但有一天，抑鬱已久的情緒爆發了。

這裡不一樣！

中文 鬱　　漢字 鬱

2 態度

だくひ
諾否

解釋
同意與否。

例句　社長の諾否が未だ分からないので、この仕事はまだ進んでいない。

因為還不知道總經理是否同意，所以這個工作還沒有進展。

だけつ
妥結

解釋

妥協。

例句 早（はや）く妥結（だけつ）して、ストライキを回避（かいひ）してほしいんだ。

希望能早點取得妥協，避免發生罷工。

ちゅうりょく
注力

解釋

盡力。

例句 ゲームに打（う）ち込（こ）むのもいいが、もっと勉強（べんきょう）に注力（ちゅうりょく）してほしい。

熱衷遊戲是沒關係，但我希望你也能多盡點力讀書。

3 能力

ちせつ
稚拙

解釋

幼稚而拙劣。

例句 娘が描いた絵は稚拙だけど、なぜか人を惹きつけられる魅力がある。

我女兒畫的畫雖然有點幼稚，但似乎有種能吸引人的魅力。

這裡不一樣！

中文 稚　　漢字 稚

4 人生

しこう
指向

解釋

志向。

例句 政府は物価の安定を指向する政策を進めている。

政府正在推動以穩定物價為目標的政策。

しんちょく
進捗

解釋

進展；升職。

例句 新入社員に進捗報告を徹底させるのも大事な仕事である。

讓新進人員徹底做好進度報告，也是重要的工作。

そがい
阻害

解釋

阻礙。

例句 野菜嫌いな私に母はよく「栄養が不足すると、成長が阻害される」と言っている。

我媽常對討厭蔬菜的我說，「營養不夠會妨礙你的成長」。

5 自然氣候

じき
時季

解釋
時節。

例句 松茸（まつたけ）を味（あじ）わう時季（じき）もそろそろ終（お）わりそうだな。
品嚐松茸的時節好像也快接近尾聲了。

這裡不一樣！

中文 時　漢字 時

6 其他

ていげん
提言

解釋
提議、建議。

例句 各分野（かくぶんや）の専門家（せんもんか）がコロナウイルス対策（たいさく）を政府（せいふ）に提言（ていげん）した。
各領域的專家向政府提出有關新型冠狀病毒的對策。

ちゃくもく 着目

解釋

著眼、矚目。

例句 最近医療現場などで使われている顔全体を覆うフェースシールドが着目されている。

最近在醫療現場等地使用、能遮住整個臉部的全罩式防護罩很受矚目。

ぼうとく 冒涜

解釋

褻瀆。

例句 食べ物に神様が宿っているというので、食べ物は全て大切に食べ切らなければ、冒涜に当たると母がよく言っている。

我媽常說，食物中都住著神明，所以要是不把食物吃光光的話，就是一種褻瀆。

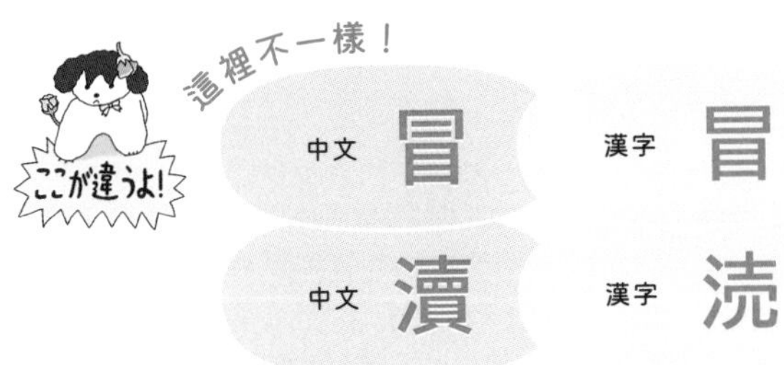

しんしょう
辛勝

解釋

險勝。

例句 昨日の試合は一歩も譲らない激戦だったが、ようやく点が上回り辛勝できた。

昨天的比賽是一場拉鋸戰，最後好不容易險勝了幾分。

這裡不一樣！

中文 勝　　漢字 勝

しさく
施策

解釋

政策、措施。

例句 政府は今高齢者福祉の施策を進めている。

政府目前正在推動高齡者的福利政策。

しょうび
焦眉

解釋

燃眉，非常急迫。

例句 数万人の帰国が予測されたので、コロナに関するPCRなどの検査体制の確立は焦眉の急である。

因為預計會有數萬人回國，所以確立有關新型冠狀病毒 PCR 檢查的體制已是燃眉之急。

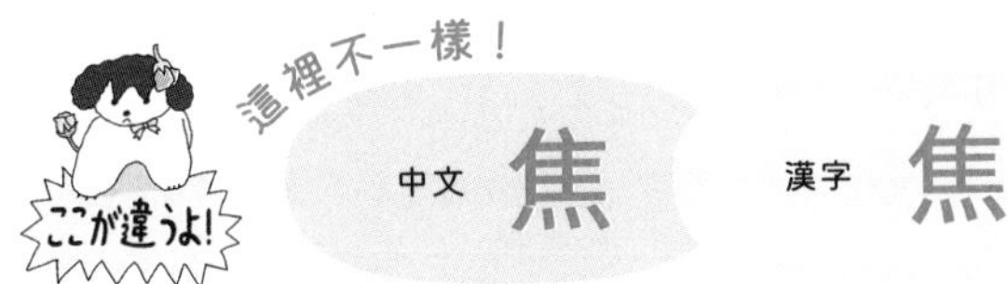
這裡不一樣！
中文 焦
漢字 焦
ここが違うよ!

③ 日本特有

1 人物

あいそ
愛想

解釋

和善、和藹、親切。

例句 彼女（かのじょ）は愛想（あいそ）がいいが、本心（ほんしん）では何（なに）を考（かんが）えているのか分（わ）からない。

雖然她很和善，但我搞不懂她心裡在想什麼。

中文 愛　　漢字 愛

なんくせ
難癖

解釋

缺點；毛病。

例句 息子（むすこ）には難癖（なんくせ）を付（つ）けるような人（ひと）になってほしくない。

我不希望兒子變成會挑人毛病的人。

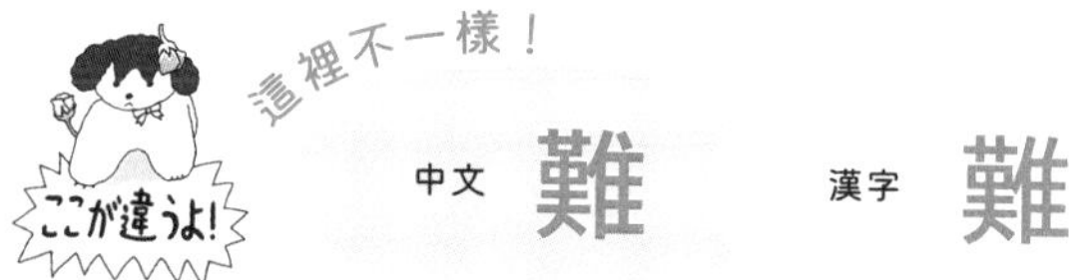

中文 難　　漢字 難

2 情緒

自慢（じまん）

解釋

得意、自豪、自誇、驕傲。

例句 母（はは）は歌（うた）がうまいと自慢（じまん）している。

我媽媽以自己的歌聲自豪。

安堵（あんど）

解釋

消除不安、放下心來；安心居住；獲得幕府對土地所有權的認可。

例句 1 期末試験（きまつしけん）の追試（ついし）に合格（ごうかく）した知（し）らせを受（う）けて、安堵（あんど）の胸（むね）を撫（な）で下（おろ）した。

接到期末考補考及格的通知，讓我如釋重負。

例句 2 近所（きんじょ）を騒（さわ）がせていた泥棒（どろぼう）が逮捕（たいほ）され、住民（じゅうみん）は安堵（あんど）した。

在附近引起騷動的小偷被逮捕，居民放下了心中的大石。

気楽（きらく）

解釋

舒適、安閒。

例句 仕事(しごと)を始(はじ)めてから、両親(りょうしん)と住(す)むよりは、一人暮(ひとりぐ)らしの方(ほう)が気楽(きらく)で自由(じゆう)だ。

開始工作後，比起跟父母親住，一個人住要來得輕鬆、自由。

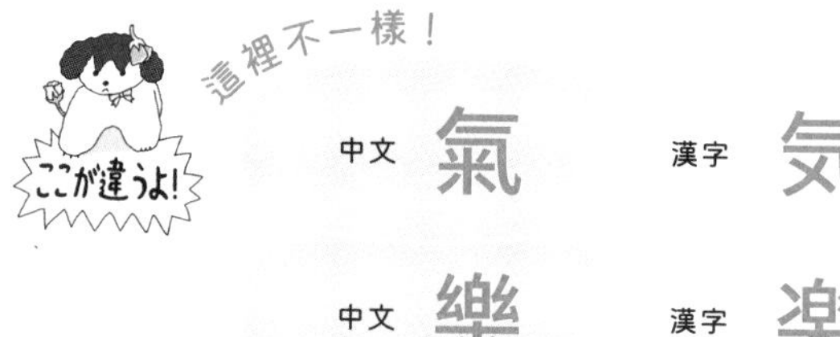

固唾（かたず）

解釋

（屏息等待時）嘴裡存的口水。

例句 勝利(しょうり)の女神(めがみ)は果(は)たしてどちらに微笑(ほほえ)むのか、ファンたちは固唾(かたず)を呑(の)みながら見守(みまも)っている。

球迷們都屏息觀戰，看勝利女神到底會對哪一隊微笑。

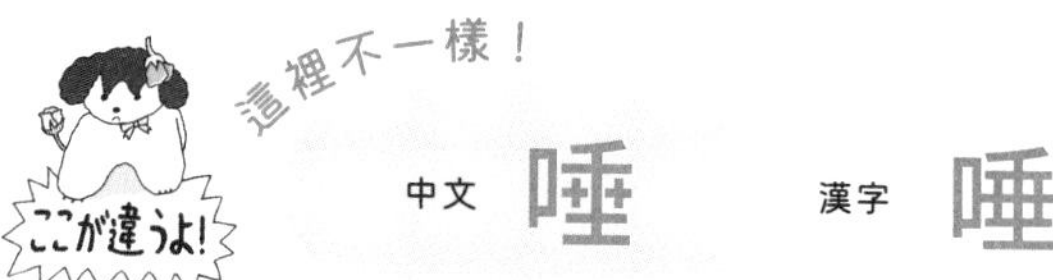

未練（みれん）

解釋

依戀；不乾脆。

例句 一年前(いちねんまえ)に別(わか)れた彼女(かのじょ)に対(たい)し、まだ未練(みれん)が残(のこ)っている。

對一年前分手的女友，至今仍有所依戀。

中文 練　漢字 練

我慢（がまん）

解釋

忍耐、忍受。

例句 今(いま)ダイエット中(ちゅう)だから、チョコレートを食(た)べたいけれど、我慢(がまん)する。

因為我現在正在減肥，所以雖然很想吃巧克力，但還是要忍耐。

中文 慢　漢字 慢

ぎゃくじょう
逆上

解釋

因憤怒或悲傷等而惱火、勃然大怒。

例句 不合格(ふごうかく)だと知(し)った彼(かれ)は悲(かな)しみのため、逆上(ぎゃくじょう)し、大声(おおごえ)を出(だ)しながら壁(かべ)を殴(なぐ)った。

知道自己不及格的他，因為過於傷心而大為惱火，所以就一邊大叫一邊捶牆壁。

りんき
悋気

解釋

吃醋。

例句 姉(あね)は悋気(りんき)が強(つよ)いあまり、彼氏(かれし)に振(ふ)られてしまった。

因為姐姐太愛吃醋，所以被男朋友甩了。

補充 「悋」同「吝」。

這裡不一樣！

中文 氣　　漢字 気

臆病(おくびょう)

解釋

膽小的。

例句 臆病(おくびょう)な野良猫(のらねこ)を保護(ほご)する時(とき)には、人(ひと)の大声(おおごえ)や物音(ものおと)で驚(おどろ)かせないように注意(ちゅうい)しなければいけない。

要收容膽小的流浪貓時，必須要注意不要大聲說話，或因物品的聲音而驚嚇到牠們。

中文 臆　　漢字 臆

思案(しあん)

解釋

憂慮、擔心；思慮、考慮；盤算、打主意。

例句 明日(あした)の晩御飯(ばんごはん)は何(なに)を食(た)べるかと思案(しあん)しているうちに、眠(ねむ)ってしまった。

在想明天晚餐要吃什麼的時候，不小心想著想著就睡著了。

3 性格、特質

すなお
素直

解釋

坦率、直率、誠實；(物品形狀)端正、工整。

例句1 弟(おとうと)は明(あか)るく素直(すなお)な性格(せいかく)の少年(しょうねん)なので、皆(みんな)から好(す)かれている。

因為我弟弟是個個性開朗直率的少年，所以很受大家喜愛。

例句2 先生(せんせい)は素直(すなお)な字(じ)が好(す)きなんだ。

老師喜歡字跡端正的字。

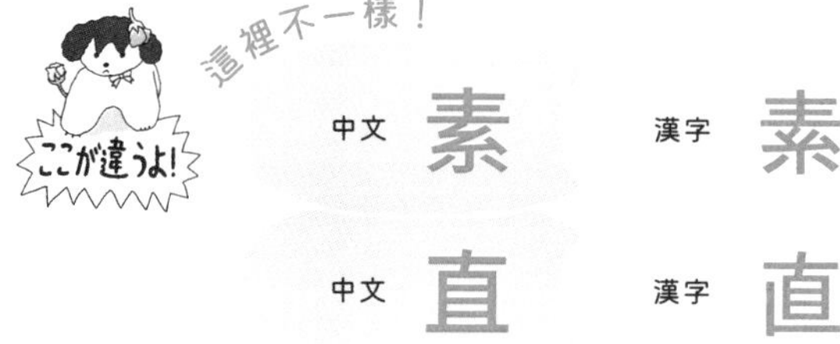

めはし
目端

解釋

機警、機靈。

例句 先輩(せんぱい)は目端(めはし)が利(き)くため、社内(しゃない)で何(なに)が起(お)こったか、すぐに察(さっ)する。

由於前輩非常機靈，所以公司內部有任何風吹草動，他馬上就會察覺。

本気（ほんき）

解釋

認真、當真。

例句 生徒達（せいとたち）が言（い）った冗談（じょうだん）を先生（せんせい）は本気（ほんき）で受（う）け取（と）ってしまった。

老師把學生們說的玩笑話當真了。

意地（いじ）

解釋

志氣；倔強；物欲；心眼。

例句1 新入社員（しんにゅうしゃいん）に対（たい）して、課長（かちょう）は意地（いじ）の悪（わる）い質問（しつもん）をした。

課長對新進員工提出了刁難的問題。

例句2 意地（いじ）を張（は）っても得（とく）をする事（こと）はない。

意氣用事不會有任何好處。

例句3 食（た）べ放題（ほうだい）の店（みせ）で、お皿（さら）いっぱいに料理（りょうり）を取（と）ってきたら、食（く）い意地（いじ）を張（は）っていると思（おも）われる。

在吃到飽餐廳，要是你盤子上堆滿食物的話，會被認為是貪吃鬼。

おおぎょう
大仰

解釋

鋪張的。

例 句 結婚式は大仰なものではなく、温かく簡単な式にしたい。

我想要辦個不鋪張而溫馨簡單的結婚典禮。

むちゃ
無茶

解釋

胡來、亂來；過分、離譜。

例句 1 母はよく弟に「無茶するな」と言う。

媽媽常對弟弟說「別亂來」。

例句 2 一週間で5キロも痩せたいの？無茶なダイエットは危険だよ。

一個星期內想減5公斤？胡亂減肥很危險喔。

這裡不一樣！

中文 茶　　漢字 茶

邪推（じゃすい）

解釋

猜疑、胡思亂想。

例句 彼(かれ)が連絡(れんらく)してくれないとつい邪推(じゃすい)してしまうのは私(わたし)の悪(わる)い癖(くせ)だ。

男朋友沒跟我聯絡的話，禁不住就會胡思亂想是我的壞習慣。

悪辣（あくらつ）

解釋

毒辣、狠毒。

例句 あの人(ひと)は悪辣(あくらつ)なことをするが、家庭(かてい)を大切(たいせつ)にする人(ひと)でもある。

那個人雖然做事狠毒，但也是個重視家庭的人。

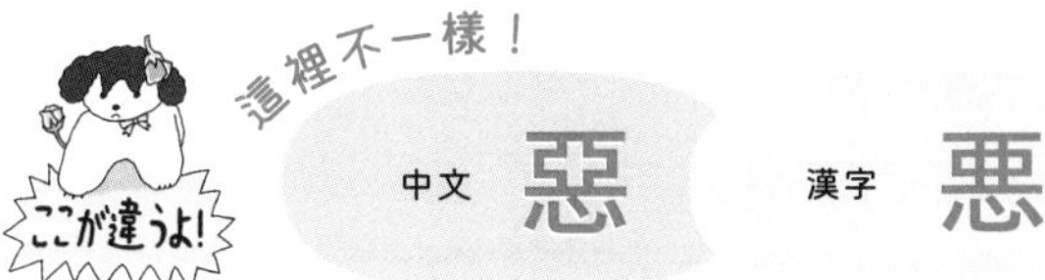

4 態度

ていちょう
丁重

解釋

很有禮貌；鄭重其事。

例句 アメリカから初(はじ)めて日本(にほん)に来(き)たという親戚(しんせき)を丁重(ていちょう)に接待(せったい)するように、両親(りょうしん)に頼(たの)まれた。

爸媽拜託我，要慎重招待第一次從美國來日本的親戚。

なっとく
納得

解釋

理解；同意、認同；信服。

例句1 彼氏(かれし)の言(い)い分(ぶん)は理解(りかい)は出来(でき)るけれど、納得(なっとく)は出来(でき)ない。

我能理解男朋友的想法，但無法認同。

例句2 これは先生(せんせい)の意見(いけん)なら、私(わたし)は納得(なっとく)が出来(でき)る。

如果這是老師的意見，那我就能信服。

這裡不一樣！

中文 納　　漢字 納

かいだく
快諾

解釋

欣然承諾、慨允。

例句 そのプロジェクトについては、事前交渉で快諾を得ていた。

有關那個提案，已在事前溝通階段取得了慨允。

這裡不一樣！

中文 諾　漢字 諾

むげ
無下

解釋

不屑一顧；不假思索；隨便地。

例句 兄は好きな人のために毎日コーヒーを買ってあげたが、無下にされた。

雖然我哥哥每天幫他喜歡的人買咖啡，但卻遭對方不屑一顧。

おうへい
横柄

解釋

傲慢、自大。

例句 彼は自分が悪いのに、謝りもしないなんて、とんでもない横柄な人だ。

他就算自己有錯也不會道歉，真是個傲慢自大得離譜的人。

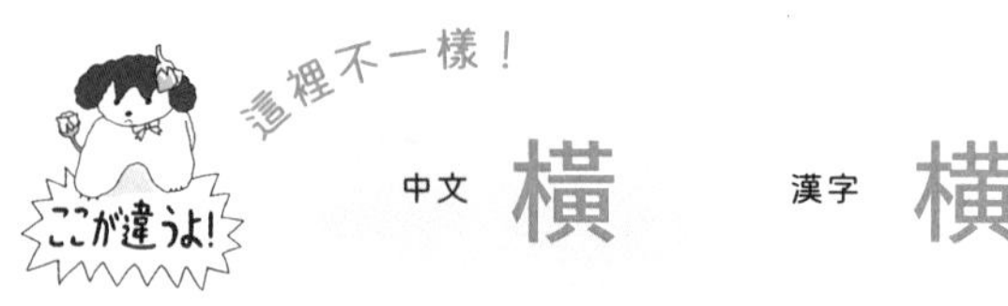

気障（きざ）

解釋

裝模作樣。

例句 彼女（かのじょ）とはもう20年（にじゅうねん）の付（つ）き合（あ）いになるが、あの気障（きざ）な態度（たいど）だけは未（いま）だに慣（な）れないんだ。

我雖然跟她往來20年了，但她那種裝模作樣的態度，到現在我還是看不慣。

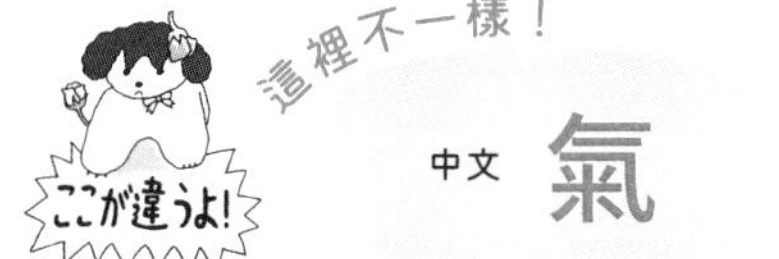

---

5 健康

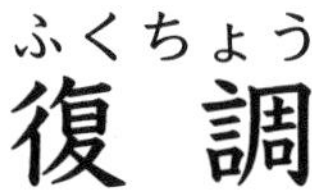

復調（ふくちょう）

解釋

復原；（電）檢波。

例句 手術（しゅじゅつ）してから2か月（にげつ）休養（きゅうよう）を得（え）て、やっと復調（ふくちょう）した。

手術後經過兩個月的休養，身體終於復原了。

能力

うでまえ
腕前

解釋

能力、本事。

例句 彼女(かのじょ)は美味(おい)しいものが好(す)きだけではなく、料理(りょうり)の腕前(うでまえ)もプロ並(な)みだ。

她不只喜歡吃美味的食物而已，做菜的本事也媲美專業級的廚師。

這裡不一樣！

中文 腕　漢字 腕

どきょう
度胸

解釋

膽量；氣魄。

例句 一人(ひとり)で旅行(りょこう)に行(い)く度胸(どきょう)はあるけど、一人(ひとり)でラーメンを食(た)べに行(い)けない。

雖然我有膽一個人去旅行，但卻不敢一個人去吃拉麵。

這裡不一樣！

中文 胸　漢字 胸

さいはい
采配

解釋

指揮、指示；麾令旗、令旗。

例句　あのプロ野球選手(やきゅうせんしゅ)が監督(かんとく)に就任(しゅうにん)してから、素晴(すば)らしい采配(さいはい)で優勝(ゆうしょう)に導(みちび)いた。

自從那位棒球職業選手擔任教練之後，隊伍在他卓越的指揮下獲得了冠軍。

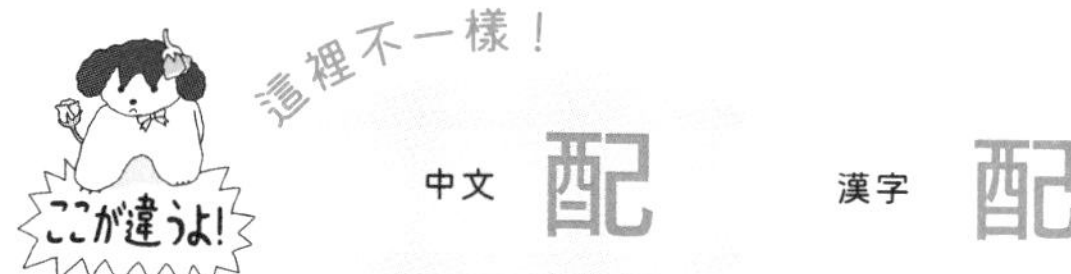

かいしょう
快勝

解釋

漂亮的勝利、大勝。

例句　我(わ)が校(こう)のテニスチームの快勝(かいしょう)に応援団(おうえんだん)が飛(と)び上(あ)がって喜(よろこ)んだ。

我們學校的網球隊大獲全勝，啦啦隊高興得都跳了起來。

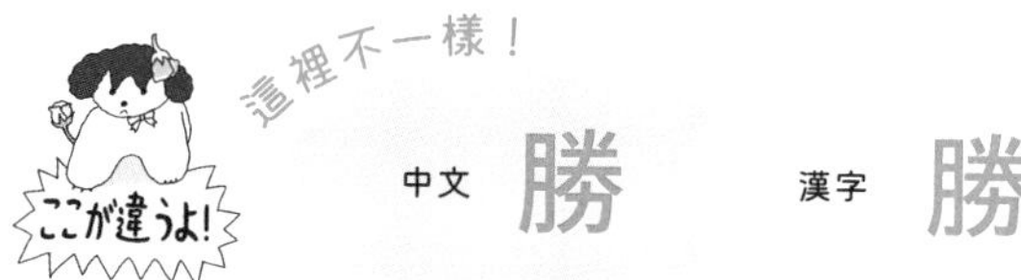

ごくじょう 極上

解釋

極好、最好。

例句 あの歴史(れきし)のある旅館(りょかん)で、美味(おい)しい懐石料理(かいせきりょうり)を食(た)べ、ゆっくり露天風呂(ろてんぶろ)に浸(つ)かるという極上(ごくじょう)の体験(たいけん)をした。

我在那家具有歷史的旅館，吃到美味的懷石料理，悠閒地泡了露天溫泉，經歷了一場極致的體驗。

ずいいち 随一

解釋

第一、首屈一指。

例句 世界随一(せかいずいいち)だと言(い)われている熱帯雨林(ねったいうりん)へ行(い)ってきたのだが、やはり素晴(すば)らしかった。

我去了號稱世界第一的熱帶雨林，果然很棒。

這裡不一樣！

中文	漢字
隨	随

ぜっさん
絶賛

解釋

無上的稱讚、最好的讚美。

例句 友達（ともだち）が絶賛（ぜっさん）している映画（えいが）を見（み）に行（い）ったが、あまりおもしろくなかった。

我朋友雖然去看了風評絕佳的電影，不過他覺得不好看。

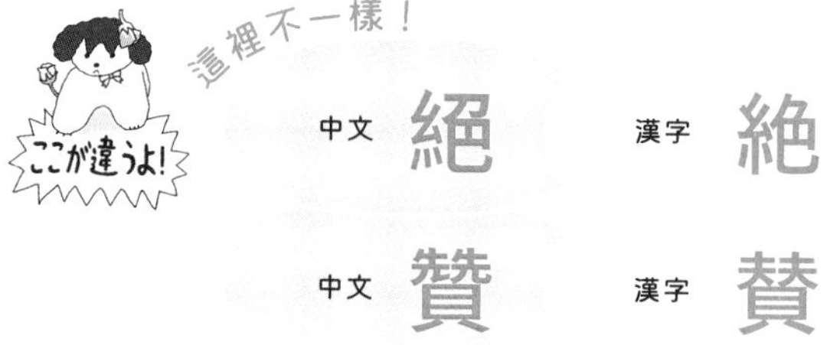

らつわん
辣腕

解釋

精明能幹。

例句 会社（かいしゃ）の先輩（せんぱい）の辣腕振（らつわんぶり）には真似（まね）できないところが多（おお）すぎるが、見習（みなら）いたいものである。

公司裡的前輩精明能幹，雖然有很多難以仿效之處，但我還是很想向他學習。

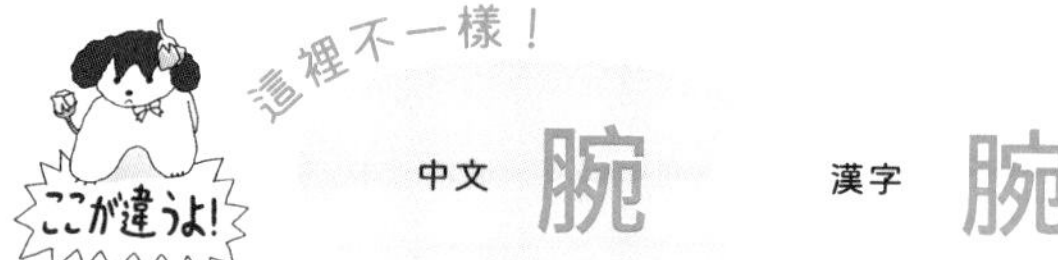

駄作（だ さく）

解釋

拙劣的作品、無價值的作品。

例句 有名（ゆうめい）な小説家（しょうせつか）の書（か）いた作品（さくひん）でも、駄作（ださく）がある。

即使是有名的小說家所寫的，也會有拙劣的作品。

愚挙（ぐ きょ）

解釋

愚蠢的行為。

例句 全世界（ぜんせかい）で感染症（かんせんしょう）が蔓延（まんえん）している今（いま）、入国（にゅうこく）を許可（きょか）することは愚挙（ぐきょ）だと思（おも）われた。

當傳染病正在全世界蔓延之際，仍允許入國一事被認為是愚蠢之舉。

中文 舉　漢字 挙

7 人際關係

架電（かでん）

解釋

打電話。

例句 引（ひ）き取（と）り先（さき）に架電（かでん）したが、担当者（たんとうしゃ）は不在（ふざい）だった。

我打了電話給客戶，不過負責人不在。

懇意（こんい）

解釋

有交情、親密往來。

例句 新（あたら）しいクラスメートとは趣味（しゅみ）が合（あ）うので、出来（でき）れば懇意（こんい）な仲（なか）になりたい。

因為跟新同學志趣相投，所以如果可以的話，我想跟他成為摯友。

なかま
仲間

解釋

同志、朋友、同事；同類；夥伴。

例句 二人三脚（ににんさんきゃく）を通（とお）して、クラスの仲間（なかま）との絆（きずな）の大切（たいせつ）さを学（まな）んだ。

透過兩人三腳的遊戲，我學到了與班上同學間維繫情感的重要性。

げんち
言質

解釋

承諾、諾言；落人口實。

例句 取引先（とりひきさき）と交渉（こうしょう）する時（とき）、言質（げんち）を取（と）っておいた方（ほう）がいい。

與客戶談生意時，最好要留下對方承諾的證據。

はいい
配意

解釋

關懷；照顧。

例句 成績（せいせき）だけではなく、学生（がくせい）の気持（きも）ちを配意（はいい）することも先生（せんせい）の務（つと）めだと思（おも）う。

我認為不光只有成績，關懷學生的心情也是老師的責任。

中文 配　漢字 配

配慮（はいりょ）

解釋

關懷；顧慮。

例句 配慮（はいりょ）に欠（か）けた行動（こうどう）をして、大（おお）きなミスをしてしまった。

因為欠缺考慮就行動，以致造成重大的失誤。

中文 配　　漢字 配

会釈（えしゃく）

解釋

點頭、打招呼；佛教裡有融會貫通的意思。

例句 近所（きんじょ）の公園（こうえん）で隣（となり）に住（す）んでいる人（ひと）とたまたますれ違（ちが）って会釈（えしゃく）を交（か）わした。

在附近公園碰巧與鄰居住戶擦身而過時，我們互相點了頭示意。

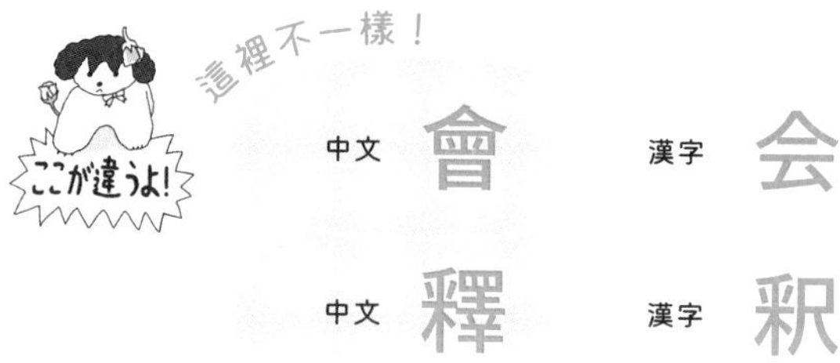

そくろう
足労

解釋

勞駕。

例句 本日(ほんじつ)は雨(あめ)の中(なか)ご足労(そくろう)頂(いただ)き、誠(まこと)にありがとうございました。

今天下雨天還勞駕您前來，真是感謝。

あとがま
後釜

解釋

繼任人；填房。

例句 大統領(だいとうりょう)の後釜(あとがま)に座(すわ)るのはあの政治家(せいじか)ではないかと噂(うわさ)されている。

大家都在傳說總統的繼任者可能是那一位政治家。

あつれき
軋轢

解釋

不合、摩擦、衝突。

例句 ちょっとした喧嘩(けんか)で友達(ともだち)と軋轢(あつれき)を生(う)んで以来(いらい)、ずっと口(くち)をきいていない。

因為一點爭執跟朋友發生衝突後，我就一直沒跟他說話了。

8 人生

じょうせき
定石

解釋

棋譜；
一般規律、常規。

例句 仕事も勉強も定石通りに頑張れば、必ず成功するはずだ。

工作也是學習也是，只要按照常規努力，一定會成功的。

まんきつ
満喫

解釋

飽嚐、充分領略（享受）。

例句 あの旅館で旬の味を満喫できる。

在那家旅館能飽嚐當季美味。

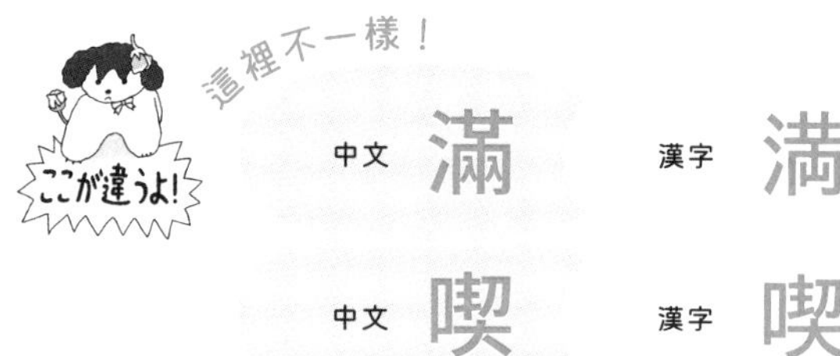

かっきょう
活況

解釋

繁榮。

例句 金門と中国を結ぶ渡航ルートが通ってから、町は活況を呈するようになった。

自從金門與中國開放小三通後，市鎮呈現一片繁榮景象。

かいしん
改心

解釋

悔改、改過自新。

例句 今回の司法試験に失敗しても、改心して又一から頑張ろう。

就算這次的司法考試沒考過，悔改之後再從頭努力吧！

漢字 改

難儀（なんぎ）

解釋

困難、麻煩；痛苦、苦惱。

例句 あの人（ひと）は周（まわ）りに迷惑（めいわく）をかける難儀（なんぎ）な男（おとこ）だから、誰（だれ）も近（ちか）づかない。

因為他是個會給周遭添麻煩的男人，所以沒人要接近他。

中文 難　　漢字 難

稼働（かどう）

解釋

工作；機器運轉。

例句1 私（わたし）はアルバイターなので、土日（どにち）もフル稼働（かどう）しなければならないんだ。

因為我是打工族，所以六日也都必須要工作一整天。

例句2 原子力発電所（げんしりょくはつでんしょ）の再稼働（さいかどう）について議論（ぎろん）する。

要討論關於核能發電廠再運轉事宜。

傘下（さんか）

解釋

系統下、旗下、隸屬下。

例句 わが社（しゃ）は別（べつ）の会社（かいしゃ）の実権（じっけん）を握（にぎ）って傘下（さんか）に収（おさ）めた。

我們公司掌握了其他公司的實權後，將之納入旗下。

てはい
手配

解釋

籌備、安排；（警察逮捕犯人的）部署、布置；通緝。

例句 1 来週から出張するので、航空券の手配をしておいてください。

因為我下星期要出差，所以請你先幫我準備好機票。

例句 2 警察は指名手配犯を逮捕した。

警察逮捕到了通緝犯。

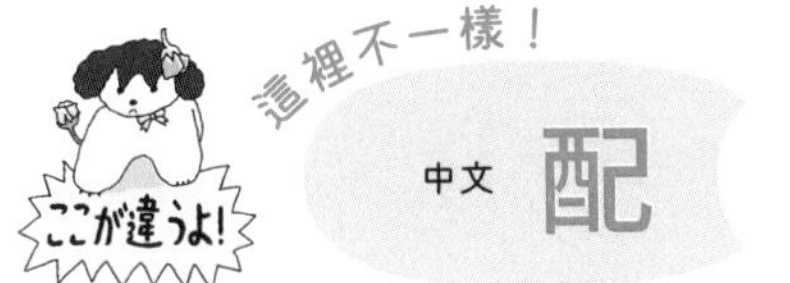

ぼうさつ
忙殺

解釋

非常忙碌、忙得不可開交。

例 句 司法試験の勉強に忙殺され、休みの時間を取ることができない。

我因為忙著準備司法考試，所以抽不出時間休息。

幸先（さいさき）

解釋

吉兆；前兆、預兆、兆頭。

例句 喫茶店（きっさてん）がオープンする日（ひ）に、大雪警報（おおゆきけいほう）が出（で）るなんて、幸先（さいさき）が悪（わる）いと感（かん）じた。

我的咖啡廳開張的那天，竟然發布大雪警報，感覺是個壞兆頭。

師走（しわす）

解釋

十二月。

例句 毎年（まいとし）師走（しわす）になると、ボーナスや忘年会（ぼうねんかい）など、サラリーマンにとっては大事（だいじ）なイベントがいくつかある。

每年一到年底，像是年終獎金、尾牙等，有好幾項對上班族來說很重要的活動。

補充 「師走」，就是「師」在這個季節各處奔走的意思，這裡的「師」意指和尚、寺廟參拜時的接待員，也可以指學校裡的老師。到了 12 月，平時看起來甚為清閒的老師們也變得忙碌起來，反映出新年到來之際，大家都變得忙碌了。

さいご
最期

解釋

臨終、死亡、最後時刻。

例句 祖父(そふ)は最期(さいご)まで立派(りっぱ)な人(ひと)だった。

我爺爺直到臨終之際，都是一個了不起的人。

漢字 最

9 自然氣候

のどか
長閑

解釋

晴朗、舒適；
悠閒、寧靜。

例句 小(ちい)さな喫茶店(きっさてん)の長閑(のどか)な環境(かんきょう)で気持(きも)ちを落(お)ち着(つ)かせる。

在小咖啡廳悠閒舒適的環境中，能讓心情平靜下來。

ばすえ
場末

解釋

郊區、偏遠地區。

例句 あの場末(ばすえ)のラーメン屋(や)さんは客足(きゃくあし)が遠(とお)のいて、もうすぐ閉店(へいてん)するそうだ。

那家拉麵店開在郊區，客人越來越少來，聽說快要倒店了。

10 金銭

こけん
沽券

解釋
體面、身價、尊嚴；販售證明；售價。

例句 あの若者(わかもの)に負(ま)けてしまったら、先輩(せんぱい)としての沽券(こけん)に傷付(きずつ)いてしまう。

要是輸給那個年輕小伙子的話，就傷到我身為前輩的體面了。

這裡不一樣！

中文 券　漢字 券

じばら
自腹

解釋
自己的錢、自掏腰包；自己的腹部。

例句 授業(じゅぎょう)で使(つか)うプリントを自腹(じばら)を切(き)ってコピーした。

我自掏腰包影印了課堂上要用的講義。

這裡不一樣！

中文 腹　漢字 腹

薄謝（はくしゃ）

解釋

薄禮、薄酬。

例句 演説（えんぜつ）の後（あと）、薄謝（はくしゃ）と書（か）かれた封筒（ふうとう）を渡（わた）された。

演講後，我收到寫了薄禮的信封。

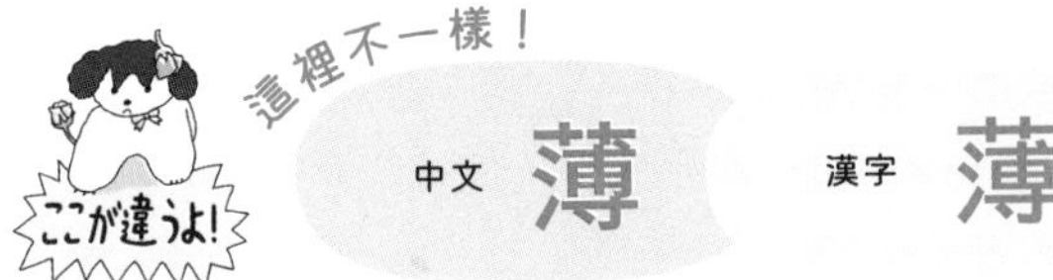

手間（てま）

解釋

工夫、時間；工錢勞力。

例句 このビーフシチューは母（はは）が手間（てま）をかけて作（つく）ったものだ。

這道燉牛肉是我媽花工夫做的。

11 其他

あまた
数多

解釋
數目多、許多。

例句 静かな夜に数多の蛍が来て、とても綺麗だった。

在寂靜的夜裡，成群的螢火蟲飛來，十分美麗。

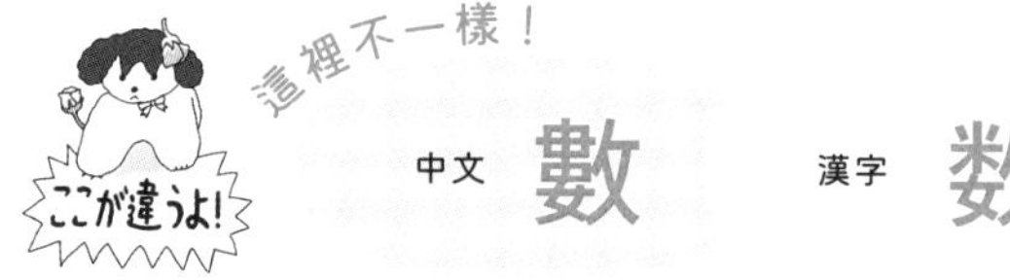

あんがい
案外

解釋
沒料到、意外。

例句 このパンは一口食べると案外甘くて水が欲しくなる。

這塊麵包咬了一口，超乎預料的甜，讓人想要喝水。

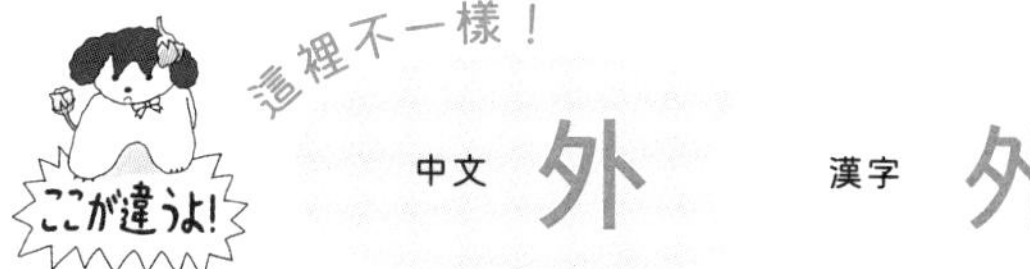

存外（ぞんがい）

解釋

意外、沒想到。

例句 兄（あに）は背（せ）が高（たか）くて体（からだ）も丈夫（じょうぶ）に見（み）えるが、存外（ぞんがい）病気（びょうき）がちだ。

我哥雖然身材很高，身體看起來也很結實，卻出乎意料地容易生病。

這裡不一樣！

中文 外　　漢字 外

心外（しんがい）

解釋

意外、想不到；遺憾、因出乎預料而感到惋惜。

例句 僅（わず）かな時間（じかん）を惜（お）しんで勉強（べんきょう）したのに、不合格（ふごうかく）になるとは心外（しんがい）な結果（けっか）であった。

我明明很珍惜每寸時間念書了，卻還是不及格的結果真是出乎我意料之外。

中文 外　　漢字 外

あいにく
生憎

解釋

不湊巧、掃興。

例句 今日（きょう）は生憎（あいにく）雨（あめ）になってしまい、イベントが中止（ちゅうし）になった。

今天不湊巧剛好下雨，所以活動就停辦了。

這裡不一樣！

中文 憎　漢字 憎

とつじょ
突如

解釋

突然。

例句 バスが突如（とつじょ）目（め）の前（まえ）に突（つ）っ込（こ）んできて、びっくりした。

公車突然開到我面前來，害我嚇了一大跳。

這裡不一樣！

中文 突　漢字 突

生贄（いけにえ）

解釋

活祭、祭神的活供品。

例句　アステカ族（ぞく）は人間（にんげん）の生贄（いけにえ）を捧（ささ）げた。

阿茲特克族以活人祭祀了神明。

朧気（おぼろげ）

解釋

模糊、恍惚不明確。

例句1　霧（きり）の中（なか）で101（いちまるいち）の輪郭（りんかく）が朧気（おぼろげ）に見（み）える。

在霧中101的輪廓看起來模模糊糊的。

例句2　他（ほか）の会社（かいしゃ）と合併（がっぺい）する計画（けいかく）はまだ始動（しどう）したばかりで、朧気（おぼろげ）だ。

因為跟其他公司的合併計畫才剛起步，所以還不明確。

ここが違うよ!

這裡不一樣！

中文	漢字
朧	朧
氣	気

晦渋（かいじゅう）

解釋

艱澀、難以理解。

例句 今回(こんかい)の大学試験(だいがくしけん)の問題(もんだい)は晦渋(かいじゅう)で意味(いみ)が分(わ)からなかった。

因為這次大學學測的題目很艱深，所以我都看不懂。

中文 渋　　漢字 渋

過酷（かこく）

解釋

過於苛刻、殘酷。

例句 日本(にほん)で毎日残業(まいにちざんぎょう)を繰(く)り返(かえ)すような過酷(かこく)な労働(ろうどう)で倒(たお)れる人(ひと)をよく見(み)かける。

在日本經常會看到因為持續每天加班過度勞累而病倒的人。

這裡不一樣！

中文 酷　　漢字 酷

苛烈（かれつ）

解釋

激烈、殘酷、厲害。

例句 父（ちち）と母（はは）はいつものように、苛烈（かれつ）な喧嘩（けんか）をした。

爸媽又像平常那樣，發生了劇烈的爭吵。

痛烈（つうれつ）

解釋

激烈、猛烈。

例句 歯（は）に痛烈（つうれつ）な痛（いた）みを感（かん）じて歯科（しか）に行（い）ったところ、虫歯（むしば）になったらしいんだ。

我因牙齒感到劇烈疼痛而去看牙醫，結果好像是蛀牙了。

邪魔（じゃま）

解釋

妨礙、阻礙；打擾拜訪；妨礙修行的惡魔。

例句1 道（みち）に積（つ）もった雪（ゆき）は交通（こうつう）の邪魔（じゃま）になっていた。

路上的積雪阻礙了交通。

例句2 僕達（ぼくたち）の話（はなし）の邪魔（じゃま）をするなよ。

不要打擾我們講話！

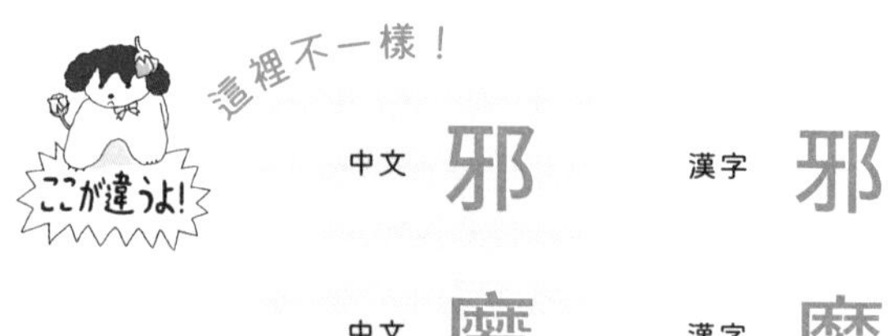

さっきゅう 早急

解釋 緊急、火速、火急、趕忙。

例句 地震(じしん)で大(おお)きな災害(さいがい)が起(お)きた。早急(さっきゅう)な対策(たいさく)が求(もと)められる。

地震造成了嚴重的災害。要求要火速採取對策。

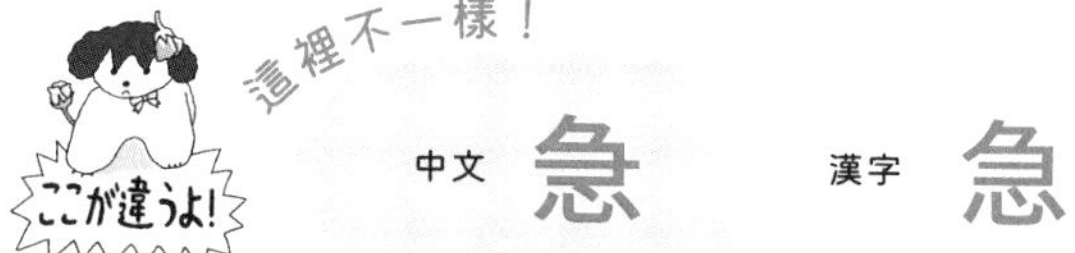

かんよう 肝要

解釋 要緊、重要。

例句 公務員(こうむいん)の試験(しけん)に向(む)けて、計画性(けいかくせい)を持(も)って勉強(べんきょう)を進(すす)めることが肝要(かんよう)だ。

面對公務員考試，有計畫地讀書很重要。

さっそく 早速

解釋

馬上、迅速、趕緊。

例句 昨日出版(きのうしゅっぱん)したばかりの漫画(まんが)を買(か)ったので、早速(さっそく)読(よ)んだ。

因為我買了昨天才剛出版的漫畫書，趕忙就拿來看了。

そくざ 即座

解釋

立即。

例句 先生(せんせい)から数学(すうがく)の問題(もんだい)を聞(き)かれた時(とき)に、即座(そくざ)に答(こた)えられなかったんだ。

我被老師問到數學問題時，沒辦法馬上答出來。

どろなわ 泥縄

解釋

臨陣磨槍、臨時抱佛腳、臨渴掘井、急就章。

例句 政治家(せいじか)の対応(たいおう)はあまりに泥縄的(どろなわてき)だった。

政治人物的應對未免太急就章了。

きわもの
際物

解釋

季節商品；迎合時尚的東西。

例句 あの作家(さっか)の書(か)いた作品(さくひん)は出版業界(しゅっぱんぎょうかい)では、際物扱(きわものあつか)いされている。

那位作家所寫的作品，在出版業被視為是迎合時尚的作品。

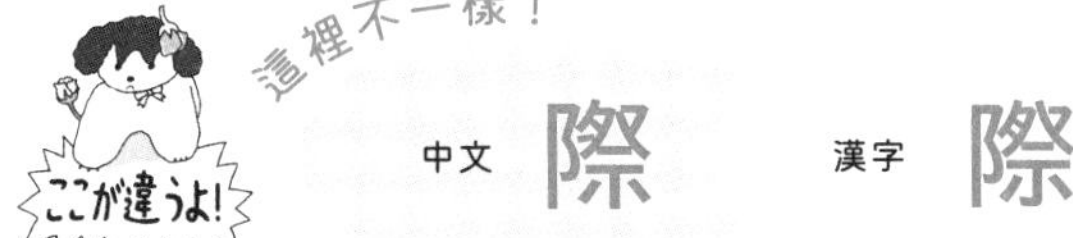

ささい
些細

解釋

細微、微不足道、瑣碎的。

例句 兄弟(きょうだい)はいつも些細(ささい)なことで喧嘩(けんか)している。

我們兄弟姐妹老是為一些微不足道的事吵架。

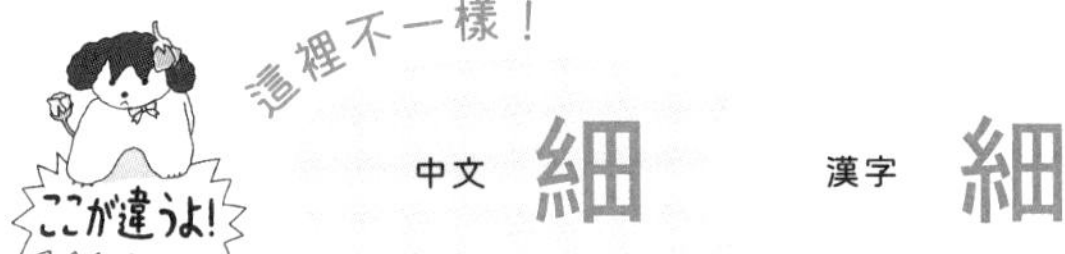

些末（さまつ）

解釋

瑣碎、細小、零碎。

例句 弟(おとうと)にとって、仕事(しごと)はただの些末(さまつ)なことに過(す)ぎないんだ。

對我弟弟來說，工作只不過是一件瑣碎的事。

沙汰（さた）

解釋

命令、指示、通知；音信、消息；傳說；事件；行動、行為。

例句1 当事者(とうじしゃ)の処分(しょぶん)については追(お)って沙汰(さた)する。

有關當事人的處分稍後再行通知。

例句2 兄(あに)から何(なん)の沙汰(さた)もない。

完全沒有哥哥的消息。

例句3 世間(せけん)ではそんな沙汰(さた)をしている。

社會上有那樣的傳說。

例句4 暴力(ぼうりょく)沙汰(ざた)になった。

互相打起來了。

例句5 正気(しょうき)の沙汰(さた)とは思(おも)えない。

我不認為那是在精神狀況正常的時候做的。

這裡不一樣！

中文 沙　　漢字 沙

時折（ときおり）

解釋

有時、偶爾。

例句 妹と私は時折母の手料理を思い出して、食べたくなる。

妹妹跟我有時會想起媽媽煮的菜，非常想吃。

中文 時　　漢字 時

都度（つど）

解釋

每次、每逢、每當。

例句 家を出る都度、ガスと電気を確認しなければならない。

每次出門，都要確認瓦斯跟電燈有沒有關。

配付（はいふ）

解釋

分發。

例句 先生は私たちに成績表を配付した。

老師把成績單發給我們了。

ふしあな
節穴

解釋

木頭上的節孔；瞎眼、有眼無珠。

例句 あの人(ひと)はうちの社長(しゃちょう)だと気(き)が付(つ)かないなんて、あなたの目(め)は節穴(ふしあな)か？

竟然沒注意到那位就是我們公司的總經理，你眼睛是瞎了嗎？

まね
真似

解釋

模仿。

例句 弟(おとうと)はよく父(ちち)の真似(まね)をしている。

弟弟經常模仿爸爸。

ゆだん 油断

解釋

疏忽大意。

例句 イタリアでは（おお）スリが多いので、（ゆだん）油断しないようにしてください。

在義大利扒手很多，請不要疏忽大意。

補充 據說從前有個王命令他的家臣手持裝滿油的鉢走路，要是輕忽大意灑出一滴油的話，就要斬了他。

這裡不一樣！

中文 斷　漢字 断

くちさき 口先

解釋

口頭上的；動物的嘴、蟲鳥的喙。

例句 （くちさき）口先で（ぎろん）議論を（かさ）重ねるよりも、（しょうこ）証拠を（だ）出したほうが（ものごと）物事は（めいかく）明確になるということ。

與其在口頭上爭論，不如拿出證據來，這樣事情才會更明朗。

かんあん
勘案

解釋

考慮、酌量。

例句 全員の意見をあれこれと勘案して、先生は来週の校外見学を中止すると決定した。

考量全體學生的意見後，老師決定停辦下星期的校外參觀。

しざ
視座

解釋

觀點、立場、基礎觀點。

例句 来週の会議までに視座を変えてこのプロジェクトを見つめ直す必要がある。

在下星期開會前有必要重新審視這個計畫。

かくだん
格段

解釋

非常、格外、更加。

例句 この定食屋の豚骨ラーメンはラーメン屋より格段に美味しいんだ。

這家快餐店的豚骨拉麵比拉麵店的更好吃。

MEMO

Part 2

三字熟語

① 同(近)字異義

1　性格、特質

真面目（まじめ）

解釋

真誠、認真。

中文原意

真實的樣子。

例句　期末試験（きまつしけん）が近付（ちかづ）いてきたので、いつものんびりしている弟（おとうと）も真面目（まじめ）に勉強（べんきょう）しはじめた。

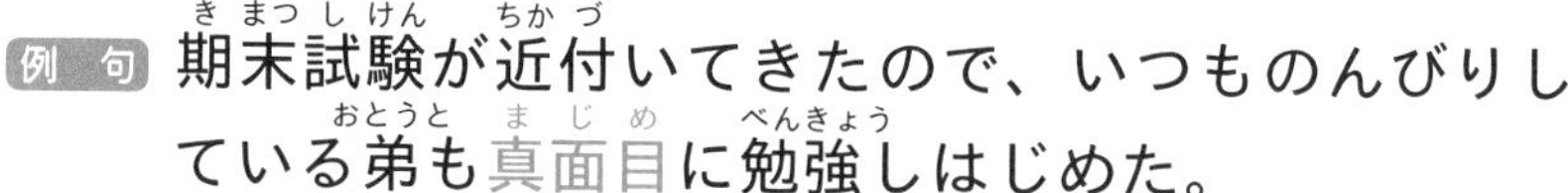

因為期末考就快到了，所以平時悠哉的弟弟也開始認真讀起書來了。

這裡不一樣！

中文　真　　漢字　真

老婆心（ろうばしん）

解釋

過度的關心和干預、常會給他人忠告或意見、苦口婆心。

中文原意

老婆的心。

例句　老婆心（ろうばしん）でありながらも、一言言（ひとことい）っておく。健康（けんこう）のために、お酒（さけ）はあまり飲（の）まない方（ほう）がいいよ。

我苦口婆心跟你說句話。為了健康，最好還是少喝酒。

2 態度

はくがんし
白眼視

解釋
冷眼對待。

中文原意
翻白眼；不滿、輕蔑。

例句 校内のテニス試合が負けて以来、同級生から白眼視され続けて学校に行きたくなくなった。

校內網球比賽輸掉之後，我一直遭到同學冷眼看待，不想去上學了。

3 能力

むぞうさ
無造作

解釋
簡單、容易；
草率、隨手。

中文原意
沒有故意做出不自然的行為。

例句 母は高くて綺麗な包装紙を無造作に破いて贈り物の中身を取り出した。

我媽媽隨手就把又貴又漂亮的包裝紙拆破，把裡面的禮物拿出來。

人生

せいめいせん
生命線

解釋

生與死之間；絕對不能被侵犯的最後界線。

中文原意

中、日文皆有「多指手相中，出現在手掌的線條」的意思。

例句 町(まち)の生命線(せいめいせん)である橋(はし)が台風(たいふう)で折(お)れた。他(ほか)の町(まち)との連絡(れんらく)が断(た)たれた。

作為城鎮生命線的橋樑因颱風而斷裂，阻斷了與其他城鎮的往來。

5 其他

大丈夫（だいじょうぶ）

解釋

沒問題、沒關係。

中文原意

男子漢。

例句 試験前（しけんぜん）に、先生（せんせい）の「大丈夫（だいじょうぶ）だよ」という言葉（ことば）は何物（なにもの）にも勝（まさ）る魔法（まほう）の言葉（ことば）である。

考試前老師一句「沒問題的」話，是勝過所有話語的魔法。

破落戸（ごろつき）

解釋

惡棍、地痞流氓。沒有固定職業和住所，四處遊蕩，恃強凌弱的無賴。

中文原意

衰敗沒落戶。

例句1 彼（かれ）はお金持（かねも）ちだったけど、今（いま）は神（かみ）にも見放（みはな）された破落戸（ごろつき）だ。

他原本是個有錢人，現在卻變成被神放棄的無賴。

例句2 最近（さいきん）この街（まち）では破落戸（ごろつき）がうろうろしているので、通（とお）らないようにしている。

因為最近常有地痞流氓在這條街閒晃，所以我儘可能避開不走。

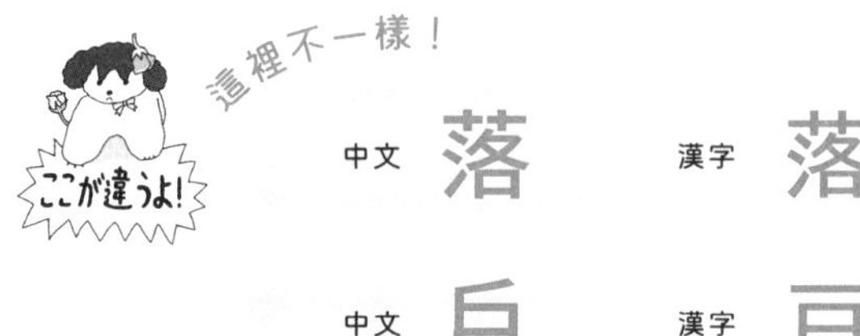

中文 落　漢字 落

中文 戶　漢字 戸

ちょうこうぜつ
長広舌

解釋

雄辯之舌、長篇大論；喋喋不休。

中文原意

中日文都有「長舌」的意思。

例句 朝会（ちょうかい）での校長先生（こうちょうせんせい）の話（はなし）は長広舌（ちょうこうぜつ）で、皆（みんな）をうんざりさせていた。

朝會上校長的長篇大論，讓大家都很不耐煩。

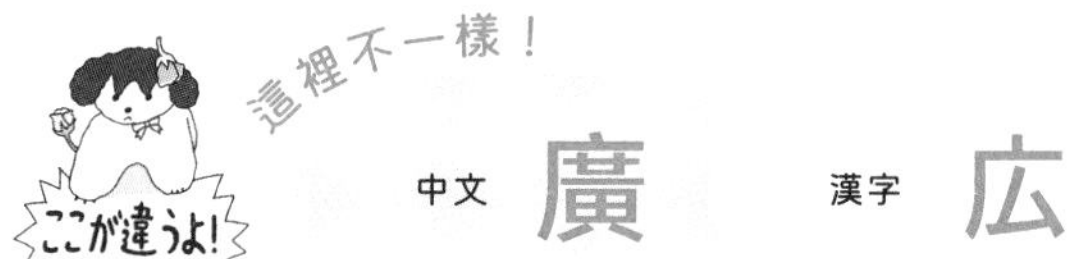

中文 廣　漢字 広

りょうせいばい
両成敗

解釋

不問事情原委、經過和結果，直接處罰引起事端的兩方。

中文原意

得與失。

例句1 同僚と会議中に言い争いをしてしまい、『両成敗』だと、二人とも始末書を書かされた。

因為在開會時跟同事起爭執，所以兩人都受到處罰，被要求寫悔過書。

例句2 学級委員と喧嘩すると、先生は必ず僕のせいにするから、せめて両成敗にしてほしい。

要是跟班長吵架的話，老師一定只會怪我，希望他最起碼能兩方都罵。

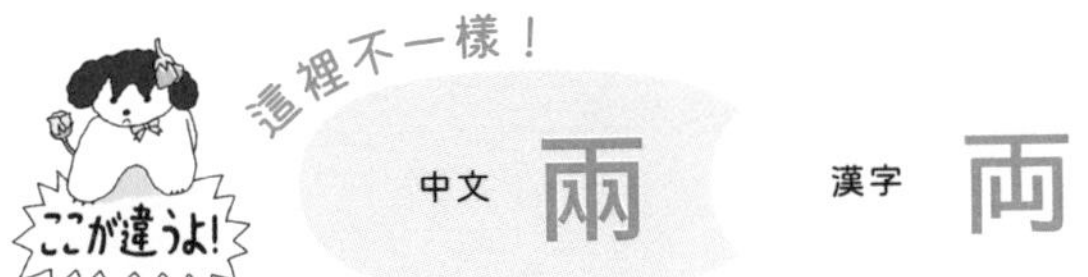

② 異字近義

1 人物

おてんば
御転婆

解釋

凶巴巴的年輕女孩、男人婆。以前是用來形容不知羞恥，拋頭露面的女人或那個德性。

例句 うちの娘(むすめ)は人見知(ひとみし)りも場所見知(ばしょみし)りもしない御転婆(おてんば)さんなので、時々困(ときどきこま)ることがある。

我家女兒是個不怕陌生人，也不怕陌生環境的野丫頭，有時會讓我很傷腦筋。

中文 轉　　漢字 転

あおにさい
青二才

解釋

毛頭小子。

例句 まだまだ青二才(あおにさい)ですが、ご指導(しどう)よろしくお願(ねが)い致(いた)します。

因為我還年輕不懂事，所以要請您多多指教。

手弱女（たおやめ）

解釋

婀娜的女子、窈窕淑女。

例句 先輩（せんぱい）は手弱女（たおやめ）という表現（ひょうげん）がとても似合（にあ）う女性（じょせい）だ。

我學姐是一位很適合用窈窕淑女來形容的女性。

---

2 情緒

長大息（ちょうたいそく）

解釋

長嘆；

不由自主地讚嘆。

例句 陶器（とうき）の展覧会（てんらんかい）で皆（みんな）の注目（ちゅうもく）を集（あつ）めた作品（さくひん）に思（おも）わず長大息（ちょうたいそく）を漏（も）らした。

陶器展上，看到吸引眾人目光的作品，令我不由自主地讚嘆。

夢心地（ゆめごこち）

解釋

夢境；如在夢中（的心情）。

例句 美（うつく）しい彼女（かのじょ）と結婚（けっこん）した後（あと）は、私（わたし）は毎日（まいにち）夢心地（ゆめごこち）だ。

跟美麗的她結婚後，我每天都像在作夢一般。

中文 夢　　漢字 夢

3 性格、特質

真人間（まにんげん）

解釋

正經人。
做事一絲不苟、正經的人。

例句 泥棒（どろぼう）だった彼（かれ）は悪（わる）いことから足（あし）を洗（あら）い、真人間（まにんげん）になると決心（けっしん）したのだった。

原本當小偷的他，下定決心要洗心革面，成為一個正派的人。

這裡不一樣！

中文 真　　漢字 真

硬骨漢（こうこつかん）

解釋

意志堅強，不輕易改變自己主張的男人。

例句 隣（となり）のお爺（じい）さんは硬骨漢（こうこつかん）であるため、よく他（ほか）の人（ひと）の意見（いけん）を無視（むし）する。

鄰居老爺爺是一位不輕易改變主張的人，所以常無視其他人的意見。

這裡不一樣！

中文 骨　　漢字 骨

中文 漢　　漢字 漢

片意地（かたいじ）

解釋

固執己見。

例 句 兄（あに）は片意地（かたいじ）のせいで、友達（ともだち）が殆（ほとん）どいない。

我哥因為相當固執己見，所以幾乎沒有朋友。

土性骨（どしょうぼね）

解釋

骨氣；拗脾氣。

例句 1 兄（あに）は普段頼（ふだんたよ）りがないと見（み）えるが、実（じつ）は土性骨（どしょうぼね）が据（す）わっている人（ひと）だ。

我哥平常看起來雖然不太可靠，但其實他是一個很有骨氣的人。

例句 2 もう後（あと）がないのに、又（また）わがままを言（い）い出（だ）すなんて、あいつの土性骨（どしょうぼね）を叩（たた）き直（なお）してやるべきだ。

都已經沒有退路了他還耍起性子，應該要幫他改掉那拗脾氣了。

無邪気（むじゃき）

解釋 天真無邪。

例句 遊園地（ゆうえんち）に行（い）ったら、彼女（かのじょ）は幼（おさな）い頃（ころ）に戻（もど）ったかのように無邪気（むじゃき）に遊（あそ）んでいた。

到了遊樂園，我女朋友就像回到小時候一樣，天真無邪地玩著。

唐変木（とうへんぼく）

解釋 木頭人；糊塗蟲。

例句1 教（おし）え子（ご）は唐変木（とうへんぼく）で、いくら説明（せつめい）しても通（つう）じない。

我教的學生是個木頭人，解釋了好幾遍也聽不懂。

例句2 会社（かいしゃ）にとんでもない唐変木（とうへんぼく）が転勤（てんきん）してきた。

公司裡調來了一個離譜的糊塗蟲。

かげひなた
陰日向

解釋

向陽地與背陽處；表裡不一、雙面人。

例句 1 陰(いん)と陽(よう)、表(ひょう)と裏(り)、陰日向(かげひなた)もあるからこそ、面白(おもしろ)いのだ。

就因為有陰陽、表裡、向陽與背陽所以才有趣。

例句 2 好(す)きな上司(じょうし)が陰日向(かげひなた)のある人物(じんぶつ)でがっかりした。

喜歡的上司是個表裡不一的人，真令我失望。

4 信念、意志

ふたいてん
不退転

解釋

(宗)立意修行；
堅定不移，絕不退縮。

例 句 隊員(たいいん)の不退転(ふたいてん)の意志(いし)が優勝(ゆうしょう)の鍵(かぎ)だった。

隊員們不退縮的意志是獲得冠軍的關鍵。

中文 轉　漢字 転

5 態度

かざみどり
風見鶏

解釋

風向儀；
見風轉舵。

例句 1 屋根(やね)に綺麗(きれい)な風見鶏(かざみどり)のある素敵(すてき)な家(いえ)に住(す)んでみたい。

我想住看看在屋頂上有漂亮風向儀的美麗房子。

例句 2 会社(かいしゃ)の先輩(せんぱい)は風見鶏(かざみどり)だから、上司(じょうし)に信用(しんよう)されていない。

因為我公司的前輩會見風轉舵，所以不受上司信任。

中文 雞　漢字 鶏

ひよりみ
日和見

解釋

觀察天氣；觀望情勢、見機行事。

例句 状況（じょうきょう）が明（あき）らかになるまで、日和見（ひよりみ）を決（き）めて、暫（しばら）く様子（ようす）を見（み）よう。

在情況明朗前，我決定先暫時觀望情勢再說。

からげんき
空元気

解釋

表現得讓人覺得自己很有精神。

例句 父（ちち）は頑張（がんば）りすぎていて、疲（つか）れているのに、いつも空元気（からげんき）に見（み）える。

我爸明明因為太過努力而疲累不堪，但還老是假裝自己很有精神的樣子。

中文 氣　　漢字 気

てつめんぴ
鉄面皮

解釋

厚臉皮。

例句 友達(ともだち)の鉄面皮(てつめんぴ)は尋常(じんじょう)なものではなく、嘘(うそ)を吐(つ)くことなど、何(なん)とも思(おも)っていないらしい。

我朋友臉皮厚得非比尋常，好像完全不覺得撒謊有什麼不對。

中文 鐵　　漢字 鉄

はれんち
破廉恥

解釋

厚臉皮、寡廉鮮恥。

例句1 駅(えき)のホームであのカップルはイチャイチャしすぎて、周(まわ)りからは破廉恥(はれんち)な人達(ひとたち)だと思(おも)われている。

在車站月台的那對情侶太放閃了，周圍的人都覺得他們真是厚臉皮。

例句2 あの人(ひと)の言動(げんどう)はとても下品(げひん)で破廉恥(はれんち)だった。私(わたし)はあのような人(ひと)とは友達(ともだち)になりたくない。

那個人的行為既下流又無恥。我可不想跟那樣的人做朋友。

にまいじた
二枚舌

解釋
花言巧語；說話前後矛盾。

例句1 あなたの新しい出来た友達は二枚舌を使う人だから、注意した方がいいよ。

你認識的新朋友是一個會花言巧語的人，所以你最好注意一點喔。

例句2 反抗期最中の息子は二枚舌で真実を見分けるのに苦労する。

我那正值反抗期的兒子說話前後矛盾，要判別他說的是真是假得頗為費神。

---

6 能力

いっせきがん
一隻眼

解釋
一隻眼睛；
獨具慧眼。

例句 同じチームの先輩はこの分野では、一隻眼を有しているので、一緒に働いていて非常に勉強になる。

同一團隊的前輩在這個領域可說是獨具慧眼，所以跟他一起工作真是受益匪淺。

這裡不一樣！

中文 隻　　漢字 隻

麒麟児（きりんじ）

解釋

神童；傑出青年。

例句1 三歳（さんさい）なのに、英語（えいご）がペラペラ話（はな）せる我（わ）が子（こ）は麒麟児（きりんじ）ではないかと、親（おや）バカでありながらも思（おも）えてならない。

我小孩才三歲，就能說出一口流利的英語，我這個慣父母就覺得莫非他是個神童？

例句2 麒麟児（きりんじ）だと呼（よ）ばれていた兄（あに）はやはり政治家（せいじか）になった。

有傑出青年之稱的哥哥終歸成為了政治家。

中文 兒　漢字 児

猿真似（さるまね）

解釋

依樣畫葫蘆、東施效顰。

例句 小説（しょうせつ）に新（あたら）しいアイディアを出（だ）そうと努力（どりょく）をしないで、ただ他（ほか）の作家（さっか）の猿真似（さるまね）だけしていては、ベストセラーになるはずはない。

若不努力把新創意加入小說裡，只是模仿其他作家的話，不可能成為暢銷作品。

漢字 真

半可通（はんかつう）

解釋

一知半解。

例句 こんな重要（じゅうよう）な会議（かいぎ）で、もし半可通（はんかつう）なコメントしかできないなら発言（はつげん）しない方（ほう）がよい。

在如此重要的會議上，如果只是一知半解的提議，那還不如不要發言。

一丁字（いっていじ）

解釋

目不識丁。

例句 両親（りょうしん）は一丁字（いっていじ）でも私（わたし）と兄（あに）を立派（りっぱ）に育（そだ）て上（あ）げた。

雖然我父母目不識丁，但還是把我跟哥哥栽培得出人頭地了。

7　人際關係

おさな なじみ
幼馴染

解釋
青梅竹馬。

例句　彼女は単なる幼馴染で、恋愛相手ではない。
她只是我的青梅竹馬，並不是戀愛對象。

8　人生

はだかいっかん
裸一貫

解釋
一無所有；
白手起家。

例句1　姉は裸一貫の状態でフランスに渡り、本場のフランス料理を学びに行った。
我姐在身無分文的狀況下前往法國，去學習正宗的法國料理。

例句2　最初は無謀な挑戦に思われた裸一貫での事業の立ち上げだったが、今では成功を収めている。
起初雖然被認為是不智的白手起家創業，不過現在已經收穫了成功。

茶飯事（さはんじ）

解釋

家常便飯、司空見慣的事。

例句 朝から晩まで、近所にあるカラオケから大きい歌声が聞こえるので、騒音は茶飯事となっている。

從早到晚，都可以聽到我家附近的卡拉 OK 傳來響亮的歌聲，被噪音干擾已是家常便飯。

絵空事（えそらごと）

解釋

白日夢。

例句 努力もせずに、絵空事ばかり語っていると、信用されなくなるよ。

要是不努力而光說些白日夢的話，會失去信用喔！

皮算用（かわざんよう）

解釋

事情都還沒實現就已經在計畫實現後要怎樣做，可說成「打如意算盤」。

例句 デート前（まえ）に皮算用（かわざんよう）を立（た）てていたが、彼女（かのじょ）に予定外（よていがい）の高価（こうか）なプレゼントを買（か）ってあげた。

雖然約會前我有先算好，但還是買了超乎預期的高價禮物送給了女朋友。

楽隠居（らくいんきょ）

解釋

年老退休後過舒適生活（的人）。

例句 両親（りょうしん）は私達（わたしたち）に店（みせ）を任（まか）せて、山（やま）の別荘（べっそう）に楽隠居（らくいんきょ）して、好（す）きなことをしている。

父母將店面交給我們後到山裡別墅過著舒適悠閒的生活，做自己想做的事。

9 自然氣候

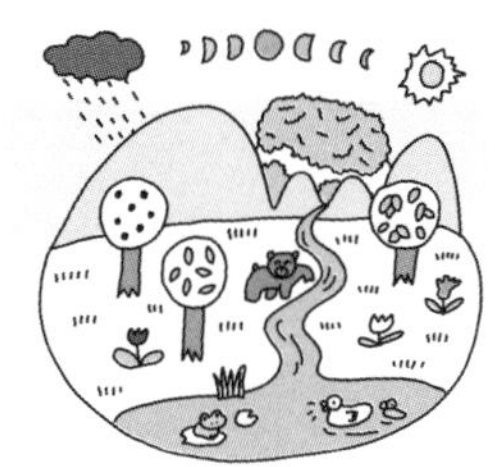

べってんち
別天地

解釋
別有天地、
世外桃源。

例句 函館空港に降り立った時、ここは正に別天地だと思った。

降落到函館機場時，我覺得這裡真是一處世外桃源。

漢字 天

10 金錢

あたいせんきん
価千金

解釋
價值千金、
非常有價值。

例句 大学から付き合った妻と結婚できたのは価千金以上の出来事だ。

能跟從大學就開始交往的老婆結婚，是一件比千金更有價值的事情。

漢字 価

身代金（みのしろきん）

解釋

贖金。

例句 300万（さんびゃくまん）の身代金（みのしろきん）だけ奪（うば）われたのに、あの子（こ）は帰（かえ）ってこなかった。

只有 300 萬的贖金被搶走，那個孩子卻沒有回來。

11 其他

怪気炎（かいきえん）

解釋

借酒裝瘋。

例句 飲（の）み会（かい）の席（せき）で彼（かれ）はいつものように「俺（おれ）は大金持（おおがねも）ちになる」と怪気炎（かいきえん）を上（あ）げていた。

聚餐時他又像平常那樣發酒瘋，口口聲聲喊著「我要變成富翁」。

這裡不一樣！

中文 氣　漢字 気

紙一重（かみひとえ）

解釋

相差無幾，一線之隔。

例句 天才（てんさい）と馬鹿（ばか）は紙一重（かみひとえ）というが、うちの教授（きょうじゅ）は日毎（ひごと）に天才（てんさい）と馬鹿（ばか）が入（い）れ替（か）わる変人（へんじん）だ。

有言道天才與傻瓜只有一線之隔，我們教授就是個每天變換於天才與傻瓜之間的怪咖。

紅一点（こういってん）

解釋

萬綠叢中一點紅。

例句 学生時代（がくせいじだい）に紅一点（こういってん）と呼（よ）ばれていたが、実（じつ）は工学部（こうがくぶ）の大学（だいがく）に進学（しんがく）したから。

學生時期雖然被說是萬綠叢中一點紅，但那其實是因為我大學進了工學院。

珍無類（ちんむるい）

解釋

奇妙絶倫。

例句 絵が趣味の父は珍無類な作品を手に入れたと上機嫌だが、私にはその良さがさっぱり分からない。

嗜好繪畫的父親一旦收集到奇妙絕倫的作品就會喜孜孜的，但我可完全不懂到底哪裡好。

這裡不一樣！

中文 類　漢字 類

間一髪（かんいっぱつ）

解釋

千鈞一髮。

例句 崩れた瓦がすぐ後ろに落ちて、危うく頭に当たるところだったが、正に間一髪だった。

崩落的瓦片剛好掉在我身後，險些打到我的頭，真是千鈞一髮。

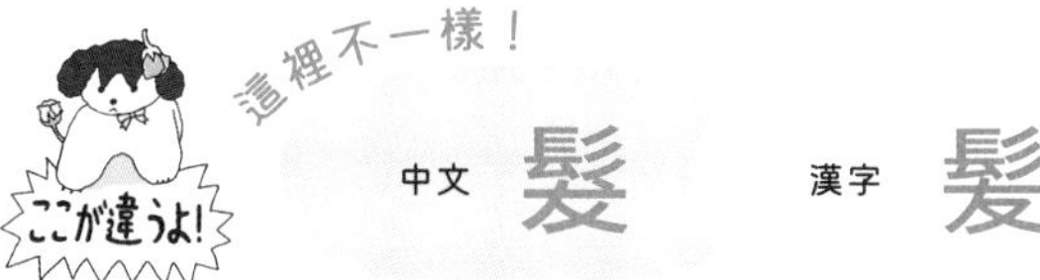

漢字 髪

美人局

つつもたせ

解釋

仙人跳。

例句 どんな綺麗な女性が現れても、美人局などには引っ掛からない自信がある。

我有自信不論是多美麗的女人出現，我都不會被仙人跳所騙。

太鼓判

たいこばん

解釋

掛保證。

例句 あの映画は多くの人に推薦されていて、姉からも太鼓判を押されたので、是非見てみたいんだ。

因為那部電影有很多人推薦，連姐姐也掛保證，所以我務必要去看看。

補充 用像大鼓一樣大的印章蓋在文件上，表示有大大的保證。

這裡不一樣！

中文 判　漢字 判

無尽蔵（むじんぞう）

解釋

無窮盡。

例句 肉（にく）に関（かん）して言（い）えば、私（わたし）のお腹（なか）に無尽蔵（むじんぞう）に入（はい）る。

說到吃肉，我的肚子可是無底洞，再多都能裝得下。

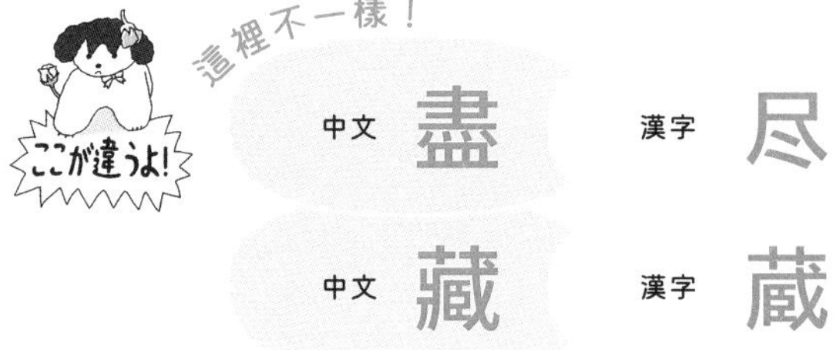

③ 日本特有

1 人物

やぼてん
野暮天

解釋

土包子。

例句 田舎(いなか)から来(き)た彼(かれ)は野暮天(やぼてん)だと思(おも)われていたけど、2年間(にねんかん)の都会(とかい)暮(ぐ)らしで、すっかり垢抜(あかぬ)けしました。

剛從鄉下來的他雖然曾被認為是土包子，但經過兩年的都市生活後，完全擺脫了土氣。

ひるあんどん
昼行灯

解釋

糊塗的人；沒用的人。

例句1 ちょっとしたミスから昼行灯(ひるあんどん)と揶揄(やゆ)されている。

因為一點點的失誤被嘲諷是個糊塗蟲。

例句2 あの昇進(しょうしん)したばかりの部長(ぶちょう)は昼行灯(ひるあんどん)だとみんな陰(かげ)で言(い)っている。

大家都在背後說，那個剛升官的經理是個沒用的人。

むかしかたぎ
昔気質

解釋

老頑固、古板。

例　句 お父(とう)さんは昔気質(むかしかたぎ)で、スマホどころか携帯(けいたい)も持(も)っていないので、連絡(れんらく)が取(と)れず、不便(ふべん)だ。

我爸是個老古板，別說是智慧型手機了，連行動電話都沒有，聯絡不上很不方便。

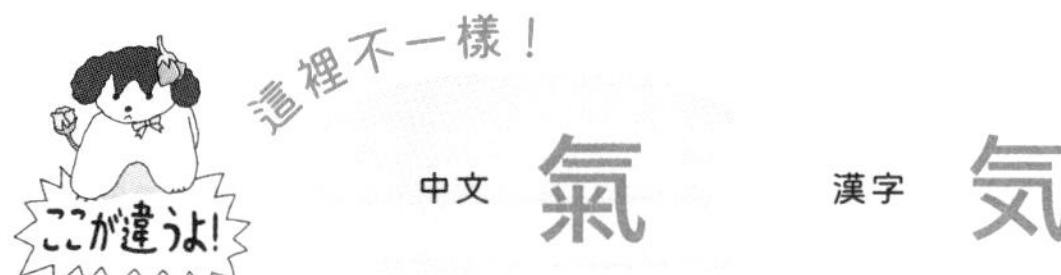

用心棒（ようじんぼう）

解釋

保鏢、護衛；防小偷或強盜而準備的防身棒；頂門棍。

例句 家(うち)のワンちゃんヒーローは最強(さいきょう)の用心棒(ようじんぼう)なので、それを知(し)っている泥棒(どろぼう)は怖(こわ)くて入(はい)って来(こ)ない。

我們家的狗狗英雄是最強的護衛，所以知道這件事的小偷都怕得不敢進來。

中文 棒　　漢字 棒

好事家（こうずか）

解釋

收藏家。

例句 あの人(ひと)は車(くるま)が好(す)きで、この分野(ぶんや)においては好事家(こうずか)ではあるが、プロフェッショナルではない。

那個人很喜歡車子，雖然在這領域算是個收藏家，但還談不上專家。

韋駄天（いだてん）

解釋

飛毛腿。

例句 運動会(うんどうかい)で、彼(かれ)は韋駄天(いだてん)のように走(はし)っていた。

在運動會上，他跑得像飛毛腿。

這裡不一樣！

中文 天　　漢字 天

ぼくねんじん
朴念仁

解釋

想法單純、不會轉彎；個性頑固不知變通；不解風情的男生。

例句1 朴念仁（ぼくねんじん）な彼（かれ）には一切（いっさい）の冗談（じょうだん）が通（つう）じない。

想法單純的他，完全聽不懂任何玩笑話。

例句2 ハンサムな先輩（せんぱい）は女性（じょせい）からのアプローチに全（まった）く気（き）づかない朴念仁（ぼくねんじん）な人（ひと）だ。

英俊的前輩是個完全不會注意到女性在追求他的木頭人。

補充 「朴」有素朴的意思，「念」是想法，「仁」是對他人的關心。所以整個意思就是想法單純、不知變通，現在也可引申為「不解風情的男生」。

しゃようぞく
社用族

解釋

假借公司名義，揮霍公款的人。

例句 接待（せったい）なんて嘘（うそ）をついて、銀座（ぎんざ）のクラブに行（い）く客（きゃく）のほとんどは社用族（しゃようぞく）だ。

謊稱說是應酬，到銀座俱樂部的客人幾乎都是假借公司名義，揮霍公款的人。

ちょうほんにん 張本人

解釋

罪魁禍首。

例句 彼(かれ)があの火事(かじ)を引(ひ)き起(お)こした張本人(ちょうほんにん)だ。

他就是引發那場火災的罪魁禍首。

補充 「張」原本的意思是張（弓）、伸張開來、覆蓋，可衍伸為引起、引發。「本」是原本的、根本的。而「人」就是人。所以就是「引起」事件的「根本」的「人」。

あまのじゃく 天邪鬼

解釋

愛唱反調的人。

例句 弟(おとうと)は反抗期(はんこうき)なのか、最近母(さいきんはは)と話(はな)せば、いつも天邪鬼(あまのじゃく)な態度(たいど)を取(と)ってしまう。

弟弟可能是正值反抗期吧，最近跟媽媽講話都故意唱反調。

補充 天邪鬼會模仿他人的外表或聲音舉止，或把人的行為變得相反，以藉此對人作亂。

しゃようぞく
斜陽族

解釋

沒落的上層階級。

例句 上流階級（じょうりゅうかいきゅう）だった彼（かれ）は、今（いま）斜陽族（しゃようぞく）となってしまった。

過去身為上流階級的他，現在已成沒落一族。

---

2 情緒

うちょうてん
有頂天

解釋

得意洋洋、
興高采烈。

例句 大学院試験合格（だいがくいんしけんごうかく）を知（し）った日（ひ）は有頂天（うちょうてん）のあまり、朝（あさ）まではしゃいでしまった。

當我知道考上研究所的那一天，興高采烈之餘，一直喧鬧到了早上。

這裡不一樣！

中文 天　　漢字 天

地団駄（じだんだ）

解釋

捶胸頓足、因悔恨而跺腳。

例句　成績（せいせき）が落（お）ちて悔（くや）しさのあまり、子供（こども）の様（よう）に地団駄（じだんだ）を踏（ふ）んでしまった。

我因為成績變差而感到懊悔，像個小孩子似地捶胸頓足。

不気味（ぶきみ）

解釋

令人害怕、讓人毛骨悚然。

例句　いつも口（くち）うるさい先生（せんせい）は今日（きょう）、不気味（ぶきみ）なほど静（しず）かだった。

平時總是愛碎碎唸的老師，今天卻安靜到讓人覺得毛骨悚然。

かんむりょう
感無量

解釋

無限感慨。

例句 期末試験で、数学が満点を取ったなんて、本当に感無量だ。

我期末考的數學竟然拿了滿分，真是令人感慨萬分。

おうじょうぎわ
往生際

解釋

死心、斷念。

例句 あんな事をされて、別れるしかないと分かっているのに往生際が悪く彼女への想いを断ち切れない。

明明知道被那樣對待只能分手，但我卻無法死心，難以對女友忘懷。

中文 際　漢字 際

3 性格、特質

几帳面（きちょうめん）

解釋
規規矩矩、一絲不苟。

例句 友達（ともだち）は几帳面（きちょうめん）な性格（せいかく）で毎日（まいにち）同（おな）じ喫茶店（きっさてん）でコーヒーを買（か）って、同（おな）じ食堂（しょくどう）で晩御飯（ばんごはん）を食（た）べる。

我朋友的個性很一絲不苟，每天都會在相同的咖啡廳買咖啡、在相同的餐廳吃晚飯。

一本気（いっぽんぎ）

解釋
天真無邪、單純；直率；死心眼。

例句1 社長（しゃちょう）の人（ひと）に対（たい）する一本気（いっぽんぎ）な姿勢（しせい）は社員（しゃいん）から親（した）しまれる要素（ようそ）の一（ひと）つである。

總經理待人真誠的態度是受到員工喜愛的原因之一。

例句2 お兄（にい）さんは一本気（いっぽんぎ）なところがあり、一（ひと）つことに集中（しゅうちゅう）すると他（ほか）のことに手（て）がつかなくなる。

哥哥死心眼的個性，只要專注於一件事就無法顧及其他的事。

中文 氣　　漢字 気

きいっぽん
生一本

解釋
純粹、道地；正直、坦率。

例句 家の娘は小さい頃から勉強熱心で、生一本な性格だ。
我家女兒從小就很愛讀書，個性非常純真。

いくじ
意気地

解釋
魄力、志氣、骨氣。

例句1 あんな酷いことを言われて何も言い返さないなんて、意気地がない人だ。
都被說成那樣了竟然連一句話也不反駁，真是個沒骨氣的人。

例句2 担任先生は「意気地がなくてもいい。狡くなければいい。」と優しく言った。
班導柔聲說過：「人就算沒有魄力也沒關係，只要不狡猾就好」。

這裡不一樣！

中文 氣　　漢字 気

居丈高（いたけだか）

解釋

盛氣凌人、氣勢洶洶。

例句 社長（しゃちょう）はそれぞれの社員（しゃいん）を尊重（そんちょう）し、決（けっ）して居丈高（いたけだか）にはならなかった。

總經理很尊重每一位員工，絕不會盛氣凌人。

生意気（なまいき）

解釋

臭美、傲慢、自大。

例句 この前入（まえはい）った新入生（しんにゅうせい）、一年生（いちねんせい）のくせに、先輩（せんぱい）の私（わたし）に意見（いけん）をしてくるなんて、生意気（なまいき）で気（き）に入（い）らないな。

前不久剛入學的新生，明明是一年級卻對身為前輩的我有意見，未免太自大了吧，真令人討厭。

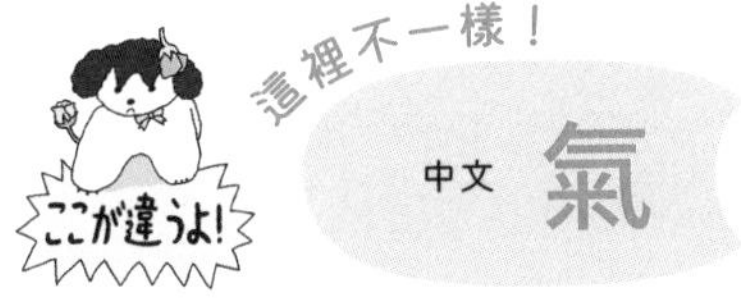

這裡不一樣！

中文 氣　漢字 気

依怙地（いこじ）

解釋
堅持；頑固。

例句 彼（かれ）は依怙地（いこじ）に勉強（べんきょう）をし続（つづ）け、今（いま）では医者（いしゃ）になって人（ひと）を助（たす）けてあげる。

他持續不懈地學習，現在成了醫生，幫助很多人。

気丈夫（きじょうぶ）

解釋
有依靠、有信心；剛強。

例句1 妻（つま）がいてくれるおかげで、気丈夫（きじょうぶ）に困難（こんなん）に立（た）ち向（む）かえる。

因為有妻子陪伴在身邊，所以我才能堅強地面對困難。

例句2 気丈夫（きじょうぶ）なお父（とう）さんでも病気（びょうき）には勝（か）てない。

就連剛強的父親也無法戰勝病魔。

這裡不一樣！

中文 氣　　漢字 気

おやぶんはだ 親分肌

解釋

有被依賴特質的人。

例句 あの人（ひと）は親分肌（おやぶんはだ）の優（やさ）しい性格（せいかく）で、多（おお）くの後輩（こうはい）たちから慕（した）われている。

因為他個性溫和又值得信賴，所以受到許多後輩的仰慕。

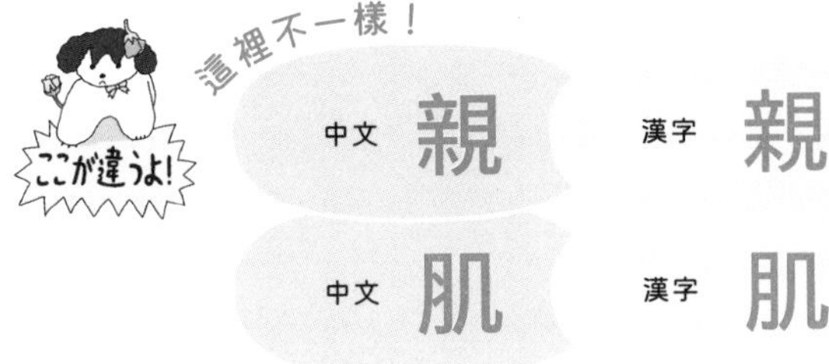

ますらお 益荒男

解釋

男子漢、大丈夫。

例句 今（いま）は、草食系男子（そうしょくけいだんし）が増（ふ）えて、益荒男（ますらお）はめったに見（み）かけない。

因為現在草食系男子在增加，所以很難看到有男子氣概的人。

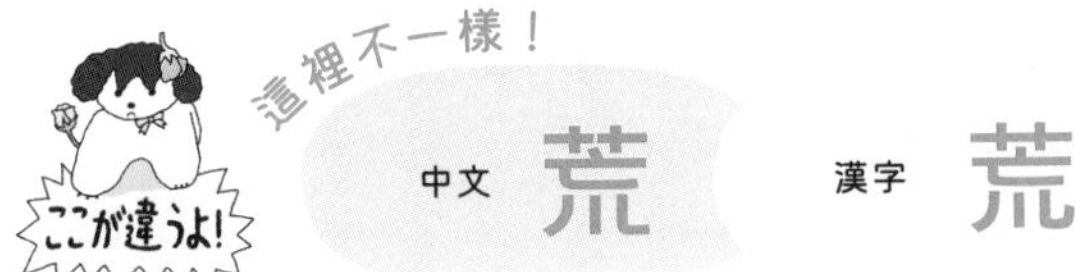

大雑把（おおざっぱ）

解釋

粗枝大葉。

例句 旦那は大雑把だから、あまり細かいことを頼んでも無理だよ。

我老公是一個粗枝大葉的人，所以沒法拜託他太瑣碎的事情。

這裡不一樣！

中文	漢字
雜	雑

能天気（のうてんき）

解釋

漫不經心、少根筋。

例句 お兄さんは小さい頃から能天気なんだけど、社会に出て、仕事しはじめると、とても慎重になった。

雖然哥哥從小就少根筋，但出社會開始工作後，就變得很謹慎了。

這裡不一樣！

中文	漢字
能	能
天	天
氣	気

不始末（ふしまつ）

解釋

不經心、不注意；（行為）不檢點、沒規矩。

例句 ゆうべの火事（かじ）の原因（げんいん）は、タバコの火（ひ）の不始末（ふしまつ）だそうです。

聽說昨晚的火災，是因為菸蒂不小心引起的。

出不精（でぶしょう）

解釋

不愛出門、懶得出門。

例句 約束（やくそく）をしたのに、すっぽかして家（いえ）にいたなんて、あなたは出不精（でぶしょう）にもほどがある。

明明都約好了要見面，卻放我鴿子自己待在家裡，你懶得出門也要有個限度吧！

内弁慶（うちべんけい）

解釋

在家一條龍，出外一條蟲。

例句 息子（むすこ）は内弁慶（うちべんけい）な子（こ）で、学校（がっこう）に付（つ）いていけるか、とても心配（しんぱい）しています。

因為我兒子在家一條龍，出外一條蟲，所以我很擔心他是不是能適應學校。

中文 慶　漢字 慶

表六玉（ひょうろくだま）

解釋

笨蛋、糊塗蟲。

例句 弟（おとうと）は何度（なんど）言（い）われても、同（おな）じ間違（まちが）いを繰（く）り返（かえ）すため、父（ちち）は彼（かれ）に向（む）かって思（おも）わず、「この表六玉（ひょうろくだま）」と罵（ののし）った。

弟弟不管被唸了多少次都還是會犯同樣的錯誤，所以爸爸忍不住對他大罵「你這個笨蛋」。

---

4 信念、意志

長丁場（ながちょうば）

解釋

指距離很長，後延伸為類似「持久戰」的意思。

例句 あの見（み）たい映画（えいが）は長丁場（ながちょうば）なので、家（うち）に帰（かえ）った時（とき）、もう夜（よる）１１時（じゅういちじ）になってしまった。

那部我想看的電影片長較長，所以看完回到家已經晚上 11 點了。

5 態度

大袈裟（おおげさ）

解釋

小題大作。

例句 ある本(ほん)に書(か)いてあったけど、「何事(なにごと)も大袈裟(おおげさ)に考(かんが)えると、あまり良(い)い方向(ほうこう)に進(すす)むことはない」なんだ。

曾有本書寫道，「要是所有事情都小題大作的話，那麼就不太能往好的方向發展」。

漢字 裟

高飛車（たかびしゃ）

解釋

高壓、盛氣凌人、強橫。

例句 彼女(かのじょ)はいつも高飛車(たかびしゃ)な態度(たいど)で人(ひと)を見下(みくだ)している。

她的態度總是高傲瞧不起人。

野放図（のほうず）

解釋

態度散漫、肆無忌憚。

例句 大学（だいがく）に入（はい）って、東京（とうきょう）で一人暮（ひとりぐ）らしが始（はじ）まったとたん、野放図（のほうず）になってしまった。

上大學後，我在東京才剛開始一個人生活，就變得散漫了。

中文 圖　漢字 図

無頓着（むとんちゃく）

解釋

不在乎、不關心、不介意。

例句 週（しゅう）に5回（ごかい）もカップラーメンを食（た）べている。彼（かれ）は食（た）べ物（もの）に対（たい）して、あまりに無頓着（むとんちゃく）だ。

一個星期吃五次杯麵，他對食物實在太漠不關心了。

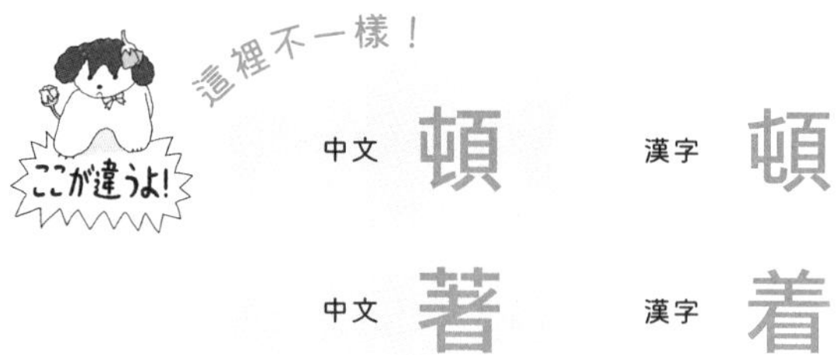

中文 頓　漢字 頓

中文 著　漢字 着

無作法

解釋

沒規矩、粗魯。

例句 いくら先輩でも、その無作法には耐えられないんだ。

就算是前輩，我也難忍他的無理。

目一杯

解釋

原意是磅秤上的最大刻度，用來形容竭盡全力。

例句 先生は授業で目一杯手を上げて積極性をアピールする学生が好きだ。

老師喜歡上課時勇於舉手表現積極的學生。

断末魔

解釋

垂死掙扎。

例句 番組でライオンに捕まった獲物の断末魔の叫びが放送され、テレビ局は非難を浴びた。

電視台因為在節目當中，播放被獅子抓到的獵物掙扎的慘叫聲而受到譴責。

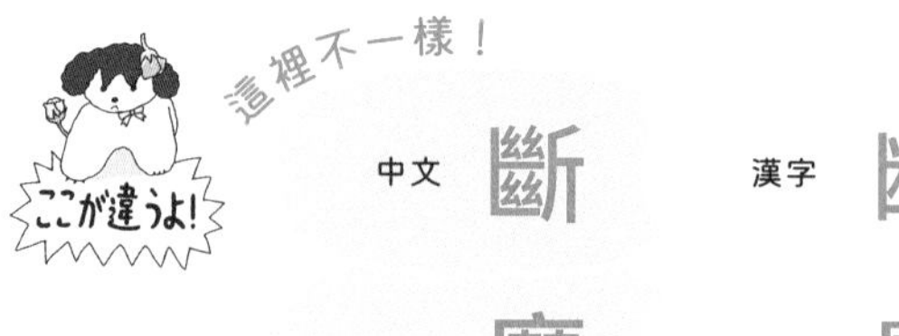

つけやきば
付焼刃

解釋

臨陣磨槍、臨時抱佛腳。

例句 学校(がっこう)の先生(せんせい)はよく言(い)っていた「付焼刃(つけやきば)の知識(ちしき)で資(し)格(かく)を取(と)っても、実務(じつむ)には役(やく)に立(た)たない」。

學校老師常說「就算用臨陣磨槍的知識拿到了證書，在實務上也沒有助益」。

なまへんじ
生返事

解釋

模稜兩可的回答。

例句 私(わたし)が家計(かけい)の事(こと)について話(はな)していると旦那(だんな)はいつも生返事(なまへんじ)をする。

每次講到家用錢，老公總是模稜兩可地回答。

6 能力

いちじんぶつ
一人物

解釋

有見識的人、一號人物。

例句 政治家(せいじか)を目指(めざ)す者(もの)にはあの人(ひと)が一人物(いちじんぶつ)であるということは周知(しゅうち)の事実(じじつ)だ。

在立志成為政治家的人當中，眾所皆知他是位有見識的人。

だいこくばしら
大黒柱

解釋

支撐一個家庭、組織、國家的主要支柱。

例句 姉(あね)は高校(こうこう)を卒業後(そつぎょうご)、生活(せいかつ)のために働(はたら)き、家族(かぞく)の大黒柱(だいこくばしら)となった。

姐姐自從高中畢業以後，為了生活而去工作，成了家中的經濟支柱。

補充 由於日本地震頻繁，以往在建築工法上，會使用橡樹或櫸樹等木質堅硬的木材作為頂樑柱來支撐，一般在日本傳統房屋的中央位置，最粗的主要柱子，就是「大黒柱(だいこくばしら)」。

這裡不一樣！

中文 黑　漢字 黒

しんこっちょう
真骨頂

解釋 真本事、看家本領。

例句 地震(じしん)の時(とき)、緊急報道(きんきゅうほうどう)を読(よ)み上(あ)げるのはアナウンサーの真骨頂(しんこっちょう)だと思(おも)う。

我認為發生地震時，播報緊急新聞才是主播的真本事。

補充 通常用於別人都以為你沒有能力，結果在某個時機嶄露真面目秀出自己的真本領。

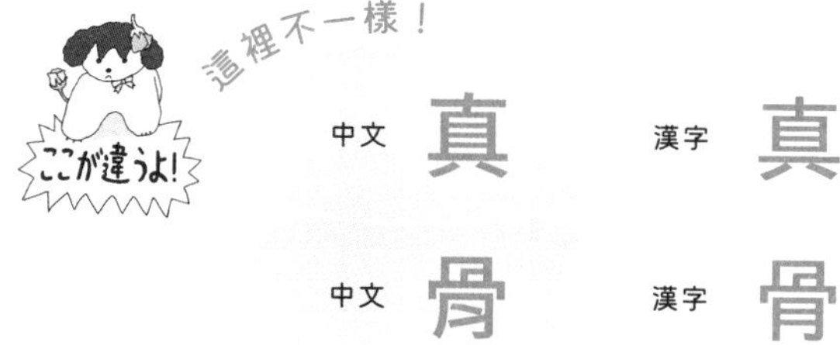

ふせいしゅつ
不世出

解釋 非凡的。

例句 お姉(ねえ)さんは自分(じぶん)の歌(うた)の才能(さいのう)を、不世出(ふせいしゅつ)なものだと自負(じふ)している。

姐姐相當自負自己擁有非凡的歌喉。

折紙付（おりがみつき）

解釋

附鑑定證明。有信譽、有保證。

例句　あの有名（ゆうめい）な医者（いしゃ）が紹介（しょうかい）しているから、この健康（けんこう）食品（しょくひん）は折紙付（おりがみつき）って訳（わけ）だ。

因為是那位名醫所介紹的健康食品，所以肯定是有保證的。

二刀流（にとうりゅう）

解釋

雙手各拿一把刀的劍術流派；既喜歡喝酒又喜歡吃甜食。

例句1　宮本武蔵（みやもとむさし）は二刀流（にとうりゅう）で戦（たたか）っていた。

宮本武藏雙手各拿一把刀應戰。

例句2　私（わたし）は酒（さけ）も甘（あま）い物（もの）もどちらも好（す）きな二刀流（にとうりゅう）なので、饅頭（まんじゅう）を肴（さかな）に焼酎（しょうちゅう）を飲（の）む。

我是酒和甜食都喜歡的「甜辛黨」，所以會拿紅豆包當下酒菜。

補充　喜歡甜食的人叫做「甜黨」，喜歡酒的人稱為「辛黨」，因為酒是辛辣的。

ひゃくにんりき 百人力

解釋

百人之力；壯膽、心中有依仗。

例句 運動会（うんどうかい）に足（あし）が速（はや）い彼（かれ）が加（くわ）わってくれたら、百人力（ひゃくにんりき）だよね。

運動會時，要是有飛毛腿的他加入的話，就可以壯壯我們的膽了。

こざいく 小細工

解釋

小手藝、小工藝；小伎倆、小花招。

例句 彼女（かのじょ）は恋愛（れんあい）で小細工（こざいく）を弄（ろう）したために、かえって彼氏（かれし）からの愛情（あいじょう）を失（うしな）ってしまった。

她在感情方面愛耍一些小花招，反而讓她失去了男友的愛。

這裡不一樣！

中文 細　漢字 細

猪口才（ちょこざい）

解釋

耍小聰明、賣弄小聰明。

例句 同級生（どうきゅうせい）はいつも先生（せんせい）に対（たい）しても猪口才（ちょこざい）な態度（たいど）を取（と）っている。

班上同學就算是對老師，也愛賣弄小聰明。

補充 「猪口（ちょこ）」是稍微一點，「才（ざい）」是才能，原意是有一點才能，後衍伸為耍小聰明。

浅知恵（あさぢえ）

解釋

知識淺薄、膚淺。

例句 浅知恵（あさぢえ）だと全部否定（ぜんぶひてい）しないで、最後（さいご）まで聞（き）いてみよう。

先別全面否定人家的知識太過淺薄，聽完再說吧！

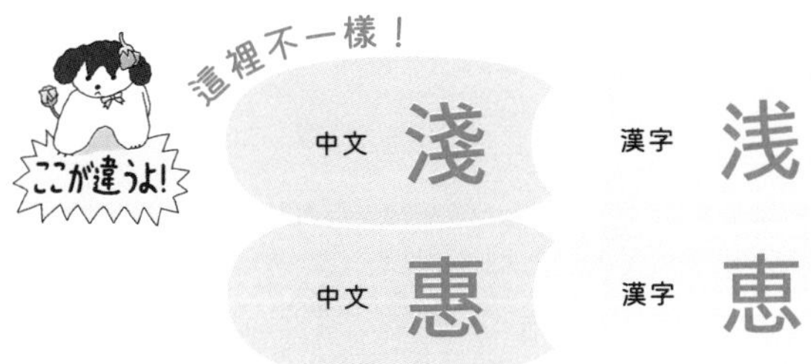

耳学問（みみがくもん）

解釋

聽到的學問、和別人交談聽來的知識。

例句 故宮博物館（こきゅうはくぶつかん）の素晴（すば）らしさは耳学問（みみがくもん）で知（し）っていたが、本当（ほんとう）に美（うつく）しいんだ。

以前聽別人說過故宮博物院美輪美奐，的確真的很美。

這裡不一樣！

中文 學　　漢字 学

不得手（ふえて）

解釋

不擅長；不愛好。

例句 先輩（せんぱい）はスポーツが不得手（ふえて）であるがその分書道（ぶんしょどう）が上手（じょうず）だ。

前輩雖不善運動，相對的書法卻寫得很棒。

不器用（ぶきよう）

解釋

笨拙、不靈巧。

例句 母（はは）は不器用（ぶきよう）だから、家事（かじ）をするのが嫌（きら）いだ。

因為媽媽手不靈巧，所以討厭做家事。

下克上（げこくじょう）

解釋

以下犯上、以臣壓君。

例句 領土（りょうど）を手（て）に入（い）れるため、反乱（はんらん）を起（お）こして、下克上（げこくじょう）をした。

為奪取領土而叛亂，以下犯上。

補充 在日本歷史中，是指低位階的人透過政治或軍事的手段，取代原本的統治者。

7 家庭關係

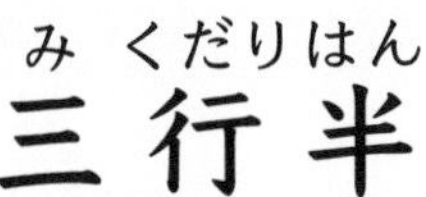

三行半（みくだりはん）

解釋

休書。

例句 結婚（けっこん）したばかりなのに、夫（おっと）はもう浮気（うわき）をしたんだ。三行半（みくだりはん）をつきつけるしかない。

才剛結婚沒多久，老公就有了外遇。我只有休夫一途了。

補充 最初它指的是在夫妻離婚時，丈夫給妻子的家人寫的訣別信。之後離婚的形式改為夫妻聯名共同簽署離婚申請書，「三行半」就僅僅作為「離婚」這一含義保留下來。（因為休書一般只寫三行半，故名。）

8 人際關係

めんどうみ
面倒見

解釋 照顧別人。

例句 私(わたし)が入(はい)った会社(かいしゃ)は面倒見(めんどうみ)がいいので、辞(や)める人(ひと)が少(すく)ないんだ。

我進的公司很照顧員工，所以很少人離職。

どろじあい
泥仕合

解釋 互揭瘡疤、互槓。

例句 討論番組(とうろんばんぐみ)を見(み)ていたら、出演者(しゅつえんしゃ)たちが討論(とうろん)の趣旨(しゅし)から外(はず)れて泥仕合(どろじあい)になった。

在看談話性節目時，節目來賓偏離討論主題，開始互揭瘡疤。

9 人生

げばひょう
下馬評

解釋

原本是局外人對某個人的評論，後來衍生出社會輿論、社會評價或者八卦傳聞的意思。

例句 あの政治家(せいじか)は下馬評(げばひょう)を覆(くつがえ)して当選(とうせん)した。

那一名政治家顛覆了社會輿論當選了。

むなざんよう
胸算用

解釋

打算、盤算。

例句 デパートの店員(てんいん)があれこれ勧(すす)めてきたが、胸算用(むなざんよう)をしてお得(とく)なものを購入(こうにゅう)した。

雖然百貨公司的店員不斷向我推銷，但我只買了划算的商品。

らんこうげ
乱高下

解釋

短時間內出現劇烈的起伏。

例句 父（ちち）は病気（びょうき）がちで、乱高下（らんこうげ）なので私（わたし）たちが最（もっと）も気（き）になるのは血糖値（けっとうち）だ。

爸爸動不動就生病，且病情時好時壞，其中最讓我們擔心的就是他的血糖值了。

中文　亂　　漢字　乱

やおちょう
八百長

解釋

假比賽。

例句 昨日（きのう）、サッカーの試合（しあい）はあまりに出来（でき）すぎて、八百長（やおちょう）が疑（うたが）われていた。

昨天的足球比賽，因為隊伍的表現太過出色，所以被懷疑打假球。

しんきじく
新機軸

解釋

新方法、新方式。

例句 彼はそれまでにないめざましい新機軸の日本語の教え方を出した。

他提出了前所未有的新穎的日文教授法。

補充 「機軸」除了是機械的輪軸、機軸外，也延伸出事物、活動的主要中心或基本的構想、方法的意思。

漢字 新

しょうねんば
正念場

解釋

比喻工作上、生活上「考驗一個人的關鍵時刻、重要關卡或事情」。

例句 この試合が正念場だよ。みんな、頑張ろう！

這場比賽是關鍵性的一戰。大家加油！

補充 源自歌舞伎的戲劇用語，指的是讓主角特質可以充分發揮出來的場幕。

青写真（あおじゃしん）

解釋

藍圖、初步計畫。

例句　私（わたし）の青写真（あおじゃしん）には、お金持（かねも）ちの旦那（だんな）とかわいい子供（こども）がいる。

在我未來的藍圖裡，有個有錢的老公跟可愛的孩子。

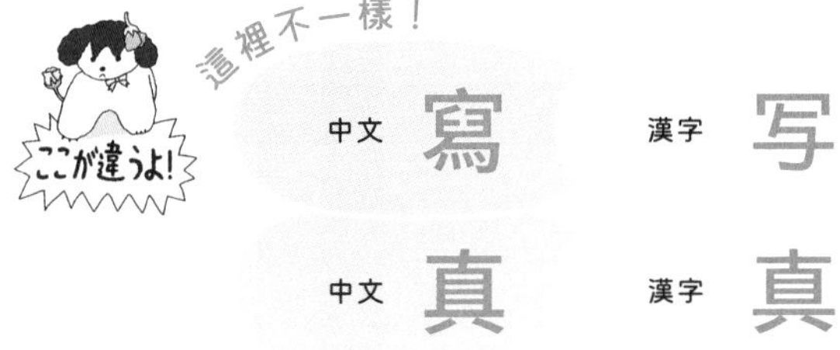

瀬戸際（せとぎわ）

解釋

緊要關頭、危險邊緣。

例句　野良犬（のらいぬ）は常（つね）に生死（せいし）の瀬戸際（せとぎわ）で生（い）きている。

流浪狗經常活在生死的危險邊緣。

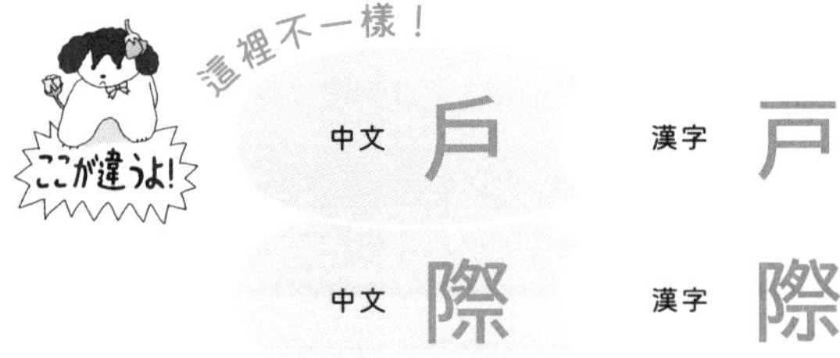

たちおうじょう
立往生

解釋

動彈不得、進退兩難。

例句 お正月（しょうがつ）に、大雪（おおゆき）で電車（でんしゃ）が立往生（たちおうじょう）していて、大勢（おおぜい）の人（ひと）に影響（えいきょう）を与（あた）えた。

過年期間，因大雪使得電車動彈不得，影響了很多人。

ふくろこうじ
袋小路

解釋

死胡同、一籌莫展。

例句 彼女（かのじょ）はオペラで活躍（かつやく）していたけれど、声（こえ）が枯（か）れて、袋小路（ふくろこうじ）に陥（おちい）ってしまったらしい。

她曾在歌劇圈裡非常活躍，不過後來好像因為聲音沙啞而無法施展。

かんこどり
閑古鳥

解釋

蕭條、生意冷清、門可羅雀。

例句 両親（りょうしん）にお金（かね）を借（か）りて、喫茶店（きっさてん）を開（ひら）いたが、うまくいかず、今日（きょう）も閑古鳥（かんこどり）が鳴（な）っている。

我跟父母借錢開了咖啡廳，但經營不順，今天也是門可羅雀。

雰囲気（ふんいき）

解釋

氣氛、感覺。指有生命或無生命體所散發出來的感覺。

例句 1 インテリア・デザインはとても面白（おもしろ）い。照明（しょうめい）で部屋（へや）の雰囲気（ふんいき）がグッとよくなった。

室內設計真的很有意思，房間藉由照明一下子就變得很有氣氛了。

例句 2 朝（あさ）、喫茶店（きっさてん）で見（み）たあの子（こ）は優（やさ）しそうな雰囲気（ふんいき）が出（で）ている。

早上在咖啡廳看到的那個女生，散發著溫柔的氛圍。

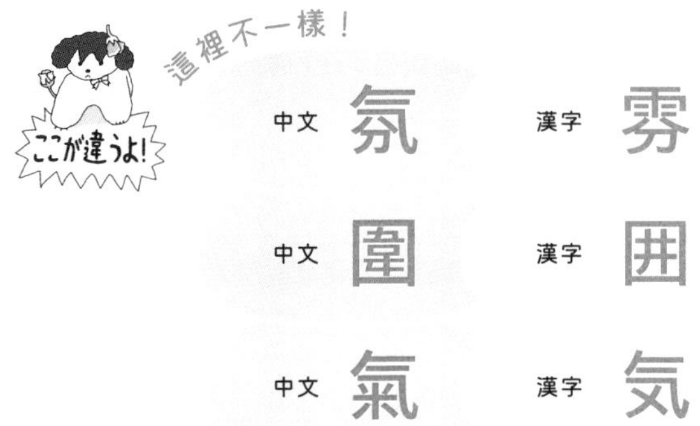

いっちょうら
一張羅

解釋
只有一件好的衣服，衣服很少。

例句 彼（かれ）は断捨離主義（だんしゃりしゅぎ）であるため、一張羅（いっちょうら）で生活（せいかつ）しているという。

聽說因為他是斷捨離主義者，所以就那幾件衣服在過日子。

ひだりうちわ
左団扇

解釋
左手揮扇子，表示安閒度日。

例句 お金持（かねも）ちじゃなくても、働（はたら）かないで生活（せいかつ）できるなら、それが私（わたし）にとっての左団扇（ひだりうちわ）だ。

就算不是有錢人，但只要不用工作就能過活的話，那對我來說已經很安閒了。

できごころ
出来心

解釋
一時興起的壞念頭。

例句 あの子(こ)はほんの出来心(できごころ)で万引(まんび)きをしてしまった。
那孩子僅僅是因為一時的歹念，順手牽了羊。

中文 來　　漢字 来

ふぎょうせき
不行跡

解釋
行為不端、不規矩。

例句 若(わか)い頃(ころ)の不行跡(ふぎょうせき)で父(ちち)には一人(ひとり)の隠(かく)し子(ご)がいることを知(し)り、私(わたし)はショックでした。
知道父親年輕時因出軌而有一個私生子時，我好震驚。

むだあし
無駄足

解釋
走冤枉路、白跑一趟。

例句 安(やす)い和牛肉(わぎゅうにく)を買(か)いたくて、せっかく30分(さんじゅっぷん)かけて店(みせ)に出向(でむ)いたのに、定休日(ていきゅうび)で無駄足(むだあし)を踏(ふ)んでしまった。
因為想買便宜的和牛牛肉，我特地走了30分鐘去肉店，卻因為公休而白跑一趟。

ちどりあし
千鳥足

解釋

喝醉酒後，腳步搖搖晃晃、腳步蹣跚。

例句 お父(とう)さんはお酒(さけ)を飲(の)むのが好(す)きだけど、いつも酔(よ)って千鳥足(ちどりあし)で家(うち)に帰(かえ)ってきた。

父親喜歡喝酒，總是喝醉後搖搖晃晃地走回家來。

---

10 自然氣候

あまもよう
雨模様

解釋

要下雨的樣子。

例句 体育(たいいく)の授業(じゅぎょう)が嫌(きら)いなので、雨模様(あまもよう)の空(そら)を見(み)て喜(よろこ)んでいる。

因為討厭上體育課，所以看到天空好像要下雨，我就好開心。

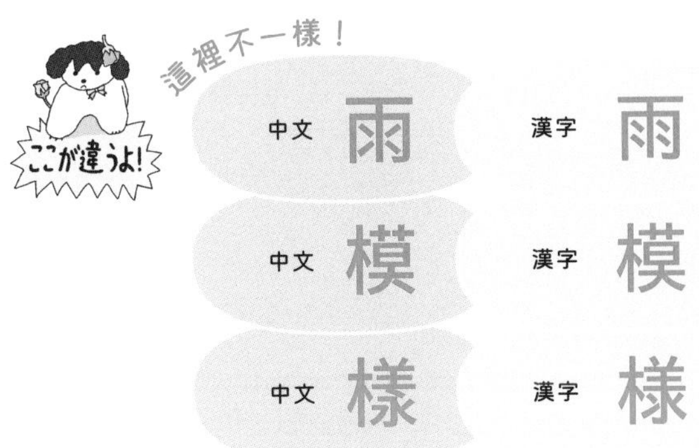

秋日和（あきびより）

解釋

秋天天氣晴朗。

例句　秋日和（あきびより）の日（ひ）に、家族（かぞく）は山（やま）へ遊（あそ）びに行（い）くんだけど、私（わたし）は働（はたら）きに出掛（でか）けなければならないんだ。

秋天天氣晴朗的日子，全家人都要去山上玩，但我卻不得不出門工作。

冬将軍（ふゆしょうぐん）

解釋

嚴冬、寒冬。

例句　寒（さむ）いのが嫌（きら）いなので、冬将軍（ふゆしょうぐん）が来（く）ると授業（じゅぎょう）をさぼって家（うち）に籠（こ）もる。

因為很討厭寒冷，所以寒冬一來，我就會翹課窩在家裡。

這裡不一樣！

中文　將　　漢字　将

11 金錢

丼勘定（どんぶりかんじょう）

解釋

對錢完全不精打細算，採用一種隨興處置的態度。

例句 友達（ともだち）は丼勘定（どんぶりかんじょう）な性格（せいかく）で、周（まわ）りの「将来大物（しょうらいおおもの）になれる」との皮肉（ひにく）にさえ良（い）い気（き）になっている。

朋友的個性就是對花錢沒什麼計畫，甚至周遭的人諷刺他說「將來會是個大人物」，他還沾沾自喜。

---

12 其他

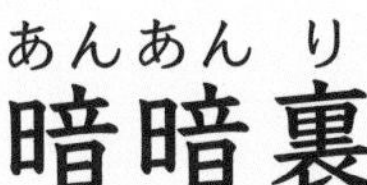

暗暗裏（あんあんり）

解釋

背地裡、暗中。

例句 彼（かれ）の主張（しゅちょう）は他（ほか）の部員（ぶいん）に暗暗裏（あんあんり）に良（い）い影響（えいきょう）を与（あた）えている。

他的主張在暗中給其他成員帶來了好的影響。

合言葉（あいことば）

解釋

暗號、通關密語。

例句 合言葉（あいことば）が漏（も）れたかもしれないから、念（ねん）のため、変更（へんこう）しよう。

暗號可能已經洩漏了，為保險起見，我們變更暗號吧！

這裡不一樣！

中文 葉　漢字 葉

音沙汰（おとさた）

解釋

音訊、訊息、消息。

例句 アメリカの大学（だいがく）に行（い）った娘（むすめ）から、音沙汰（おとさた）がない。とても心配（しんぱい）している。

去美國讀大學的女兒一點音訊都沒有，真令人擔心。

這裡不一樣！

中文 沙　漢字 沙

金釘流(かなくぎりゅう)

解釋

亂塗鴉、字寫得很亂。

例句 私(わたし)は金釘流(かなくぎりゅう)だから、手紙(てがみ)を書(か)くことより電話(でんわ)をする方(ほう)が好(す)きだ。

因為我字寫得很難看，所以比起寫信更喜歡打電話。

外連味(けれんみ)

解釋

過度鋪張粉飾；精彩絕倫引人注目。

例句1 あの小説家(しょうせつか)は外連味(けれんみ)のない作品(さくひん)を心掛(こころが)けて書(か)いていると言(い)った。

聽說那位小說家非常用心，不會寫出過分鋪張粉飾的作品。

例句2 この映画(えいが)は外連味(けれんみ)に欠(か)けていて、とても退屈(たいくつ)だ。

這部電影欠缺精彩要素，十分乏味。

漢字 外

すけだち
助太刀

解釋

復仇時的幫手；協助、幫助。

例句 お姉(ねえ)さんの助太刀(すけだち)があったおかげで、試験前(しけんぜん)に全(ぜん)科目(かもく)が復習(ふくしゅう)できた。

多虧姐姐的幫助，考試前我把所有科目都複習完了。

ひとすじなわ
一筋縄

解釋

普通的方法。

例句 彼(かれ)はとても頑固(がんこ)だから、一筋縄(ひとすじなわ)で説得(せっとく)できる相手(あいて)ではなさそうだ。

因為他非常頑固，所以似乎並非是一個用普通方法就能夠被說服的人。

中文	漢字
筋	筋
繩	縄

屁理屈（へりくつ）

解釋

狡辯、歪理。

例句 あの人は話しが上手なので、屁理屈を理屈っぽく言い聞かせるのがうまいだ。

那個人很會說話，所以擅長把一些歪理講得讓人聽起來很有道理。

便宜上（べんぎじょう）

解釋

為了方便起見。

例句 お姉さんは結婚して姓が変わったが、仕事をするうえでは便宜上旧姓を使っている。

姐姐婚後從夫姓，但在工作上為方便起見還是使用舊姓。

我楽多（がらくだ）

解釋

不值錢的東西、破爛。

例句 引っ越しの際に我楽多となった不用品を処分したので、気分も空間もスッキリした。

因為搬家時把一些沒在用的破爛東西處理掉了，心情跟空間都變得清爽了。

這裡不一樣！

中文 樂　漢字 楽

駄洒落（だじゃれ）

解釋

冷笑話。

例句 友達（ともだち）と山奥（やまおく）で迷（まよ）ってしまって、駄洒落（だじゃれ）でも口（くち）にしていないと生（い）きた心地（ここち）がしないよ。

因為跟朋友在深山迷了路，要是不說些冷笑話，會嚇得半死耶。

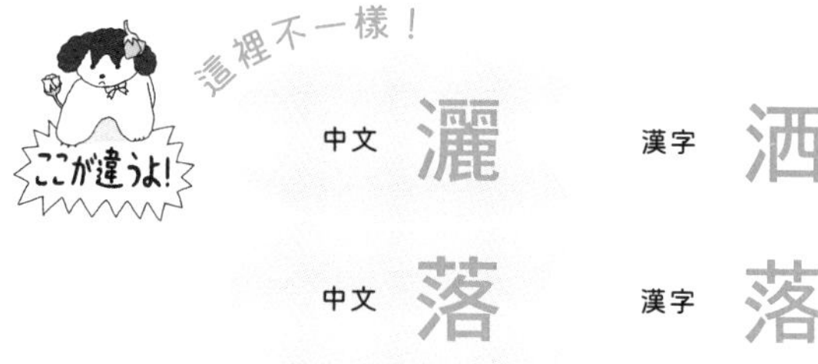

理不尽（りふじん）

解釋

不合理、不講理；荒謬。

例句1 弟（おとうと）がお皿（さら）を割（わ）ってしまったのに、私（わたし）が怒（おこ）られるなんて理不尽（りふじん）だ。

明明是弟弟摔破盤子的，竟然是我被罵，實在太沒道理了。

例句2 先輩（せんぱい）は理不尽（りふじん）な要求（ようきゅう）を繰（く）り返（かえ）したので、誰（だれ）にも相手（あいて）にされなかった。

因為前輩一直提出不合理的要求，所以沒人理會他了。

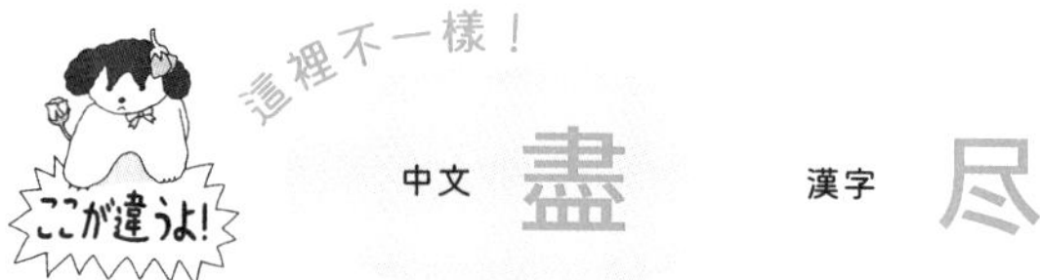

眉唾物（まゆつばもの）

解釋

不可輕信的事物、可疑的事物。

例句1 何（なん）の根拠（こんきょ）もない眉唾物（まゆつばもの）なことに絶対騙（ぜったいだま）されないよ。

我可絕不會被毫無根據的事物給欺騙喔。

例句2 あの石（いし）を買（か）えば幸（しあわ）せになることができるなんて話（はなし）、絶対（ぜったい）に眉唾物（まゆつばもの）だろう。

只要買下那顆石頭就會幸福這種話，絕對很可疑吧。

補充 在日本，聽說只要在眉毛抹上口水就不會被狐狸拐騙。

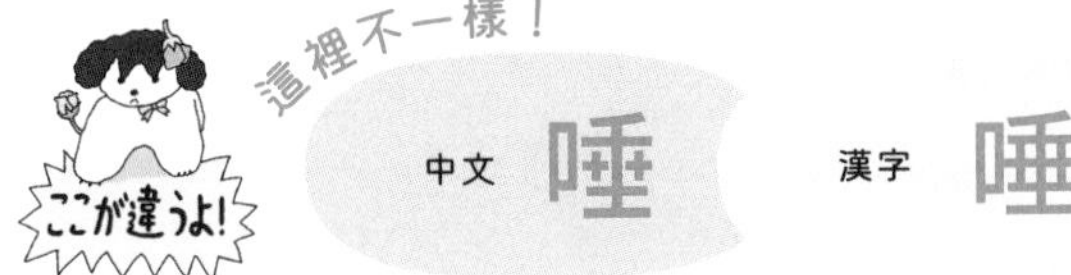

出鱈目（でたらめ）

解釋

胡亂；亂講、胡說。

例句1 キャンパスを出鱈目（でたらめ）に歩（ある）き回（まわ）っても教室（きょうしつ）には辿（たど）り着（つ）けない。

就算你在校園胡亂地繞來繞去，也沒辦法走到教室。

例句2 子（こ）どもの出鱈目話（でたらめばなし）をそこまで信（しん）じちゃ駄目（だめ）でしょう。

不可以那麼相信小孩子亂講的話啦。

中文 鱈　漢字 鱈

居留守（いるす）

解釋
假裝不在家。

例句 セールスマンを追（お）い払（はら）うため、私（わたし）は居留守（いるす）を使（つか）った。

為了趕走推銷員，所以我假裝不在家。

一目散（いちもくさん）

解釋
一溜煙地、飛快地。

例句 台所（だいどころ）で晩御飯（ばんごはん）を作（つく）っているとゴキブリが出（で）てきて、一目散（いちもくさん）に逃（に）げ出（だ）した。

正在廚房做晚飯時有蟑螂跑出來，所以我一溜煙就逃掉了。

中文 散　漢字 散

短兵急（たんぺいきゅう）

解釋

突然、冷不防。突然直接採取行動或表現。

例句 駅前(えきまえ)のビルは来週(らいしゅう)までに取(と)り壊(こわ)すことになった。あまりにも短兵急(たんぺいきゅう)だ。

車站前的大樓在下星期前要拆除。未免太突然了吧！

補充 手持短的兵器突然攻擊，後引申為突然採取行動。

漢字 急

突拍子（とっぴょうし）

解釋

超出常理、異常，失控、突然做出反常的行為。

例句 彼女(かのじょ)はいきなり突拍子(とっぴょうし)な大声(おおごえ)を張(は)り上(あ)げていた。

她突然失控得大聲尖叫。

漢字 突

Part 3

四字熟語

①同(近)字異義

1 性格、特質

めいもくちょうたん
明目張胆

解釋

「明目(めいもく)」是仔細地看，而「張胆(ちょうたん)」則是毫無畏懼，勇往直前。日文的意思是執行重要任務時，鼓起勇氣向前。

中文原意

明目張膽。也是形容有膽識、無所畏懼，但後來用以比喻肆無忌憚地公然做壞事。

例句 彼(かれ)の明目張胆(めいもくちょうたん)な行動(こうどう)によって、我(わ)が社(しゃ)は窮地(きゅうち)を脱(だっ)することができた。

得助於他膽大勇往直前的行動，我們公司才得以脫離困境。

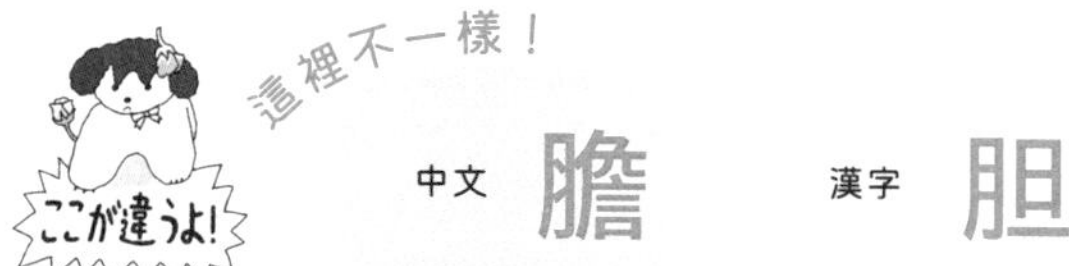

いっとうりょうだん
一刀両断

解釋

是指「一刀揮下來把東西完完全全切成兩部分」，比喻不拖泥帶水乾脆徹底地處理事情。

中文原意

一刀兩斷。指斷絕關係。

例句 こんな混乱（こんらん）な環境（かんきょう）の中（なか）で、一刀両断（いっとうりょうだん）の処置（しょち）を取（と）るべきだ。

在如此混亂的環境中，應該要採取果斷的處置。

2 能力

天衣無縫（てんいむほう）

解釋

優美的文章或詩歌，沒有多餘的修飾就非常美妙；事物完美無缺；性情天真爛漫。

中文原意

天衣無縫、完美無缺。多用來比喻詩文渾然天成，沒有斧鑿痕跡，以及事物或計畫周密完全，沒有一絲破綻或缺點。

例句1 今年（ことし）のノーベル文学賞（ぶんがくしょう）は天衣無縫（てんいむほう）な作品（さくひん）ばかりで、選考（せんこう）が大変（たいへん）になりそうだ。

今年入選諾貝爾文學獎的作品皆是完美無缺之作，要從中選拔得獎作品似乎很棘手。

例句2 合（ごう）コンで天衣無縫（てんいむほう）な子（こ）が隣（となり）に座（すわ）ったので、心（こころ）がドキドキしてしまった。

聯誼時因為旁邊坐著一個完美無缺的女生，讓我內心小鹿亂撞的。

ふくりょうほうすう
伏竜鳳雛

解釋

指將來會有發展指望的年輕人，或指沒有發揮能力的機會，而未被發掘的英雄。

中文原意

伏龍鳳雛。隱而未現的有較高學問和能耐的人。

例句 こんなに走（はし）るのが速（はや）い人（ひと）がクラスにいるなんて、伏竜鳳雛（ふくりょうほうすう）だ。

班上竟然有跑得這麼快的人，真是臥虎藏龍呀。

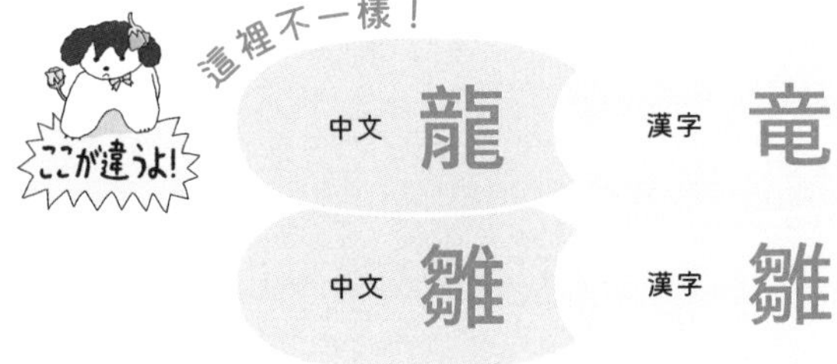

いちげんきゅうてい
一言九鼎

解釋

重要到能左右國家的一句話。

中文原意

一言九鼎。說話很有分量；說話很有信用、說話算數。

例 句 彼は重要な役員ではないが、いつも一言九鼎で、社長までに信頼されている。

他雖非公司的重要幹部，但總是能以一句話影響公司，因而受到總經理的信任。

わ こうどうじん

和光同塵

解釋

隱藏自己的才能，低調地過日子。避免展現自己的才德，隱身於世俗社會。

中文原意

和光同塵。鋒芒內斂與世無爭，而與囂雜塵俗相融合；與世浮沉，隨波逐流或同流合汙。

例句 1 周囲の本音を聞くには、いくら才能があるとしても、和光同塵を意識する必要がある。

要想聽到身邊人的真心話，就算你自己再多有才能也要懂得隱藏。

例句 2 彼女は才能に溢れていて、努力も惜しまないのに、和光同塵で自分の能力を表立って誇示しようとはしない。

她雖然才華洋溢，也非常努力，不過卻懂得隱藏自己的能力而不誇耀。

あんずさくき
按図索驥

解釋

比喻根本派不上用場的意見或做法。

中文原意

按圖索驥。比喻做事過分依照成規，不懂變通。現也形容順著線索去尋找。

例句　そのビルは按図索驥(あんずさくき)のように変(へん)な形(かたち)をしているから、耐震性(たいしんせい)も耐久性(たいきゅうせい)も心配(しんぱい)なんだ。

那棟大樓蓋得奇形怪狀又不實用，真令人擔憂它的耐震度及耐久性。

補充　也可讀成「図(ず)を按(あん)じて驥(き)を索(もと)む」。

3 人際關係

八面玲瓏（はちめんれいろう）

解釋

語帶褒義，表示從任何角度看都很美，很會打交道。

中文原意

八面玲瓏。中文雖然也是待人處事圓融周到、不得罪別人，但卻帶有些貶義，暗指對方言行手段巧妙，左右逢源。

例句1 社長（しゃちょう）の奥（おく）さんは八面玲瓏（はちめんれいろう）で、彼女（かのじょ）のことを悪（わる）く言（い）う人（ひと）を見（み）たことがない。

總經理夫人既漂亮又會做人，沒看過有人說她壞話。

例句2 綺麗（きれい）で愛想（あいそ）も良（い）い姉（あね）を見（み）ていると、私（わたし）もあんな風（ふう）な八面玲瓏（はちめんれいろう）になりたいと心底（しんそこ）から思（おも）う。

看到我姐既漂亮又和藹可親，我就打從心底也想變成那樣的人。

這裡不一樣！

中文 瓏　漢字 瓏

らっかりゅうすい
落花流水

解釋

落花想順水而流，流水想伴花而行，比喻男女互相愛慕。

中文原意

落花流水。指被打得大敗、輸得很慘。中文通常說「落花有意，流水無情」是單戀、戀情沒法開花結果的意思。

例句 あの夫婦(ふうふ)はいつまで経(た)っても落花流水(らっかりゅうすい)で、恋人(こいびと)のように仲(なか)がいい。

那對夫妻不管過了多久都感情甚篤，像情人般熱戀。

4 人生

しゅんぷうしゅうう

春風秋雨

解釋

吹著春風，到開始下秋雨的這一段時間，指時間很長。

中文原意

春風秋雨。指自然的變幻，一年四季與滄海桑田；也指人間的悲歡離合、愛恨情仇與成功失敗。

例句1 その木（き）は春風秋雨（しゅんぷうしゅうう）で、そこに立（た）っているので、皆（みんな）の思（おも）い出（で）に残（のこ）っている。

那棵樹在那裡好長一段時間了，已經深植在大家的記憶中。

例句2 春風秋雨（しゅんぷうしゅうう）で、入院（にゅういん）しているお爺（じい）さんは日（ひ）に日（ひ）に元気（げんき）がなくなっていった。

住院好長一段時間的爺爺，一天天的越來越沒精神了。

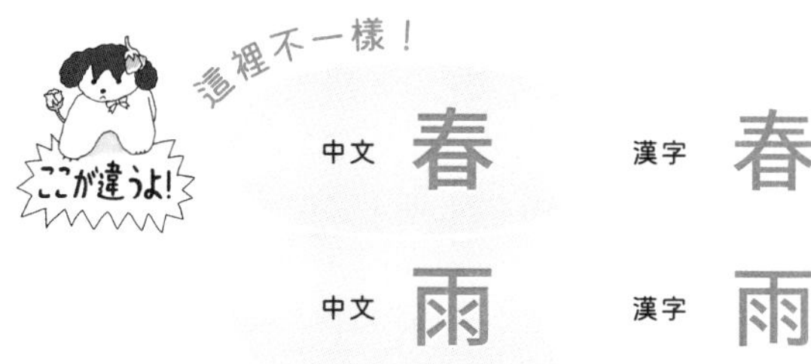

造次顛沛（ぞうじてんぱい）

解釋

時間很短，十分慌忙的時候；極短的時間。

中文原意

造次顛沛。流離困頓，倉促不安定的時候。

例句 1 今（いま）は夢（ゆめ）を叶（かな）える為（ため）に、遊（あそ）んでいる場合（ばあい）じゃないということを造次顛沛（ぞうじてんぱい）に忘（わす）れずにいる。

為了實現夢想，我片刻都沒忘記現在不是玩樂的時候。

例句 2 姉（あね）はアルバイトや家（いえ）の手伝（てづだ）いなどをしても、造次顛沛（ぞうじてんぱい）を有効（ゆうこう）に使（つか）って見事（みごと）に第一志望（だいいちしぼう）の大学（だいがく）に合格（ごうかく）した努力家（どりょくか）だ。

我姐姐是即便要打工和幫忙做家務，也還是有效利用片刻時間漂亮地考上了大學第一志願的努力的人。

補　充 也可唸成「造次顛沛（そうしてんぱい）」。

しゅ ち にくりん
酒池肉林

解釋

酒肉豐盛、奢侈的宴會。

中文原意

酒池肉林。常用來比喻一個人的生活極端奢侈縱欲，毫無節制。偏負面解釋。

例句 あの時(とき)の宴会(えんかい)は酒池肉林(しゅちにくりん)で、少(すこ)しやりすぎだと思(おも)った。

那時的宴會真是酒池肉林，我覺得有點過頭了。

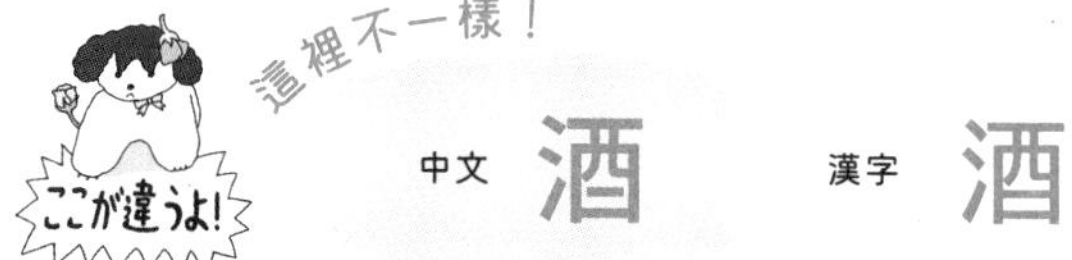

ちょうさん ぼ し
朝三暮四

解釋

用花言巧語欺騙別人，或是被表面上的利弊蒙蔽雙眼。

中文原意

朝三暮四。比喻心意不定、反覆無常。貶義，用在「意志不堅」的表述上。

例句 注意力が低下すると、朝三暮四の状況になりやすい。だから、騙されないように、いつでも気を付けている。

注意力一下降就容易聽信花言巧語。所以我平常都很小心不要受騙。

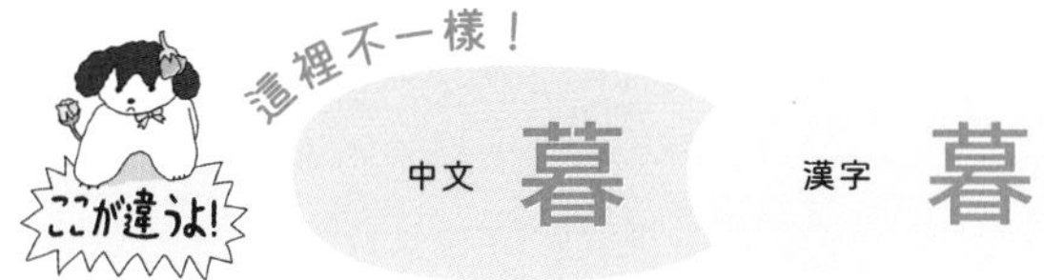

5 其他

くうちゅうろうかく
空中楼閣

解釋

空中顯現的樓台觀閣，比喻虛構的事物或不切實際的幻想。

中文原意

空中樓閣。中文除了用來形容虛構不切實際的事情外，後來也用來形容思想明澈通達。

例句 彼の考えを信用してはいけない。すべて憶測の上に憶測を重ねた空中楼閣だ。

不可以相信他的想法。全都是非常不切實際的空中樓閣。

② 異(近)字同義

1 人物

一顧傾国（いっこけいこく）

解釋

絕世美女；太過貌美的女性會讓男人、甚至是君主著迷，最後導致國家滅亡。

例句 1 一顧傾国（いっこけいこく）だと言（い）えば、一番有名（いちばんゆうめい）なのはやっぱり楊貴妃（ようきひ）だね。

提到傾國傾城的美女，最有名的還是楊貴妃吧！

例句 2 絵（え）に描（か）くことが出来（でき）ないくらいに美（うつく）しい。正（まさ）に一顧傾国（いっこけいこく）だ。

美到畫都畫不出來。真是傾國傾城。

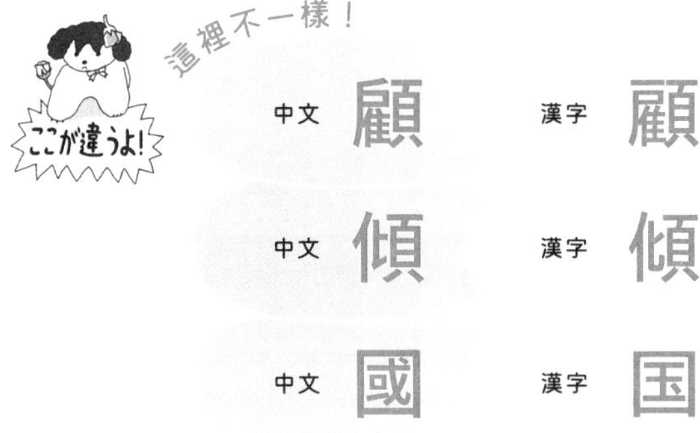

衣香襟影

いこうきんえい

解釋

形容婦女的衣著穿戴十分華麗、或美人多的場合。

例句　ミス・ユニバースは衣香襟影（いこうきんえい）たる各国（かっこく）のミス達（たち）が美（び）を競（きそ）う祭典（さいてん）だ。

世界選美大賽是聚集各國選美小姐互相爭豔的慶典。

2　情緒

有頂天外

うちょうてんがい

解釋

「有頂天」在佛教中是指頂端的天界，意思是快樂的程度超越了「有頂天」，形容非常開心。

例 句 ウエイトリフティング女子で、郭婞淳選手が金メダルを獲得した。会場にいた応援団のみならず、テレビの前で応援していた人々も有頂天外に喜んだ。

郭婞淳選手在女子舉重項目贏得了金牌。不只是在會場的加油團，在電視機前加油打氣的人也都高興得歡天喜地。

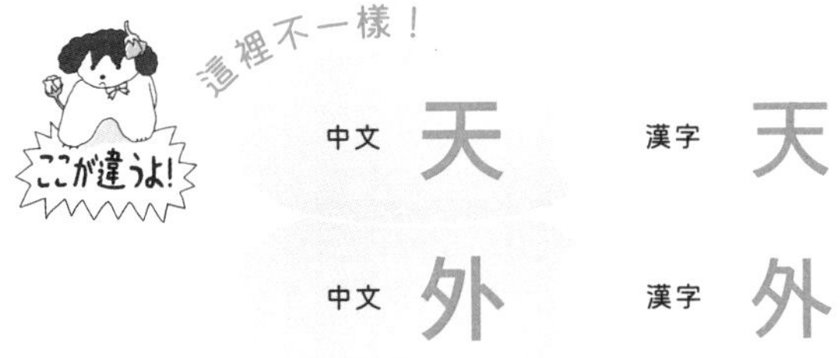

しゅ ぶ そくとう

手舞足踏

解釋

手舞足蹈，形容高興到了極點。

例句1 第一志望のあの有名な大学に合格した。思わず手舞足踏した。

因為考上了第一志願的那間有名的大學，所以我不由自主地手舞足蹈了起來。

例句2 クラスメートに告白されて、手舞足踏したかったけれども、クールを装った。

被同學告白讓我高興得想要手舞足蹈，不過還是裝酷了一下。

円満具足（えんまんぐそく）

解釋

感到非常滿足；因滿足而圓滿、沒有缺點、非常自在。

例句 1 クラスで人柄（ひとがら）が穏（おだ）やかで、円満具足（えんまんぐそく）な彼女（かのじょ）は人気（にんき）がある。

在班上，個性沉穩且凡事心滿意足的她很受歡迎。

例句 2 子供見守（こどもみまも）りスクールガードをしている人（ひと）は真（しん）の意味（いみ）で、円満具足（えんまんぐそく）な人格者（じんかくしゃ）ではないのか。

擔任學校導護志工的人，是真正具有凡事心滿意足人格的人吧！

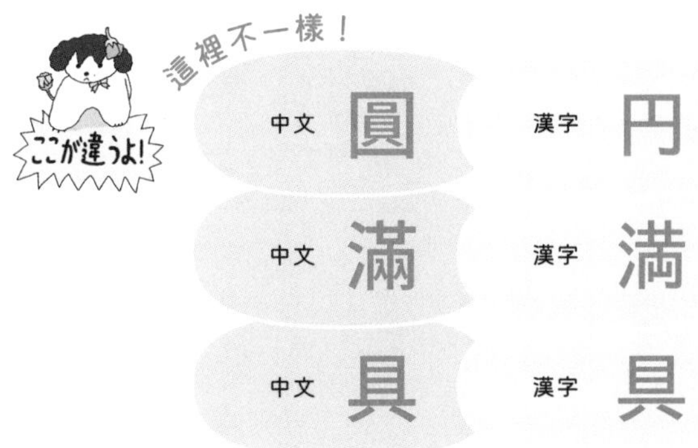

きしょくまんめん
喜色満面

解釋

臉上流露出開心的表情。

例句1 久(ひさ)し振(ぶ)りに実家(じっか)に帰(かえ)ると、喜色満面(きしょくまんめん)の両親(りょうしん)が腕(うで)を振(ふ)って、たくさん料理(りょうり)を作(つく)ってくれた。

回到久違的娘家，笑容滿面的父母，大顯身手為我做了好多菜。

例句2 近所(きんじょ)の赤(あか)ちゃんが泣(な)いたかと思(おも)ったら、喜色満面(きしょくまんめん)な表情(ひょうじょう)を見(み)せるので、とてもかわいいと思(おも)っている。

鄰居的嬰兒才剛哭，沒一會兒又露出眉開眼笑的表情，我覺得真是太可愛了。

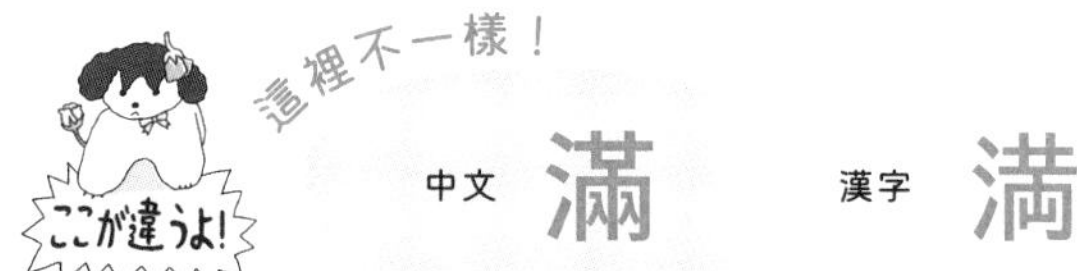

恐悅至極（きょうえつしごく）

解釋

對上位者表達愉悅之意、深感歡喜。

例句 多大（ただい）なご支援（しえん）をいただきまして、恐悅至極（きょうえつしごく）でございます。

承蒙您鼎力相助，令我不勝喜悅。

補充 也可寫成「恭悅至極（きょうえつしごく）」。

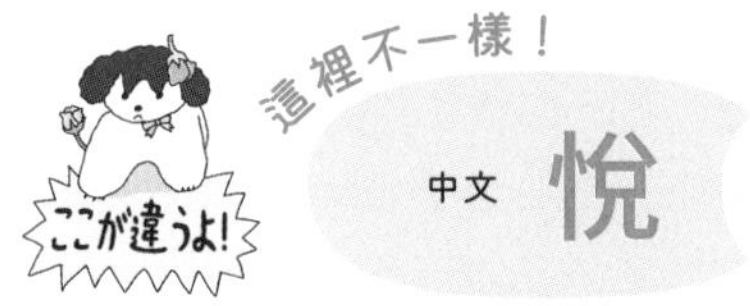

恐懼感激（きょうくかんげき）

解釋

受寵若驚，畢恭畢敬地表達感激。

例句 校長先生（こうちょうせんせい）から直々（じきじき）に手紙（てがみ）を頂（いただ）いて恐懼感激（きょうくかんげき）である。

直接收到校長的來信，實在令我受寵若驚。

しっしょうふんぱん

失笑噴飯

解釋

吃飯時笑到連嘴裡的飯都噴出來。形容事情非常可笑或行為、話語讓人發笑。

例句　空(そら)からハンバーガーが落(お)ちてきたって？子供(こども)じゃあるまいし、失笑噴飯(しっしょうふんぱん)だよ。

你是說從天上掉下來漢堡？我又不是小孩子了，真是令人噴飯。

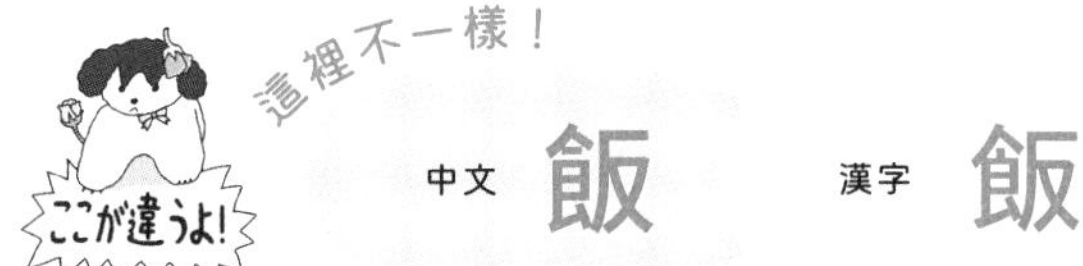

はがんたいしょう

破顏大笑

解釋

大笑到臉部表情也改變，或是捧著肚子大笑。

例句　お笑(わら)いコンビのボケと突(つ)っ込(こ)みが面白(おもしろ)すぎて、破(は)顔大笑(がんたいしょう)した。

因為搞笑團體的梗太有趣了，讓我捧腹大笑。

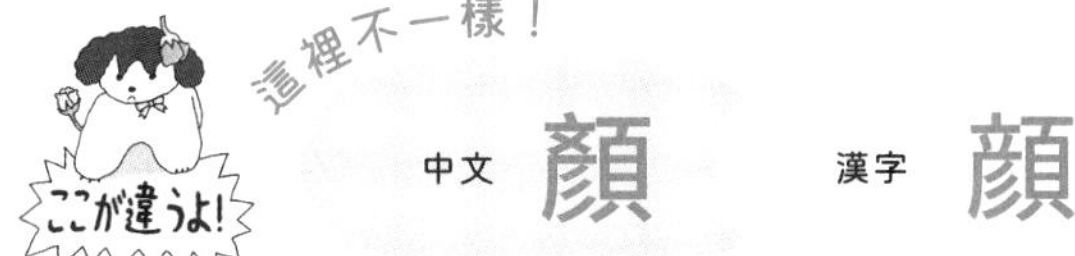

いしゅいこん
意趣遺恨

解釋

必定要以某種方式復仇，比喻仇恨極深，不共戴天。

例句 ルーツを辿（たど）れば、あなたとは意趣遺恨（いしゅいこん）の間柄（あいだがら）であっただろう。

如果要追根究柢的話，我跟你有不共戴天之仇的關係耶。

しれつはっし
眥裂髮指

解釋

怒髮衝冠，非常生氣的樣子。

例句1 眥裂髮指（しれつはっし）となった父（ちち）はテーブルをひっくり返（かえ）して、誰（だれ）も手（て）が付（つ）けられない状態（じょうたい）になった。

氣到怒髮衝冠的爸爸，把桌子給翻了，已到了無人可以勸得動的狀態。

例句2 うちのモモちゃんは餌（えさ）を与（あた）えるのが5分（ごふん）も遅（おく）れたら、すぐ眥裂髮指（しれつはっし）となって、ワンワン吠（ほ）え出（だ）す。

我家的小桃，只要晚個 5 分鐘餵牠飼料，就會呲牙裂嘴地汪汪叫。

悲憤慷慨（ひふんこうがい）

解釋

對命運及社會的不公平感到氣憤、悲嘆。

例句 1　叔父（おじ）はお酒（さけ）を飲（の）むと、悲憤慷慨（ひふんこうがい）し始（はじ）め、最後（さいご）には必（かなら）ず説教（せっきょう）し出（だ）す。

我叔叔一喝酒，就會憤慨激昂，到最後一定會說起教來。

例句 2　大学生（だいがくせい）になって、日本語能力試験（にほんごのうりょくしけん）N1と英検（えいけん）2級（きゅう）に相次（あいつ）いで落（お）ちた時（とき）は、悲憤慷慨（ひふんこうがい）どころか情（なさ）けなくて泣（な）けてきた。

上大學後，考日語能力測驗 N1 和全民英檢 2 級都接連失敗時，我既憤怒又悲傷，覺得自己很沒出息就掉下淚來。

慷慨憤激（こうがいふんげき）

解釋

對政治或社會的不公不義，或是對自己的壞運氣感到憤怒與感嘆。

例句　汚職事件（おしょくじけん）で私腹（しふく）を肥（こ）やす政治家（せいじか）に慷慨憤激（こうがいふんげき）した。

我對貪污自肥的政治人物感到憤慨激昂。

感慨無量（かんがいむりょう）

解釋

感慨萬千。

例句1 二十年振り（にじゅうねんぶ）に故郷（ふるさと）に帰（かえ）ると、町（まち）の様子（ようす）が変（か）わっていて、感慨無量（かんがいむりょう）となった。

睽違二十年回到故鄉，看到街景完全改觀，真令我感慨萬千。

例句2 結婚式（けっこんしき）で娘（むすめ）を送（おく）り出（だ）した父（ちち）の表情（ひょうじょう）からは感慨無量（かんがいむりょう）な様子（ようす）が見（み）て取（と）れた。

在結婚典禮上，看得出將女兒嫁出去的父親感慨萬千的樣子。

細心翼翼（さいしんよくよく）

解釋

原本是指小心謹慎、做事中規中矩，後用來形容膽子很小，一直都在擔心害怕的人。

例句1 細心翼翼（さいしんよくよく）だと思（おも）っていた兄（あに）があれほど思（おも）い切（き）ったことをするなんて、想像（そうぞう）もしなかった。

我一直認為凡事都小心翼翼的哥哥，居然會做出那樣豁出去的事情來，真是想都想不到。

例句2 不良ばかりの高校に入学した結果、毎日細心翼翼で、トイレに行くのも一苦労だ。

我進到一堆混混的高中，結果就是每天都提心吊膽的，就連上個廁所都得費一番功夫。

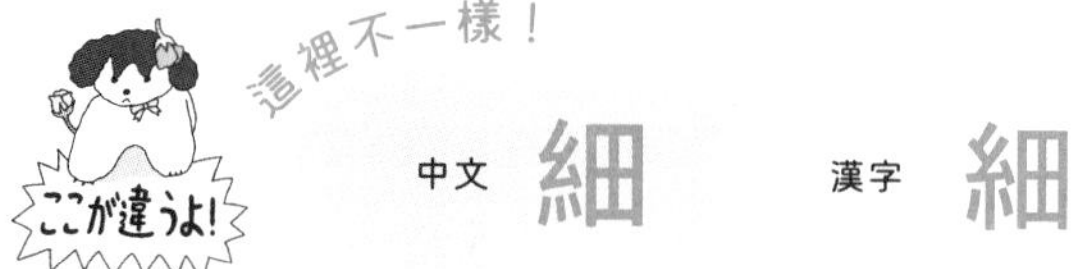

医鬱排悶

解釋

消除憂鬱，讓心情變好。

例句 生け花教室に参加してみたら、これが意外と医鬱排悶になれる。

我去上了插花課，結果沒想到還能排憂解悶。

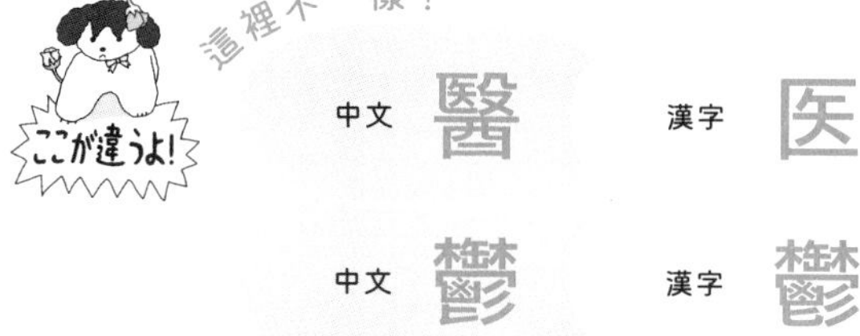

3 性格、特質

鬼面仏心（きめんぶっしん）

解釋

面惡心善。

例句 1 あの先生（せんせい）はいつも怖（こわ）い顔（かお）をしているけれども、実（じつ）は鬼面仏心（きめんぶっしん）で、本当（ほんとう）は子供（こども）が大好（だいす）きで、優（やさ）しくしたいのですが、子供（こども）の為（ため）に厳（きび）しくしているんだ。

雖然那位老師表情看起來很可怕，但實際上是面惡心善，他很喜歡小孩子，也想溫和對待他們，但是為了孩子著想，所以才嚴格管教的。

例句 2 良（い）い医者（いしゃ）の条件（じょうけん）の一（ひと）つは鬼面仏心（きめんぶっしん）だということだ。

好醫生的條件之一，是要面惡心善。

大胆不敵(だいたんふてき)

解釋

具有堅強的意志，毫不懼怕。

例句1 大胆不敵(だいたんふてき)である彼女(かのじょ)はバンジージャンプをすることも怖(こわ)がらずに楽(たの)しんでいた。

天不怕地不怕的她，一點也不畏懼高空彈跳，反而還樂在其中。

例句2 課長(かちょう)の大胆不敵(だいたんふてき)な考(かんが)え方(かた)によって、我(わ)がチームは窮地(きゅうち)を脱(だっ)することができた。

因為課長大膽無畏的想法，讓我們這一團隊得以脫離困境。

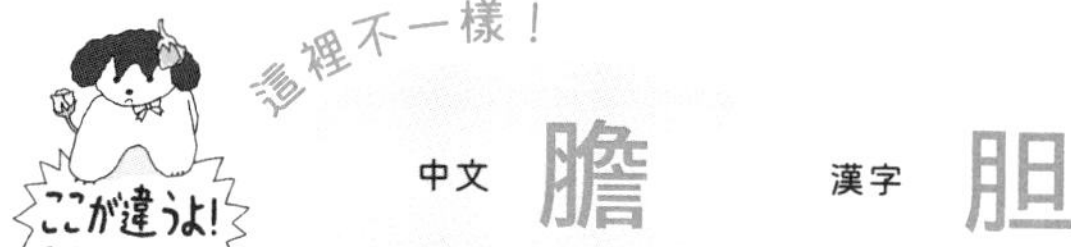

軽妙洒脱
けいみょうしゃだつ

解釋

文雅、灑脫；會話或文章等簡練俐落。

例句1 軽妙洒脱（けいみょうしゃだつ）な性格（せいかく）の弟（おとうと）は今（いま）も会社（かいしゃ）の女子（じょし）からモテているようだ。

我那個性灑脫的弟弟，現在似乎也很受公司女同事的喜愛。

例句2 先生（せんせい）の書（か）いた小説（しょうせつ）は軽妙洒脱（けいみょうしゃだつ）で、とても好（す）きだ。

老師寫的小說簡練俐落，我很喜歡。

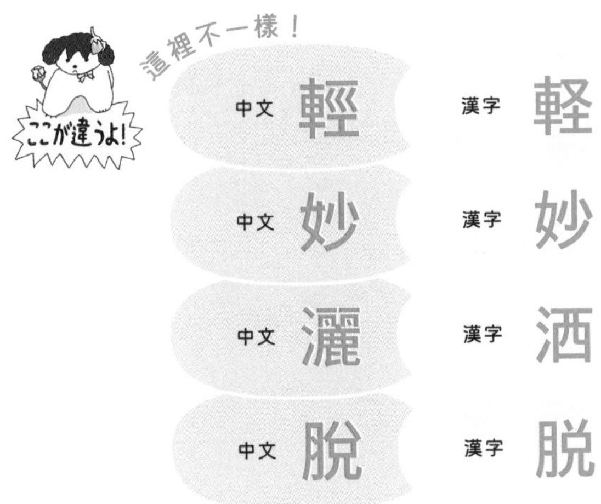

意気衝天（いきしょうてん）

解釋

意氣風發，非常有活力。氣勢幾乎要衝向天際。

例句 1 先制点（せんせいてん）を奪取（だっしゅ）した我（わ）がチームは意気衝天（いきしょうてん）の勢（いきお）いで攻撃（こうげき）を仕掛（しか）け、野球大会（やきゅうたいかい）の緒戦（しょせん）を突破（とっぱ）した。

先馳得點的本隊，意氣風發地展開攻勢，贏得棒球大賽的首戰。

例句 2 あの女性（じょせい）は意気衝天（いきしょうてん）という感（かん）じで、見（み）ていて気（き）持（も）ちが良（い）い。

那位女性給人意氣風發的感覺，讓人看了就覺得很舒服。

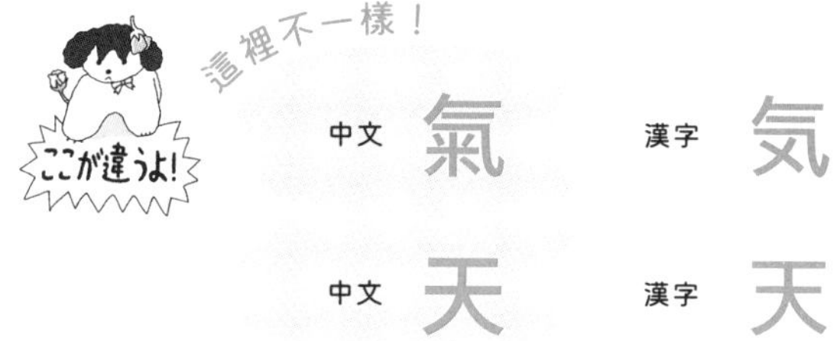

きゅうとうぼくしゅ
旧套墨守

解釋

墨守成規。堅守以前的形式或方法，無法變通。

例句1 家は旧套墨守の家庭なので、父が帰ってくるまでに、夕食を食べてはいけない。

我家是個墨守成規的家庭，在父親回家前不能先吃晚餐。

例句2 旧套墨守と言われようが、お正月に年賀状を送る習慣は続けるつもりだ。

就算被人說是墨守成規也無所謂，過年時我還是會繼續寄賀年卡。

頑迷固陋（がんめいころう）

解釋

冥頑不靈。頑固、眼光短小，無法做出正確的判斷。

例句 1 若者（わかもの）は伝統（でんとう）に拘（こだわ）る彼（かれ）らのことを頑迷固陋（がんめいころう）な人達（ひとたち）だと思（おも）っているようです。

年輕人似乎認為拘泥傳統的他們，是一群冥頑不靈的人。

例句 2 頑迷固陋（がんめいころう）な親（おや）がいるので、私（わたし）は小（ちい）さい頃（ころ）から厳（きび）しく育（そだ）てられている。

因為有冥頑不靈的父母，所以我從小就被嚴厲地教養。

補　充 也可寫成「頑冥固陋（がんめいころう）」。

杓子定規（しゃくしじょうぎ）

解釋

不近人情、不通融、固執的人。只用一種方式來判斷事物，以一定的基準來看待所有事情。

例句 1 人（ひと）の感情（かんじょう）は杓子定規（しゃくしじょうぎ）の様（よう）にいかないとはよく言（い）うものだ。

俗話常說人的感情很難用同一個標準來看待。

例句2 杓子定規（しゃくしじょうぎ）な友人（ゆうじん）はコンビニのお弁当（べんとう）や菓子（かし）パンには添加物（てんかぶつ）が大量（たいりょう）に含（ふく）まれていると毛嫌（けぎら）いするが、お酒（さけ）やタバコは大丈夫（だいじょうぶ）という理屈（りくつ）を言（い）い出（だ）す。

我那個固執的朋友認為超商便當和甜麵包含有大量添加物而心生厭惡，但卻硬拗說酒和香菸沒問題。

優柔不断（ゆうじゅうふだん）

解釋

做事猶豫，缺乏決斷。

例句1 彼（かれ）は優柔不断（ゆうじゅうふだん）で、ランチに何（なに）を食（た）べるかを聞（き）いても大抵何（たいていなん）でもいいという返事（へんじ）をする。

他非常優柔寡斷，問他中午要吃什麼，大概都會回答「隨便」。

例句2 優柔不断（ゆうじゅうふだん）な性格（せいかく）は良（い）いチャンスを逃（のが）してしまった。

因為優柔寡斷的個性，讓我錯失了好機會。

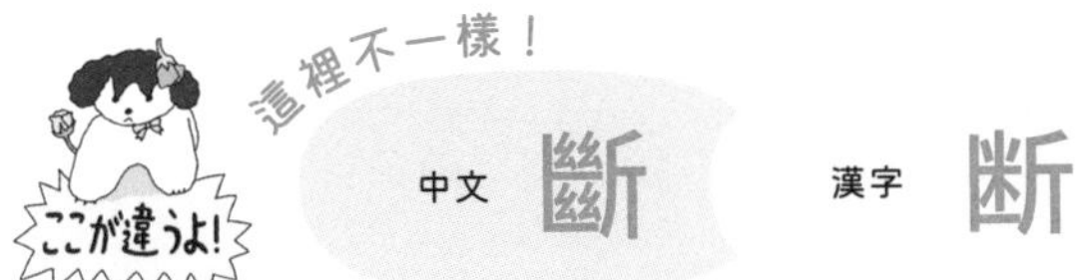

我田引水（がでんいんすい）

解釋

完全不在乎會對別人帶來麻煩或阻礙，只做對自己有利的事情。

例句1 部長（ぶちょう）は我田引水（がでんいんすい）な言動（げんどう）をしてばかりいるので、部下（ぶか）の信頼（しんらい）が全（まった）く無（な）い。

因為經理的言行處處自私自利，所以完全沒有受到部下的信任。

例句2 彼（かれ）のやり方（かた）は我田引水（がでんいんすい）で、自分（じぶん）に都合（つごう）の良（よ）いことばかりだ。同（おな）じチームの仲間（なかま）だとは言（い）えないよ。

他的做法自私自利，光只考慮對自己有好處的。根本稱不上是同隊的夥伴。

補充 也可讀成「我（わ）が田（た）に水（みず）を引（ひ）く」。

4 信念、意志

あくぼくとうせん
悪木盗泉

解釋

不飲盜泉。再怎麼窮困潦倒，也絕對不會去做壞事。

例句 1 幼い頃に両親を亡くした私が悪木盗泉の原則に背いたら、人生は終わりだと、祖母がきつく教えてくれた。

小時候，奶奶就嚴厲地教導失去雙親的我說，如果違背了不飲盜泉的原則，那我的人生也就完了。

例句 2 悪木盗泉は道徳の基本だ。

不飲盜泉是做人的基本道德。

きょうこうへきさく
匡衡壁鑿

解釋

鑿壁偷光。生活貧苦仍努力求學。

例句1 アルバイトをしながら、匡衡壁鑿（きょうこうへきさく）をして、やっと大学院（だいがくいん）に進（すす）んだ。

我一邊打工一邊苦讀，終於考進了研究所。

例句2 匡衡壁鑿（きょうこうへきさく）をして人一倍（ひといちばい）に勉強（べんきょう）し、留学生（りゅうがくせい）の奨学金（しょうがくきん）をもらえることになった。

我鑿壁偷光般地苦讀，比別人還加倍努力，終於拿到了留學生獎學金。

けんとうしこ
懸頭刺股

解釋

懸梁刺股。懸頭，將頭髮用繩子綁在屋梁上防止打瞌睡；刺股，用錐子刺腿保持清醒。用來比喻發憤學習。

例句1 甥（おい）は懸頭刺股（けんとうしこ）の努力（どりょく）で、見事（みごと）に第一志望（だいいちしぼう）の学校（がっこう）に合格（ごうかく）したそうだよ。

聽說我外甥經過懸梁刺股的努力，終於考上了第一志願的學校喔。

例句2 懸頭刺股したので、悔いはない。

因為我發憤努力過了，所以沒有遺憾。

補充 也可寫成「頭を懸け股を刺す」。

こっくべんれい
刻苦勉励

解釋

就算辛苦也全心全意投入工作或學習，亦或身心雖然辛苦也繼續努力。

例句1 彼は将来医者になることが夢で、刻苦勉励して医学部に合格した。

他的夢想是將來成為醫生，於是他勤奮刻苦讀書，最後考進了醫學院。

例句2 若い時の刻苦勉励は大人になって報われる。

年輕時的勤奮刻苦，長大後就會成為回報。

悪戦苦闘（あくせんくとう）

解釋

與最強的敵人奮戰。面對艱困的局面仍奮力戰鬥。

例句 新会社設立後（しんかいしゃせつりつご）、彼（かれ）は悪戦苦闘（あくせんくとう）しながらも、徐々（じょじょ）に業績（ぎょうせき）を上（あ）げている。

新公司成立後，他雖然艱苦奮鬥，但還是逐步提升了業績。

粉骨砕身（ふんこつさいしん）

解釋

粉身碎骨。比喻為了某種目的或遭遇危險而喪失生命。

例句1 今（いま）まで中途半端（ちゅうとはんぱ）だったけど、これからは粉骨砕身（ふんこつさいしん）の気持（きも）ちでやっていく。

雖然過去老是半途而廢，不過從現在起，我會以粉身碎骨在所不惜的心情來做事。

例句2 粉骨砕身（ふんこつさいしん）の努力（どりょく）は自分（じぶん）で評価（ひょうか）するものではなく、他（ほか）の人（ひと）がするものだと思（おも）う。

我認為粉身碎骨在所不惜的努力，不是由自己來評斷，而是別人說了才算。

補充 「砕」，古同碎，細，破。

いっしほうこく

一死報国

解釋

以身報國。為了守護國家而捨棄自己的性命。

例句 子供の頃から映画で見る兵隊に憧れていた。それはアクションが格好がいいからだけでなく、一死報国で戦うその姿に憧れを抱いていたのかもしれない。

小時候我就很憧憬出現在電影裡的軍隊。也許不是因為動作片很酷，而是因為以身報國的情操令人動容。

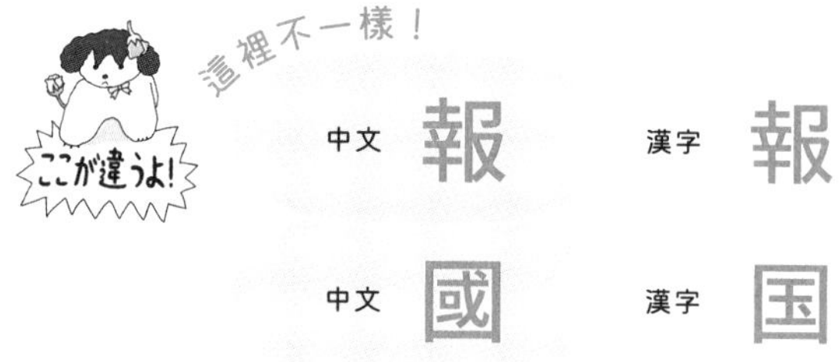

5 態度

ぜんしんぜんれい
全身全霊

解釋

一個人用盡全部力氣與體力，全心全力。

例句 1 妹は全身全霊を注いで試験勉強に取り組んだ。

我妹妹傾注了全部心力，專心準備了考試。

例句 2 全身全霊で毎日を過ごしている彼にとって、努力は苦ではなく、寧ろ自分の成長を感じることのできるものである。

對於全心全意在過每一天的他而言，努力並不辛苦，反而是能讓他感受到自我成長的一件事。

中文 靈　漢字 霊

かっきんせいれい

恪勤精励

解釋

全心投入工作或學業，沒有絲毫懈怠。

例句 1 先生は長年の恪勤精励振りが評価され、今度学校の創立記念式典で表彰されることになったそうだ。

老師長年恪盡職守的表現受到好評，聽說在這次的學校創立紀念典禮上會受到表揚。

例句 2 田中さんは恪勤精励の人柄なので、この仕事を任せても大丈夫だと思う。

因為田中先生的個性勤勤懇懇的，我想這份工作交給他沒問題。

補　充 也可說「精励恪勤」。

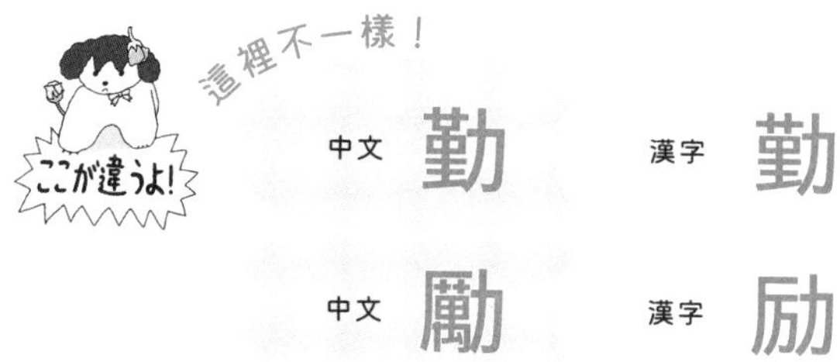

磨斧作針（まふさくしん）

解釋

磨杵成針。再怎麼困難的事，只要忍耐並且努力的話就一定會成功。

例句 1 諦（あきら）めないで、磨斧作針（まふさくしん）の精神（せいしん）で続（つづ）けることが大切（たいせつ）なんだ。

不要放棄而秉持鐵杵磨成針的精神持續下去是很重要的。

例句 2 医者（いしゃ）になる為（ため）に、磨斧作針（まふさくしん）で勉強（べんきょう）に励（はげ）んでいたので、医学部（いがくぶ）に入（はい）ることができた。

為了要成為醫生，我以鐵杵磨成針的態度努力讀書，最後得以進入醫學院就讀。

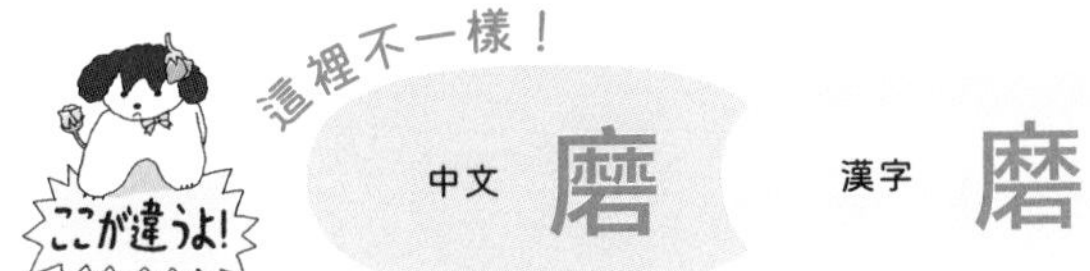

しゅ び かんてつ

首尾貫徹

解釋

貫徹始終。開始到結束都維持相同方針及態度，沒有改變。

例句1 卒論のプレゼンは首尾貫徹した説明で、とても分かりやすかった。

畢業論文的發表因為前後的說明一致，所以十分容易理解。

例句2 選挙の時、沢山の人の支持を得る為には、理想を掲げることも大切だが、首尾貫徹することを忘れてはいけない。

選舉時為得到眾人的支持而提出理想雖然很重要，但也不能忘記要貫徹始終。

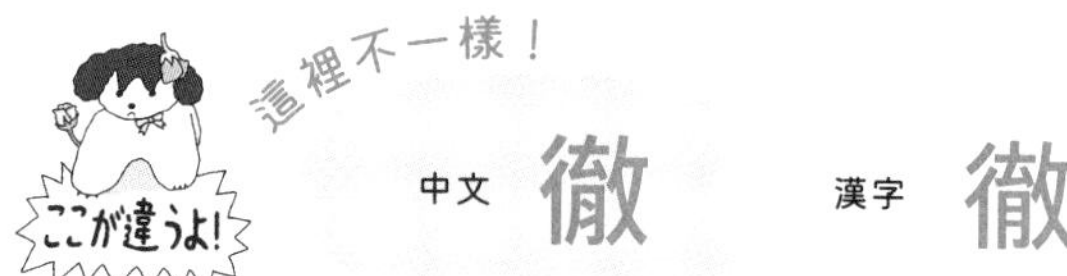

じこむじゅん
自己矛盾

解釋

自相矛盾。

例句 細かに衛生面に対して、注意をしてくるあのクラスメートがトイレの後で、手を洗わないなんて、自己矛盾も甚だしい。

對我們衛生情況盯得很緊的那個班上同學，自己上完廁所後竟然不洗手，未免也太自相矛盾了吧。

きょうしゅぼうかん
拱手傍観

解釋

袖手旁觀。

例句1 友達が虐められているのを止めようともせず、ただ拱手傍観していたとは、僕は本当に情けない男なんだ。

朋友被霸凌我卻沒有阻止，只是在旁袖手旁觀，我真是一個糟糕的男人。

例句 2 教師は教え子の自主性を促そうとして拱手傍観をしていたが、今になって考えると単に教えるのが面倒だったのだろう。

老師為促進學生的自主性而一直袖手旁觀，但現在想想，或許那只是因為懶得教而已吧！

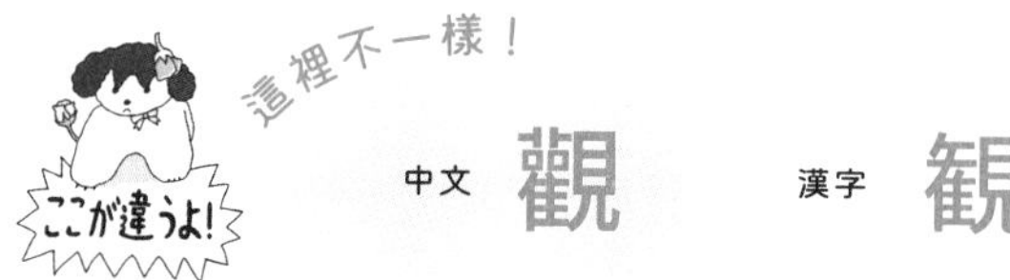

めんじゅうふくはい

面従腹背

解釋

陽奉陰違；表裏不一。

例句 1 面従腹背で、彼女は大抵人の前では、いい顔をしているが、裏では良く悪口を言っている。

真是表裏不一，她在人前表現得很和善，卻在背後說人壞話。

例句 2 油断も隙もならない面従腹背の社員ばかりで、信用できる人が少ない。

公司裡都是一些陽奉陰違得天衣無縫的員工，很少人可以信任。

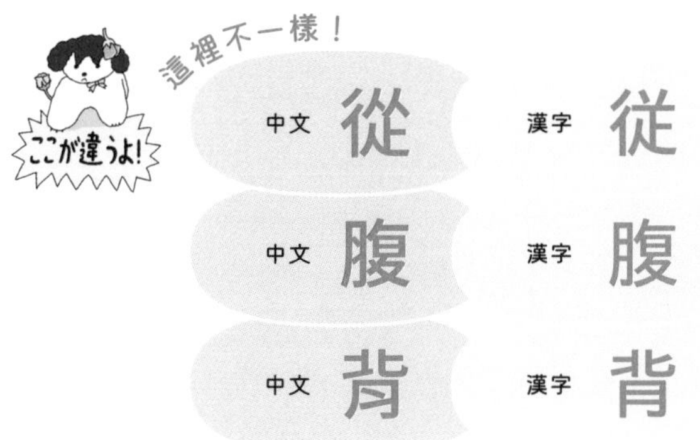

6 健康

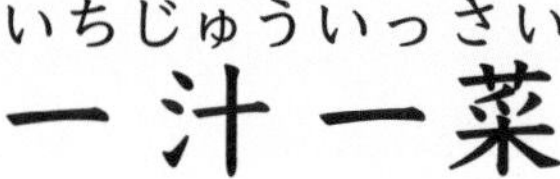

解釋

一碗湯搭配一盤菜，形容簡單的飲食；粗茶淡飯。

例句1 流行(りゅうこう)に敏感(びんかん)な女性(じょせい)の間(あいだ)では、一汁一菜(いちじゅういっさい)を好(この)む食(しょく)生活(せいかつ)が注目(ちゅうもく)されている。

在對流行敏感的女性間，粗茶淡飯的飲食生活受到矚目。

例句2 一汁一菜(いちじゅういっさい)でも、具沢山(ぐだくさん)の汁物(しるもの)があれば、栄養(えいよう)は十分(じゅうぶん)に摂取(せっしゅ)できる。

就算是一菜一湯，只要湯裡面的食材夠豐富，也能攝取到足夠的營養。

這裡不一樣！

中文 菜　漢字 菜

えんめいそくさい

延命息災

解釋

消災延壽。消除災難，延長壽命。

例句 1 入院(にゅういん)した父(ちち)が元気(げんき)になるように、毎日(まいにち)寝(ね)る前(まえ)に夜空(よぞら)に向(む)かって延命息災(えんめいそくさい)の願(がん)をかけた。

我每天都會在睡前向夜空祈禱，希望住院的爸爸能消災延壽。

例句 2 そんなにお酒(さけ)を飲(の)んでいると、体(からだ)に良(い)いはずがない。延命息災(えんめいそくさい)をお願(ねが)いしなくては。

喝那麼多酒，不可能對身體有好處。你得去祈求消災延壽。

き そくえんえん

気息奄々

解釋

奄奄一息、快要斷氣的樣子。或是用來形容事情處於非常艱辛的狀態。

例句 1 気息奄々(きそくえんえん)でゴールに辿(たど)り着(つ)いたマラソンランナーはゴールに着(つ)くやいなや、その場(ば)に倒(たお)れ込(こ)んでしまった。

累到奄奄一息的馬拉松跑者，一抵達終點當場就倒下了。

例句2 社運を賭けた新商品が失敗して大きな負債を抱えた我が社は気息奄々の状態だ。

因為事關公司命運的新產品失敗了，背負龐大債務的公司現正處於奄奄一息的狀態。

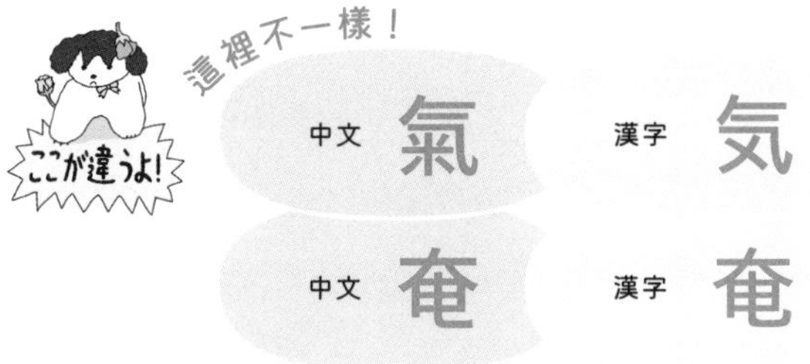

---

7 能力

きそうてんがい
奇想天外

解釋

異想天開。

例句1 彼は時たま奇想天外な行動をして、周囲の人を驚かせる。

他有時會做出異想天開的行為，讓周遭的人吃一驚。

例句2 このドラマのクライマックスは奇想天外で面白い。

這齣戲的高潮相當異想天開，很有趣。

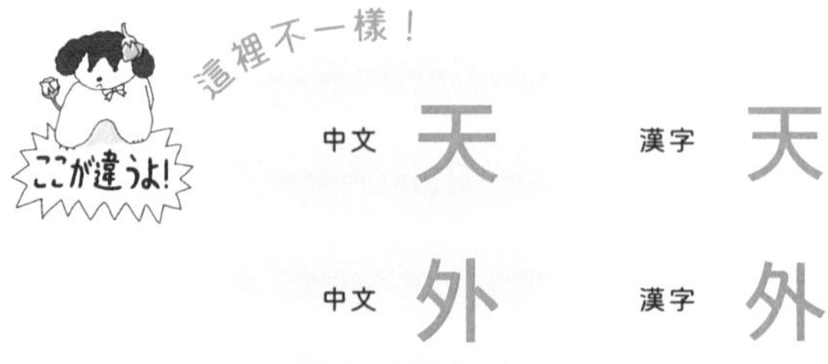

はちめんろっぴ
八面六臂

解釋

三頭六臂。指各方面都很活躍的人，或一個人擁有的能力要比多數人加起來的多。

例句1 彼(かれ)は役者(やくしゃ)としてだけでなく、脚本(きゃくほん)や監督(かんとく)まで手掛(てが)けている八面六臂(はちめんろっぴ)だと言(い)える。

他不只是個演員，連劇本和導演都一手包辦，真可謂是三頭六臂。

例句2 医者(いしゃ)として、一人(ひとり)の母親(ははおや)として、彼女(かのじょ)は八面六臂(はちめんろっぴ)のように大活躍(だいかつやく)をしている。

她既身為醫生，又身為人母，非常活躍就像有三頭六臂似的。

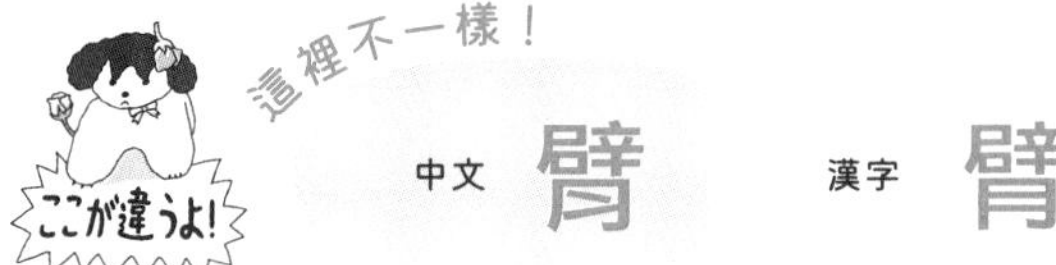

神算鬼謀（しんさんきぼう）

解釋

神機妙算。想出一般人想不到的絕佳策略。

例句 1 私達（わたしたち）は神算鬼謀（しんさんきぼう）こそないが、相手（あいて）チームの作戦（さくせん）を徹底的（てっていてき）に分析（ぶんせき）するところが強（つよ）みだ。

我們雖然不是神機妙算，但徹底分析敵隊的作戰策略是我們的強項。

例句 2 田中（たなか）さんの神算鬼謀（しんさんきぼう）はあの頭脳明晰（ずのうめいせき）な小林（こばやし）さんですら考（かんが）え付（つ）かなかった素晴（すば）らしいアイディアを考（かんが）え出（だ）したんだ。

田中先生的神機妙算，想出了連頭腦清晰的小林先生都沒想到的絕妙點子。

完全無欠（かんぜんむけつ）

解釋

完美無缺。不論從哪一方面來看，都沒有任何缺點或不足。

例句 1 どんな人（ひと）でも完全無欠（かんぜんむけつ）ではないのだ。

不論什麼樣的人都不會完美無缺。

例句 2 彼（かれ）は頭（あたま）が良（い）いだけでなく、家族（かぞく）や兄弟思（きょうだいおも）いで、尊敬（そんけい）できる完全無欠（かんぜんむけつ）な存在（そんざい）だ。

他不只頭腦聰明，也很替家人及兄弟姐妹著想，是個能令人尊敬的完美無缺的人。

博学才穎（はくがくさいえい）

解釋

博學多才。

例句　妹（いもうと）は博学才穎（はくがくさいえい）な子（こ）だったので、勉強（べんきょう）が遅（おく）れているクラスメートに先生（せんせい）の代（か）わりに勉強（べんきょう）を教（おし）えてあげていた。

因為我妹妹博學多才，所以求學時代會幫老師教導那些跟不上進度的同班同學。

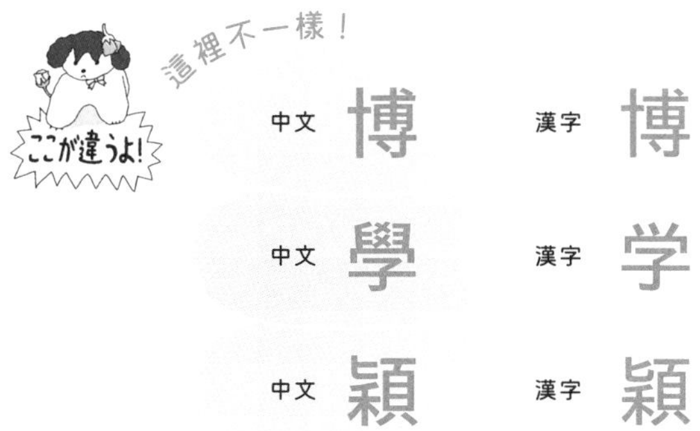

きせいのゆう

希世之雄

解釋

一世之雄。也可用來指稀有的優秀人才。

例句 患者(かんじゃ)を何百人(なんびゃくにん)も救(すく)ってきた先生(せんせい)は希世之雄(きせいのゆう)に崇(あが)められている。

救治數百名病患的醫生，被當作一世之雄來崇拜。

ようい しゅうとう

用意周到

解釋

面面俱到。

例句1 このプロジェクトを成功(せいこう)させる為(ため)に、今(いま)まで多(おお)くの時間(じかん)を掛(か)けて、準備(じゅんび)をしてきたんだ。用意周到(よういしゅうとう)なので、失敗(しっぱい)する訳(わけ)がない。

為了讓這個計畫成功，我花了很多時間準備。因為各方面都考慮得很周全，所以不可能會失敗。

例句2 几帳面(きちょうめん)な彼女(かのじょ)の事(こと)だから、出発(しゅっぱつ)の準備(じゅんび)は用意周到(よういしゅうとう)のはずだ。

凡事一絲不苟的她，出發前所做的準備應該也會面面俱到。

とうだいむそう
当代無双

解釋

當世無雙。在目前這個世界、或這個時代，沒有人可以跟他相比。指非常優秀。

例句 当代無双(とうだいむそう)な彼(かれ)は金(きん)メダル間違(まちが)いなしと言(い)われている。

堪稱當世無雙的他，金牌可說是穩操勝算。

ぐんけいのいっかく
群鶏一鶴

解釋

鶴立雞群，眾人當中特別優秀的人。或是在平凡人群中，混雜了特別優秀的人。

例句1 良子(よしこ)ちゃんは小学校(しょうがっこう)の頃(ころ)から群鶏一鶴(ぐんけいのいっかく)で、他(ほか)の子(こ)とは違(ちが)う特別(とくべつ)な才能(さいのう)を持(も)っていたそうだ。

聽說良子在小學時就鶴立雞群，具備了與其他孩子不同的特殊才能。

例句 2 数多（かずおお）くの芸能人（げいのうじん）の中（なか）で、群鶏一鶴（ぐんけいのいっかく）とも言（い）える活躍（かつやく）を見（み）せたのが彼（かれ）だ。

在眾多演藝人員當中，就屬他活躍的程度可說是鶴立雞群。

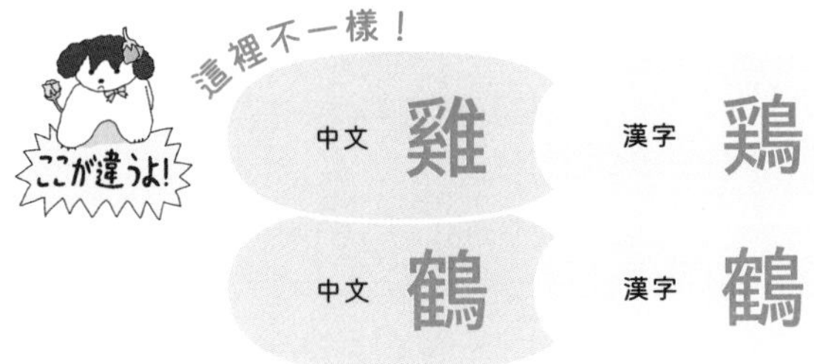

文武両道（ぶんぶりょうどう）

解釋

指的是學識以及武術。通常用來表示這兩項都很優秀。

例句 1 文武両道（ぶんぶりょうどう）が学校（がっこう）の方針（ほうしん）で、定期（ていき）テストで赤点（あかてん）になるとレギュラーから降格（こうかく）される。

因為文武雙全為學校的方針，所以如果段考不及格，就會被取消校隊的資格。

例句 2 体育（たいいく）の先生（せんせい）は文武両道（ぶんぶりょうどう）のイケメンで、女子生徒（じょしせいと）達（たち）にもてる。

體育老師是一位文武雙全的帥哥，很受女學生們的歡迎。

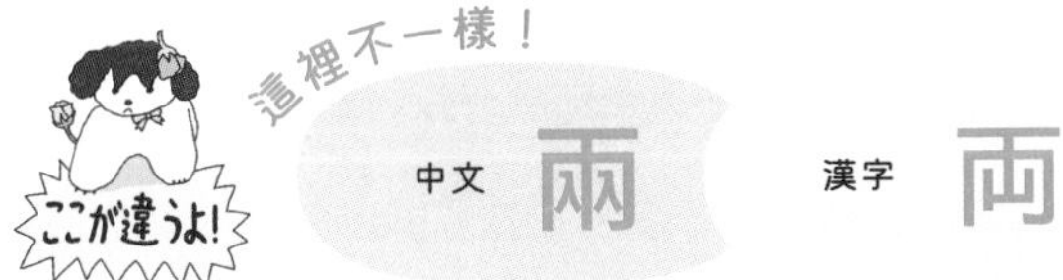

りゅうじょう こ はく
竜攘虎搏

解釋

龍爭虎鬥。比喻勢均力敵的雙方競爭激烈、難分高低。

例句1 今回の市長選挙では、若手の候補者と現役市長の二人の竜攘虎搏の戦いになるだろう。

這次的市長選舉，會是一場年輕候選人與現任市長兩人龍爭虎鬥的選戰吧！

例句2 オリンピックでは、各種目で竜攘虎搏の試合を見ることができるだろう。

奧運會場上，能看到許多運動項目龍爭虎鬥的比賽吧。

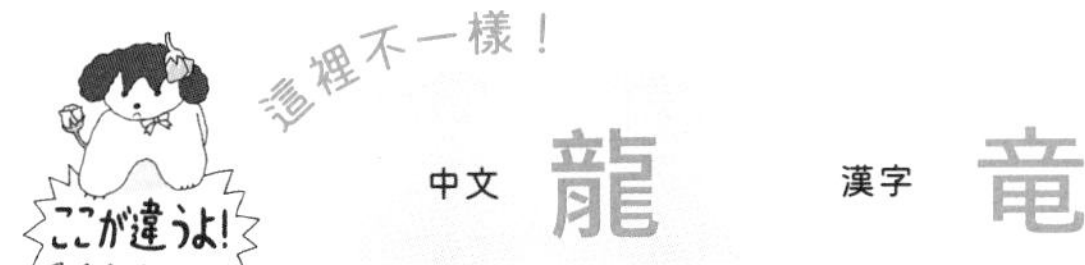

たしせいせい
多士済済

解釋

指有許多優秀的人才。

例句1 アメリカが主催した気候変動サミットには「多士済済」で、各国の大統領が顔を揃えている。

由美國所主辦的氣候變遷領導人高峰會上「人才濟濟」，各國總統齊聚一堂。

例句 2 来月(らいげつ)の国際(こくさい)野球(やきゅう)大会(たいかい)には、甲子園(こうしえん)で活躍(かつやく)した選手(せんしゅ)がずらりと勢揃(せいぞろ)いし、多士済済(たしせいせい)のメンバーで挑(いど)むので、いい成績(せいせき)が期待(きたい)できる。

下個月的國際棒球賽，有許多曾活躍於甲子園的選手參賽，由於有眾多優秀成員出場挑戰，所以可以期待能夠獲得好成績。

がんこうけいけい
眼光炯々

解釋

眼光銳利，閃閃發光。或指具有洞察力與觀察力的人。

例句 1 老(お)いた父(ちち)が病院(びょういん)のベッドの上(うえ)から突然(とつぜん)眼光炯々(がんこうけいけい)な表情(ひょうじょう)をしたので、何事(なにごと)かと思(おも)ったら、女性(じょせい)の看護師(かんごし)がやってきただけだった。

我年邁的父親躺在病床上，突然目光炯炯，我還以為發生了什麼事，原來只是女護士來了而已。

例句 2 祖母(そぼ)は八十歳(はちじゅっさい)を迎(むか)えた今(いま)でも眼光炯々(がんこうけいけい)としていて、昔(むかし)とちっとも変(か)わらない。

我那已經八十歲的祖母現在仍目光炯炯，跟以前一樣一點都沒變。

せんがく ひ さい

浅学非才

解釋

才疏學淺。謙虛説自己的學問與知識淺薄，以及沒有才能。

例句 1 浅学非才とは言っても、彼の実力は誰もが認めている。

雖然他說自己才疏學淺，但大家都認同他的實力。

例句 2 日本語能力試験 N1 に合格した友人は自己採点結果が悪かったようで、浅学非才だと言ったが、周囲には嫌味にしか聞こえなかった。

考過日語能力測驗 N1 的友人，自行評分時說自己的分數好像很糟，真是才疏學淺。但周圍的人聽起來就只像是在挖苦而已。

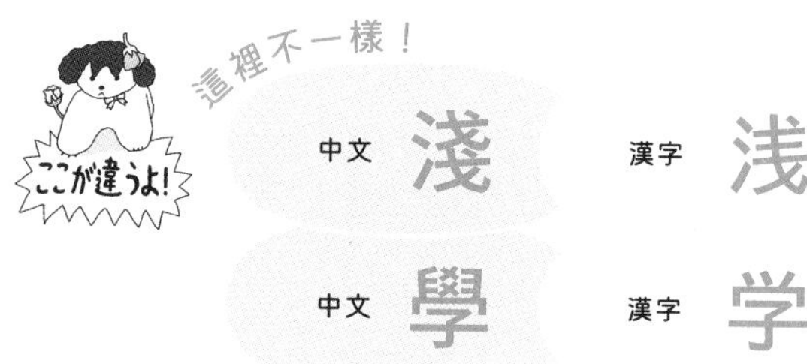

さいし たびょう
才子多病

解釋

越是有才能的人，身體越是衰弱、容易生病。

例句1　才子多病だと言われても、その映画監督はもっと作りたい作品があっただろうと思うと、悔やんでも悔やみきれない。

雖說才子多病，但想到那位電影導演應該還有很多想拍的作品，就令人不勝唏噓。

例句2　私は才子多病のタイプなので、年間休日が最も多い会社の求人に応募した。

因為我是屬於才子多病的類型，所以找了年休天數最多的公司應徵了。

だんろんふうはつ
談論風発

解釋

議論風發、談論風生。形容談論廣泛、生動而又風趣。

例　句　人が集まり、談論風発しているんだったが、英語だったので、聞き取ることはできなかった。

有好多人聚集在一起談論風生的，但因為講的是英文，所以我有聽沒有懂。

漢字 発

野心満満（やしんまんまん）

解釋

野心勃勃。狂妄非分之心或遠大的企圖。

例句1 野心満満（やしんまんまん）じゃないと、この会社（かいしゃ）のトップは務（つと）まらないと思（おも）う。

我認為若非野心勃勃的話，難以擔任這家公司的最高領導者。

例句2 友人（ゆうじん）はその美貌（びぼう）で社長令息（しゃちょうれいそく）に取（と）り入（い）り、玉（たま）の輿（こし）に乗（の）ろうと野心満満（やしんまんまん）だ。

我朋友憑藉著自己的美貌去討好總經理的兒子，野心勃勃地想嫁入豪門。

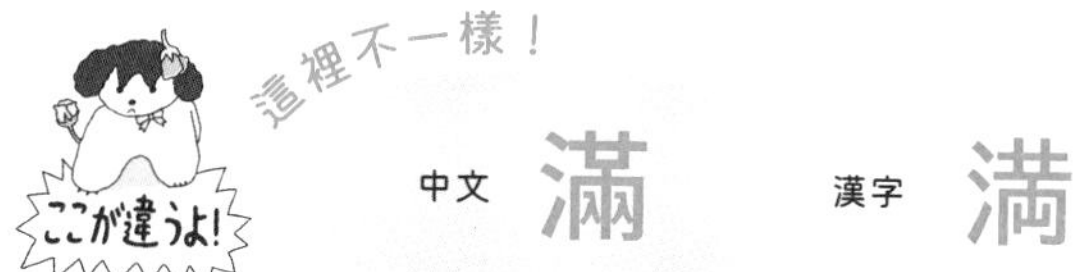

一子相伝（いっしそうでん）

解釋

一脈相傳。學問、技藝等精妙深奧道理只由一個血統或派別承傳下來。

例句1 よくドラマに一子相伝（いっしそうでん）の奥義（おくぎ）など出（で）てくるが、実際（じっさい）にそういうものがあるのだろうか。

電視劇裡常會出現一脈相傳的深奧道理，但實際上真有那種東西嗎？

例句 2 歴史のある料亭は秘密のタレを一子相伝として、他の誰にも教えないというのがよくある。

具有歷史的高級日本料理餐廳，經常會將秘傳醬汁一脈相承，不教授給其他任何人。

唯一無二（ゆいいつむに）

解釋

獨一無二。

例句 1 私にとって母は親であり、友達でもある「唯一無二」の宝物である。

對我來說，家母既是母親，也是朋友，是我「獨一無二」的寶物。

例句 2 このラーメン店のスープはその唯一無二の味わいから多くのファンを引き寄せてしている。

這家拉麵店那具有獨一無二味道的湯頭，吸引了許多粉絲。

玉石混交（ぎょくせきこんこう）

解釋

寶石與石頭混雜在一起而難以分辨，比喻優秀的與拙劣的混雜在一起。

例句1 この古美術店（こびじゅつてん）は品数（しなかず）が豊富（ほうふ）だが、玉石混交（ぎょくせきこんこう）なので、品定（しなさだ）めに時間（じかん）が掛（か）かる。

這間古董美術行的商品數量雖然豐富，但因為品質良莠不齊，鑑定起來得花不少時間。

例句2 駅前（えきまえ）の進学塾（しんがくじゅく）に通（かよ）ったら、玉石混交（ぎょくせきこんこう）な生徒（せいと）の集（あつ）まりで、そのレベルの差（さ）に驚（おどろ）いた。

我去車站前那間升學補習班上課後，很驚訝地發現學生程度實在很良莠不齊。

一割之利（いっかつのり）

解釋

鉛刀一割。就算是用鉛做成的刀子，刀口不鋒利也可以割斷東西。比喻就算是平庸的人，有時也可以幫上忙。多用來謙稱自己的微薄之力。

例句1 何（なに）をやらせても不器用（ぶきよう）だけど、一割之利（いっかつのり）で、私（わたし）はコーヒーを入（い）れるのが得意（とくい）だよ。

雖然我做什麼事都笨手笨腳的，但鉛刀一割，我可是很會煮咖啡的喔。

例句 2 存在感の無い彼女が一割之利で、料理の才能を発揮して、クリスマスパーティーに美味しいビーフシチューを持って来た。

不起眼的她鉛刀一割，發揮了烹飪的才能，在聖誕派對上帶了好吃的燉牛肉來。

きようびんぼう
器用貧乏

解釋

鼯鼠五技。會的事情很多，但卻無法專精於一件事。用來比喻技術多而不精，於事無益。

例句 1 あの有名なスポーツ選手は三年前まで器用貧乏だったが、彼自体が自覚することで今は日本を代表する選手となった。

那位有名的運動選手在三年前是鼯鼠五技，但在他本身有所覺悟後，現在已經成為代表日本的選手了。

例句 2 大学の時、資格は沢山取ったが、結局器用貧乏になってしまった。

大學時期，我雖然考取了很多證照，但結果卻是鼯鼠五技，沒有一樣專精。

中文 器　漢字 器

こうかく ひ まつ
口角飛沫

解釋

激烈的辯論，激動到口沫橫飛。

例句1 口角飛沫したが、自分のことしか考えていない人達ばかりだったので、全く意味のない会議になった。

因為全都是一些只顧自己的人說得口沫橫飛，所以讓這個會議變得毫無意義了。

例句2 有名なトーク番組は口角飛沫な舌戦になればなるほど、スタジオが盛り上がる。

有名的談話性節目，唇槍舌戰越是口沫橫飛，攝影棚的氣氛就越嗨。

き じょうくうろん
机上空論

解釋

紙上談兵。聽起來很有道理，但實際上卻沒有用。

例句 社長の考えは立派だけれども、机上空論で、理想でしかないね。

雖然總經理的想法很棒，但只是紙上談兵，不過是種理想而已。

中文 機　　漢字 机

かぶんせんがく
寡聞浅学

解釋

孤陋寡聞。有時是謙虛的說法。

例句 1 自分(じぶん)が寡聞浅学(かぶんせんがく)だということを忘(わす)れて、会議(かいぎ)で変(へん)な意見(いけん)を言(い)ったので、課長(かちょう)に叱(しか)られた。

我忘了自己孤陋寡聞，在會議上說了奇怪的意見，結果被課長罵了。

例句 2 寡聞浅学(かぶんせんがく)な私(わたし)のアイディアより、田中(たなか)さんのほうがもっと素晴(すば)らしいんだ。

田中先生的點子，比起孤陋寡聞的我要出色得多了。

浅薄皮相（せんぱくひそう）

解釋

皮相之見。對事物的看法及想法太過膚淺，不夠周全。

例句 1 この政治討論番組（せいじとうろんばんぐみ）の批評（ひひょう）はいつも浅薄皮相（せんぱくひそう）だから見（み）ない。

因為這個政論節目的批評總是過於膚淺，所以我都不看。

例句 2 得意気（とくいげ）に話（はな）しているが、浅薄皮相（せんぱくひそう）の感（かん）じがある。もっと勉強（べんきょう）が必要（ひつよう）だ。

雖然你志得意滿地在談論，但令人感覺有點膚淺。你需要再多讀一點書。

一斑全豹（いっぱんぜんぴょう）

解釋

從事情的一部分去推測整體，並加以批評。用來形容人見識短小。

例句 1 彼（かれ）は早合点（はやがてん）をし、一斑全豹（いっぱんぜんぴょう）してしまうことが多（おお）い。

他經常會貿然下判斷，無疑管中窺豹。

例句 2 一斑全豹（いっぱんぜんぴょう）を避（さ）けるには、複数（ふくすう）の情報（じょうほう）を集（あつ）めて裏付（うらづ）けを取（と）ることが重要（じゅうよう）だ。

為避免瞎子摸象，所以蒐集眾多資訊、取得佐證是很重要的。

美辞麗句（びじれいく）

解釋

花言巧語。最近多用來形容沒有內容，空洞的言語。帶有貶義。

例句 1 コマーシャルというのは美辞麗句（びじれいく）ばかりで、信用（しんよう）できない。

廣告都是一些花言巧語的詞句，不能相信。

例句2 あの人はいつも美辞麗句ばかり並べていて、色々な人のご機嫌取りをしている。

他總是光說一些花言巧語來討好各式各樣的人。

---

8 家庭關係

えんおう の ちぎり

鴛鴦之契

解釋

鳳凰于飛。指夫妻的感情非常好。

例句1 私は鴛鴦之契を感じていたけれども、彼は違っていたようで、浮気をしていた。

我覺得我們夫妻能鳳凰于飛，但老公似乎不這麼想，他有了外遇。

例句2 彼女と結婚して鴛鴦之契な未来を望むが、そのためには禁酒禁煙に年収アップと苦難な道程が続く。

我希望跟女朋友結婚，未來能鳳凰于飛，但也因此得走上持續禁酒禁菸，努力增加年收這一條苦難之路。

漢字 契

琴瑟相和(きんしつそうわ)

解釋

琴與瑟的聲音非常協調，會經常一起演奏。日文除了用來形容夫妻相處和諧，也可以指朋友感情很好。

例句 1 両親(りょうしん)は琴瑟相和(きんしつそうわ)と言(い)えるほど、非常(ひじょう)に仲(なか)が良(よ)く、お互(たが)いを支(ささ)えあっている。

我父母感情好到可以說是琴瑟和鳴，他們彼此一直相互扶持。

例句 2 彼女達(かのじょたち)は琴瑟相和(きんしつそうわ)の仲間(なかま)であり、自分達(じぶんたち)も親友(しんゆう)だと認(みと)めあっている。

她們是情同手足的好閨蜜，而她們彼此也都那樣認為。

けいえいいちにょ

形影一如

解釋

就像身體與影子不會分開，比喻夫妻的感情很好。也可形容一個人心裡的善惡想法，會直接呈現於外在的行為。

例句 1 形影一如である夫婦の間で生まれた子供は情緒が安定している。

經常如影隨形的夫妻所生的孩子，情緒都會比較穩定。

例句 2 形影一如だと思われていたあの芸能人夫婦が離婚して世間を驚かせた。

一直都被認為如影隨形的那對明星夫妻離婚一事，轟動了整個社會。

ていがくのじょう

棣鄂之情

解釋

指兄弟感情很好。

例 句 隣の家の兄弟は正に棣鄂之情で、争うことなく仲良くお店を経営している。

隔壁鄰居的兄弟姐妹可說是棣萼相輝，從不爭吵，感情融洽地經營著自家的店面。

全生全帰（ぜんせいぜんき）

解釋

全受全歸。好好照顧父母賜予的身體，不能有任何損傷才是真正的孝道。

例句 1　全生全帰（ぜんせいぜんき）というのに、事故（じこ）で大怪我（おおけが）をして、親（おや）を悲（かな）しませてしまった。

明明說要全受全歸，但我卻發生車禍受了重傷，讓父母傷心了。

例句 2　全生全帰（ぜんせいぜんき）と言（い）われるとしても、私（わたし）は入（い）れ墨（ずみ）をするのを諦（あきら）めるつもりはない。

雖然人家都說要全受全歸，但我還是沒打算要放棄刺青。

補　充　也有「身体髪膚之（しんたいはっぷこれ）を父母（ふぼ）に受（う）く」的說法。

はんいのたわむれ
斑衣之戯

解釋

斑衣戲綵。用盡一切方法讓父母親開心，用來比喻孝順。

例句 もっと斑衣之戯(はんいのたわむれ)したいから、元気(げんき)で長生(ながい)きしてねと娘(むすめ)に言(い)われた。

女兒跟我說，因為她想要再多孝順我一些時日，所以要我健健康康地活久一點。

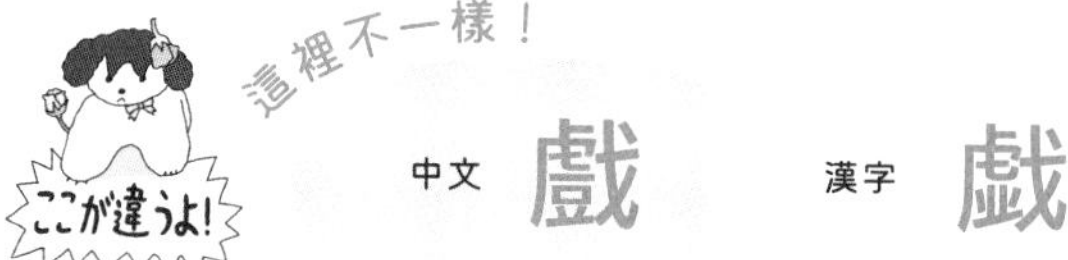

はんぽのしゅう
反哺之羞

解釋

反哺之恩。比喻子女長大奉養父母，報答養育之恩。

例句 反哺之羞(はんぽのしゅう)を尽(つ)くそうと思(おも)わなくてもいい。あなたが元気(げんき)で生(い)きていってくれれば、十分(じゅうぶん)だと両親(りょうしん)が言(い)った。

父母親跟我說，不用報答反哺之恩也沒關係。只要我健健康康地過生活就夠了。

こつにくそうしょく 骨肉相食

解釋

骨肉相殘。親子或手足間發生激烈的鬥爭。

例句 親(おや)の遺産(いさん)を巡(めぐ)る骨肉相食(こつにくそうしょく)の争(あらそ)いくらい、みにくいものはない。

沒有比為了爭奪父母的遺產而骨肉相殘更難堪的事了。

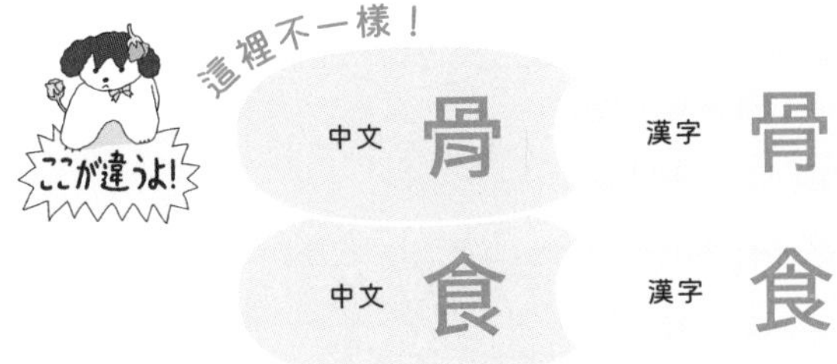

9 人際關係

だんきんのまじわり 斷金之交

解釋

斷金之交。指情誼深厚的朋友。

例句1 彼(かれ)らは幼少時代(ようしょうじだい)から死(し)ぬまでずっと断金之交(だんきんのまじわり)を続(つづ)けた。

他們從幼年時期開始至死為止，一輩子都是斷金之交。

例句 2 大人(おとな)になってから、断金之交(だんきんのまじわり)を結(むす)ぶような友人(ゆうじん)と出会(であ)えるとは思(おも)いもしなかった。

長大成人後，我壓根兒都沒想過能遇到斷金之交。

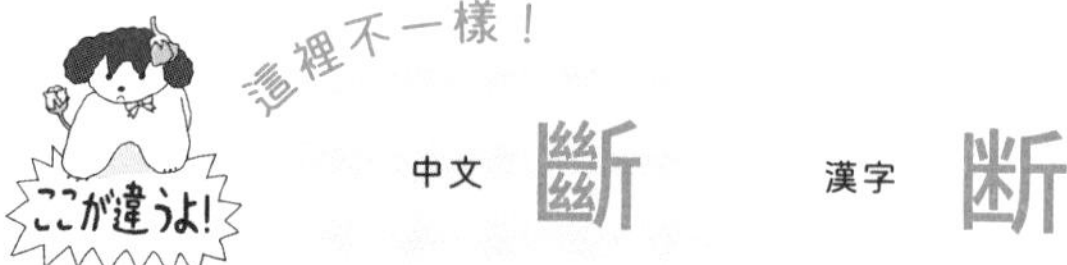

一味同心(いちみどうしん)

解釋

同心協力。因為同一個目的而聚集、聯合起來。

例句 1 友達(ともだち)と一味同心(いちみどうしん)してラーメン屋(や)を開(ひら)いた。

我跟朋友同心協力合開了拉麵店。

例句 2 大学(だいがく)の時(とき)一味同心(いちみどうしん)となって切磋琢磨(せっさたくま)した仲間(なかま)とは数年振(すうねんぶ)りに再会(さいかい)しても特別(とくべつ)な絆(きずな)で結(むす)ばれている気(き)がする。

經過數年後再次見到大學時期同心協力切磋琢磨的朋友，仍能感受到彼此之間特別的情感。

あいきゅうおくう

愛及屋烏

解釋

愛屋及烏。因為非常喜歡一個人，而連帶關愛與對方有關的事物。

例句１ 愛及屋烏（あいきゅうおくう）のあまり、彼女（かのじょ）の家（うち）の猫（ねこ）まで好（す）きになった。

因為愛屋及烏的關係，我甚至也喜歡上女朋友家養的貓了。

例句２ 彼（かれ）は今（いま）愛及屋烏（あいきゅうおくう）のあまり、冷静（れいせい）に物事（ものごと）を判断（はんだん）することができない。

因為過於愛屋及烏的緣故，所以他現在無法冷靜地判斷事物。

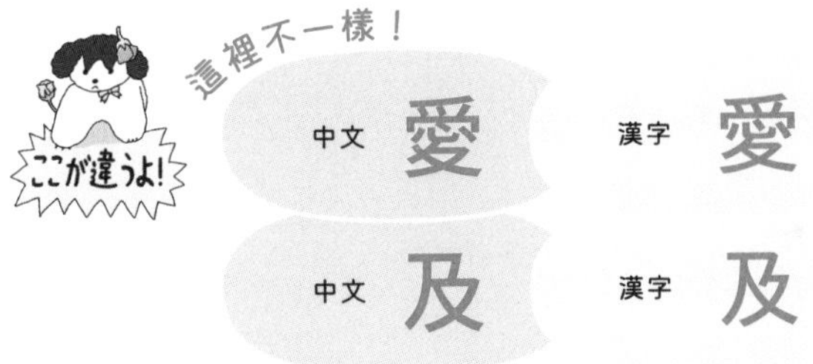

一味徒党（いちみととう）

解釋

狐群狗黨。具有相同目的的同夥人，大多用於不好的事情。

例句1 彼（かれ）が身（み）を置（お）いているのは皆（みんな）が怠（なま）けて勉強（べんきょう）しないことを肯定（こうてい）しあって、ろくでもない一味徒党（いちみととう）である。

他置身於一群懶得讀書、且不長進的狐群狗黨中。

例句2 彼（かれ）に対（たい）して反感（はんかん）を抱（いだ）く人達数人（ひとたちすうにん）が一味徒党（いちみととう）を組（く）み、彼（かれ）をいじめた。

對他持反感的幾個人，組成了狐群狗黨去欺負他。

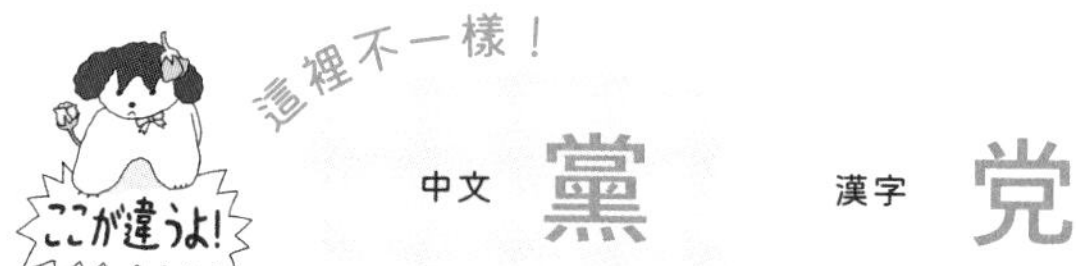

阿附迎合（あふげいごう）

解釋

阿諛奉承。

例句1 阿附迎合（あふげいごう）のしない為（ため）には自分（じぶん）の意見（いけん）をしっかりと持（も）たなければいけない。

為了不對別人阿諛奉承，就必須要確實擁有自己的意見。

例句 2 直属の上司に阿附迎合する彼の態度は同期の反感を買った。

他對直屬上司那種阿諛奉承的態度，引起了同期同事的反感。

阿附雷同

解釋

自己沒有主見，只迎合他人意見。

例句 1 父は阿附雷同な性格の為、母の意見が通ることが多い。

因為我爸爸的個性是隨聲附和型的，所以大多以媽媽的意見為主。

例句 2 阿附雷同する人に意見を聞いても意味がない。

就算你問了只會隨聲附和的人意見，也沒什麼意義。

10 人生

一日一善（いちにちいちぜん）

解釋

每天做一件善事，希望能持續下去。

例句1 一日一善（いちにちいちぜん）で、自分（じぶん）にできる善（よ）いことを見（み）つけられたら、毎日楽（まいにちたの）しくなってくる。

日行一善，如果能找到自己做得到的好事，那麼每天就會過得很開心。

例句2 人（ひと）の役（やく）に立（た）ちたいと思（おも）っているが、何（なに）から始（はじ）めていいか分（わ）からないので、まず一日一善（いちにちいちぜん）を目指（めざ）そうと思（おも）う。

我一直想要有助於別人，但不知從何做起，所以先以日行一善為目標。

這裡不一樣！

中文 善　　漢字 善

一六勝負（いちろくしょうぶ）

解釋

以天下為賭注，一決勝負；冒險，碰運氣。

例句 この試合（しあい）は勝（か）つかどうか全（まった）く分（わ）からない。まるで一六勝負（いちろくしょうぶ）をしているようなものだ。

我們完全不知道這場比賽是否會勝利，簡直就像是在下賭注一樣。

老若男女（ろうにゃくなんにょ）

解釋

不論男女老少。

例句1 ラーメンは老若男女（ろうにゃくなんにょ）を問（と）わず愛（あい）される日本（にほん）の国民食（こくみんしょく）と言（い）われている。

拉麵不論男女老少都喜愛，被稱作是日本的平民料理。

例句2 特別なことがある日は人は早起きをしてしまうものだけれども、それは老若男女を問わないだろう。

不論男女老少，在有特別事情的那天，都會起得格外早吧。

自業自得

解釋

自作自受。

例句1 風邪なのに、水泳に行って熱が出てしまった。自業自得としか言えないね。

明明感冒了我還跑去游泳，結果發燒了。只能說是自作自受。

例句2 飲酒運転による事故は自業自得だ。

酒駕肇事，真是咎由自取。

しゅしゃせんたく
取捨選択

解釋

區分東西的好與壞，留下需要的處理掉不需要的；選擇要留下或丟掉的東西。

例句 1 私は妹の誕生日にプレゼントを贈りたいと思うんだけど、どれが良いか、取捨選択が難しい。

我想送妹妹生日禮物，但不知道要送哪一個才好，實在好難選擇。

例句 2 人生とは取捨選択を何度も繰り返すものだ。

人生就是在不斷做出取捨選擇。

補　充　「取舍選択」也是相同的意思。

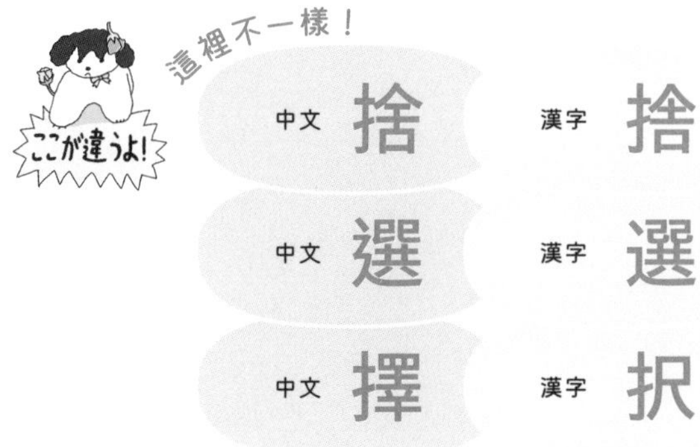

自縄自縛(じじょうじばく)

解釋

作繭自縛。自己做的事情或內心所存的想法，反而為自己帶來困擾。

例句 1 妻(つま)は色(いろ)んなことに心配(しんぱい)をして、自縄自縛(じじょうじばく)の状態(じょうたい)になってしまった。もっと気楽(きらく)に生(い)きれば良(い)いのに。

我太太會擔心很多事，已經到了作繭自縛的狀態。明明可以過得更輕鬆的說。

例句 2 形式(けいしき)に囚(とら)われ過(す)ぎて、結果的(けっかてき)に自縄自縛(じじょうじばく)に陥(おちい)ってしまうこともある。

有時太過拘泥於形式，結果反而會作繭自縛。

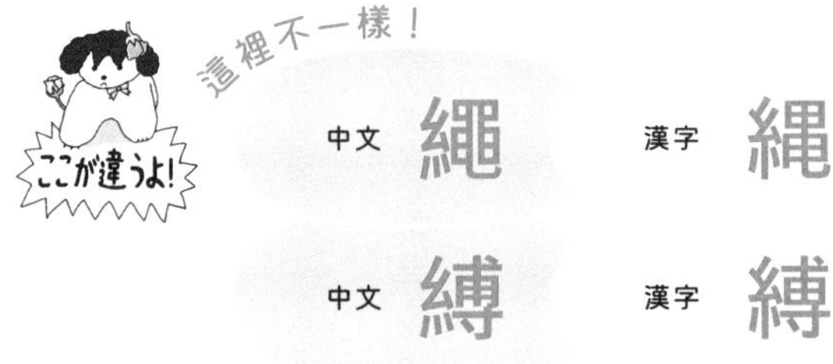

艱難辛苦
かんなんしんく

解釋

處境艱苦，困難重重。

例句 1 妊娠(にんしん)している間(あいだ)の十(じゅっ)か月(げつ)はつわりや立(た)ち眩(くら)みが続(つづ)き、正(まさ)に艱難辛苦(かんなんしんく)の日々(ひび)だった。

我在懷胎十個月那期間，因為孕吐及暈眩沒有停過，所以每天都過得好辛苦。

例句 2 震災(しんさい)によって、人生(じんせい)が急変(きゅうへん)し艱難辛苦(かんなんしんく)となって、苦(くる)しんでいる人(ひと)が大変多(たいへんおお)いそうだ。

聽說由於地震，很多人的人生遭逢巨變，因此變得艱難困苦。

干戈倥偬（かんかこうそう）

解釋

戎馬倥傯。指戰爭頻繁發生，沒有停歇的時刻。

例句 干戈倥偬（かんかこうそう）で、あの国（くに）はいつも戦争（せんそう）をしていて国民（こくみん）のことを考（かんが）える余裕（よゆう）はない。

那個國家正值戎馬倥傯，不停地戰爭，根本沒有餘力去考慮國民生計。

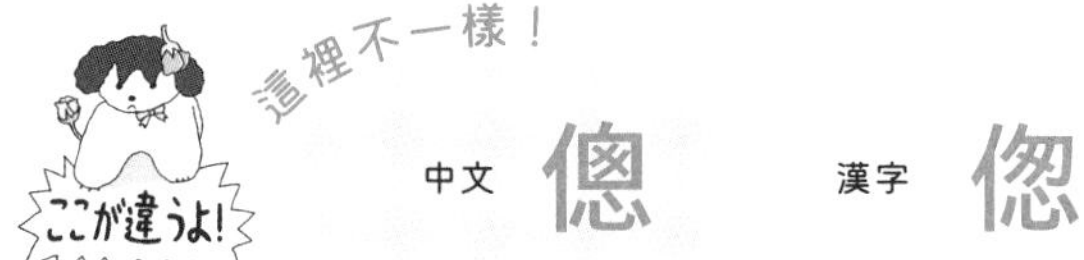

前途多難（ぜんとたなん）

解釋

前途坎坷。將來或預期將來會有許多困難或災難。

例句1 始（はじ）めからこれほどの問題（もんだい）が発生（はっせい）したなんて、前途多難（ぜんとたなん）を暗示（あんじ）しているように思（おも）えてならない。

一開始就發生了這麼多問題，不由得令人覺得似乎是在暗示將來前途坎坷。

例句 2 外科医になる夢は前途多難だが、一生懸命頑張る。

想成為外科醫生的夢想雖然前途多難，但我會全力以赴。

あんたんめいもう

暗澹冥濛

解釋

黑暗不清，看不到前方。指未來沒有希望，前途黯淡。

例 句 第一志望の大学へ進学の為、全てを注ぎ込んで努力してきたのに、不合格の知らせを受けたとたん、彼は暗澹冥濛という顔をした。

為了考上第一志願的大學，他傾注全力努力了，在收到不及格通知的瞬間，他神情黯淡了下來。

ほうえんだんう
砲煙弾雨

解釋

硝煙彈雨。形容炮火猛烈，戰況激烈。

例句 この町(まち)は今(いま)でも道(みち)のあちこちに銃弾(じゅうだん)が残(のこ)り、砲煙(ほうえん)弾雨(だんう)だったことを語(かた)っている。

這個城鎮現在街道上仍隨處可見彈藥殘骸，訴說著硝煙彈雨的過往。

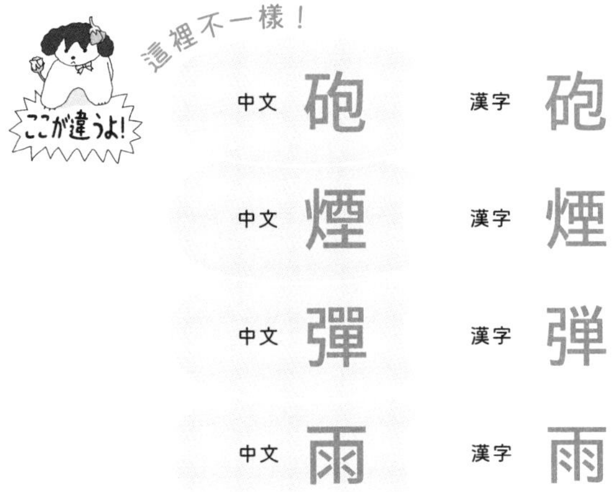

苛斂誅求
かれんちゅうきゅう

解釋

橫徵暴斂。無情地徵收稅金，或類似的嚴苛政策。

例句 古代(こだい)では、苛斂誅求(かれんちゅうきゅう)の実行者(じっこうしゃ)である君主(くんしゅ)は悪魔(あくま)のように恐(おそ)れられていた。

古代實行橫徵暴斂的君主，就如惡魔一般令人心生畏懼。

狂瀾怒濤
きょうらんどとう

解釋

非常兇猛；非常凌亂的樣子，主要用來指世界或時代的情勢；以波濤洶湧形容事情秩序混亂。

例句 1 先生(せんせい)は「狂瀾怒濤(きょうらんどとう)の時代(じだい)に負(ま)けないような強(つよ)い人(ひと)になれ」と言(い)った。

老師說，要我們成為一個不會被驚濤駭浪時代打敗的堅強的人。

例句2 ワクチンが完成(かんせい)し、コロナによる狂瀾怒濤(きょうらんどとう)な時代(じだい)が終(お)わりを告(つ)げたかと思(おも)ったら、又新(またあたら)しいウイルスが出(で)てしまった。

原以為疫苗完成，因為新冠肺炎所引起的驚濤駭浪時代已告一段落，沒想到又有新的病毒出現了。

遅暮之嘆(ちぼのたん)

解釋

隨著年齡的增加而感嘆不已。

例句 鏡(かがみ)を見(み)て自分(じぶん)の白髪(しらが)の数(かず)を数(かぞ)えて遅暮之嘆(ちぼのたん)に耽(ふけ)った。

我照著鏡子數著自己的白髮，感嘆遲暮。

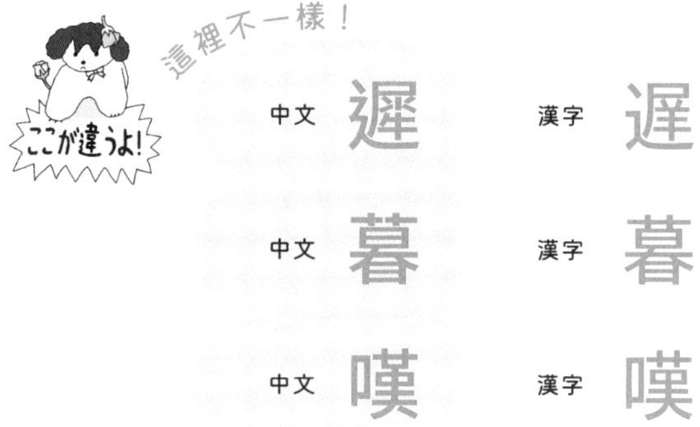

うい むじょう

有為無常

解釋

人生無常。世間所有事情的發生皆是命中註定，所以經常會有所變動。

例句1 有為無常で、あの大手企業が破産したなんて、誰も思ってもいなかったんだ。

人生無常呀，任誰都沒想到那家大企業竟然破產了。

例句2 大好きな愛犬のマイクちゃんが亡くなったが、それも有為無常なので、仕方がない。

我最愛的狗狗麥克過世了，但人生無常，那也無可奈何。

しょうじゃひつめつ

生者必滅

解釋

生死無常。任何有生命的終將會有一死，只是時間早晚的問題。

例句1 祖父が突然の事故で亡くなってから、生者必滅という言葉の意味をやっと理解できた気がした。

我覺得自從祖父因為發生意外而突然過世後，我終於才了解到生死無常這句話的意思。

例句2 生者必滅ということはこの世に生きるもの全てが逃れることができないものだ。

所謂的生死無常，是世上所有生物都無法逃避的事。

ぜんだいみもん
前代未聞

解釋

指從未聽過，非常稀奇古怪的事。或是很重大的、非常珍奇的事。

例句 1 社長の意見は前代未聞のものであり、各部門は社内緊急会議を開いた。

總經理的意見真是前所未聞，所以各部門都召開了緊急內部會議。

例句 2 コロナによって世界各国の政府は前代未聞の外出禁止令や入国禁止措置を一斉に取った。

新冠肺炎使得世界各國政府同時採取了禁止外出、禁止入境等前所未聞的措施。

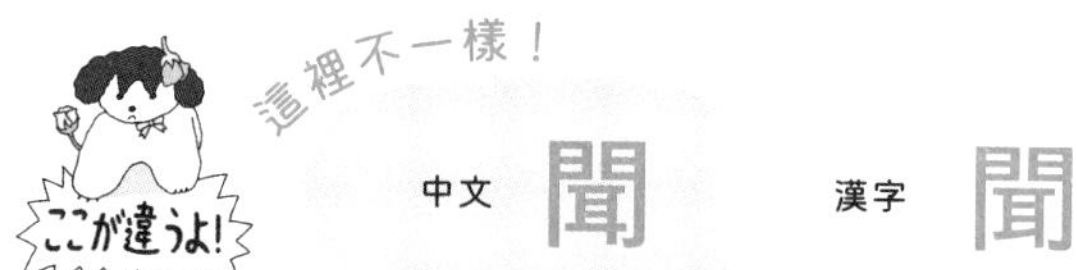

たいほうのこころざし
大鳳之 志

解釋

鴻鵠之志。指遠大的志向。

例 句 すくすく育(そだ)つ息子(むすこ)には、大鳳之 志(たいほうのこころざし)を持(も)って、このまま大(おお)きくなって欲(ほ)しいと親(おや)バカながら願(ねが)う。

希望茁壯成長的兒子能懷抱遠大的志向長大成人，這是慣父母的願望。

ぜんしゃ の てつ
前車之轍

解釋

前車之鑑。從前者的失敗獲得警惕，小心不再犯同樣的錯。

例句 1 前車之轍(ぜんしゃのてつ)を肝(きも)に銘(めい)じていないから、前(まえ)のチームと同(おな)じ失敗(しっぱい)をしたんだ。

因為沒有記取前車之鑑，所以才會跟前一隊一樣犯了相同的錯誤。

例句 2 父(ちち)や兄(あに)が前車之轍(ぜんしゃのてつ)となってくれたので、私(わたし)の進学(しんがく)や就職(しゅうしょく)の人生設計(じんせいせっけい)はとても楽(らく)だった。

因為爸爸與哥哥的前車之鑑，讓我升學及就業的人生規劃變得很輕鬆。

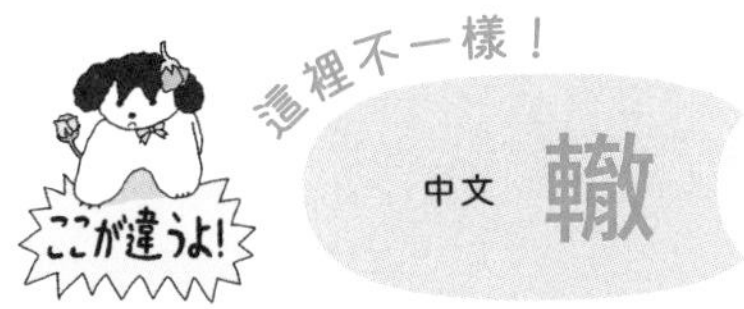

漢字 轍

ぼうちゅうゆうかん

忙中有閑

解釋

忙裡偷閒。忙碌工作時，也能挪出片刻時間稍作休息。

例 句 毎日仕事で大変だけれども、忙中有閑というように、趣味であるテニスをする時間を確保できている。

雖然每天都因為工作而忙碌不已，但我還是會忙裡偷閒，抽出時間去打自己喜歡的網球。

じせつとうらい

時節到来

解釋

等待的好機運終於來到。

例句 1 花見の時節到来を期待して待っていたのに、満開した瞬間、大雨に降られ、散ってしまった。

我一直很期待賞花的時機到來，但卻在花朵滿開的瞬間，下了場大雨，花都被打落了。

例句 2 嫌いな上司が転勤となり、これは時節到来だと喜んでいたら、もっと口やかましい上司が配属されたんだ。人生はそんなに甘くないと落ち込んだ。

討厭的主管調職了，我正高興好機運終於到來時，沒想到卻調來更囉嗦的主管。讓我心情低落地想說人生不會那麼美好。

ぜん と ようよう
前途洋々

解釋

前途無量。人生將一片光明，充滿希望。

例句 1 「間もなく卒業する諸君には前途洋々たる未来がある。大きな志をもって頑張ってほしい」と先生が言った。

老師說：「即將畢業的各位未來將前途無量。請懷抱遠大的志向努力加油」。

例句 2 彼はお金にも恵まれ、学歴も高いし、前途洋々なのに、ずっと彼女ができていない。

他明明很有錢、學歷也高，前途一片光明，但卻一直交不到女朋友。

車魚之嘆（しゃぎょ の なげき）

解釋

「車」為外出乘坐別人備好的交通工具，「魚」為有魚肉吃的待遇，兩者皆無表示慨嘆待遇之差。

例句 何年（なんねん）働（はたら）いても給料（きゅうりょう）が全然（ぜんぜん）よくないから、車魚之嘆（しゃぎょのなげき）を叫（さけ）びたくなる。

工作了這麼多年薪水還這麼少，真令人感嘆待遇之差。

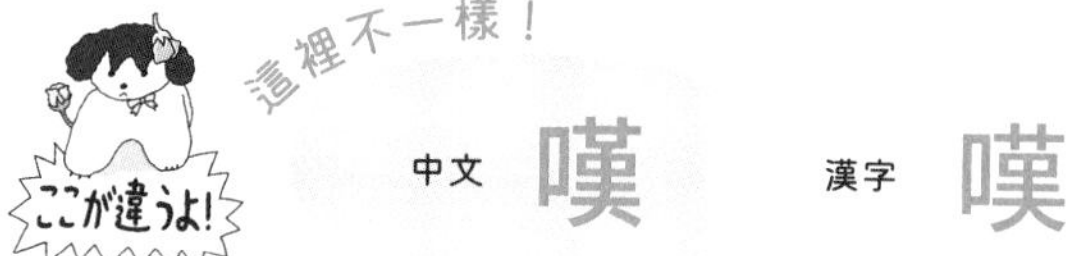

漢字 嘆

順風満帆（じゅんぷうまんぱん）

解釋

一帆風順。指所有事情都進行得很順利。

例句1 店（みせ）の経営（けいえい）があまりに順風満帆（じゅんぷうまんぱん）だから、かえって不（ふ）安（あん）と感（かん）じた。

因為店裡的經營太過一帆風順，反而讓我感到了不安。

例句 2 社長は順風満帆の人生を歩んでいるようにみえるが、実は知らない所で数々の苦労を経験している。

我們總經理的人生看起來一帆風順，但其實在我們不知道的地方，他經歷過無數的磨難。

おかめはちもく

岡目八目

解釋

棋盤外的人可以看到下棋的人接下來八步要怎麼走，亦即旁觀者清。

例句 1 岡目八目というように、利害のない人間の方が適切な判断ができるものだ。

所謂旁觀者清，沒有利害關係的人比較能做出適切的判斷。

例句 2 上司の役割とは岡目八目のように、先の展開を予測することだと思っている。

我認為主管的角色是要如旁觀者清那般，來預測未來的發展。

悠々自適（ゆうゆうじてき）

解釋

悠閒自得。不因世事而煩惱，悠閒地過日子。

例句 1 夏休み（なつやすみ）は長（なが）いので、悠々自適（ゆうゆうじてき）に好（す）きなことだけをして過（す）ごしていく。

因為暑假很長，所以我打算要悠閒自得地做自己喜歡的事。

例句 2 宝（たから）くじが当（あ）たり、ヨーロッパで悠々自適（ゆうゆうじてき）な生活（せいかつ）を送（おく）っている。

因為中了樂透，所以在歐洲過著悠閒自得的生活。

日進月歩（にっしんげっぽ）

解釋

日新月異。

例句 1 現代（げんだい）における医療（いりょう）技術（ぎじゅつ）は日進月歩（にっしんげっぽ）と言（い）えるだろう。

現代醫療技術可謂日新月異吧。

例句 2 携帯電話（けいたいでんわ）の進化（しんか）は本当（ほんとう）に日進月歩（にっしんげっぽ）で、旧（きゅう）モデルと新（しん）モデルでは、その性能（せいのう）に大（おお）きな差（さ）がある。

行動電話的進步真是日新月異，舊型機與新型機的功能可說是天差地別。

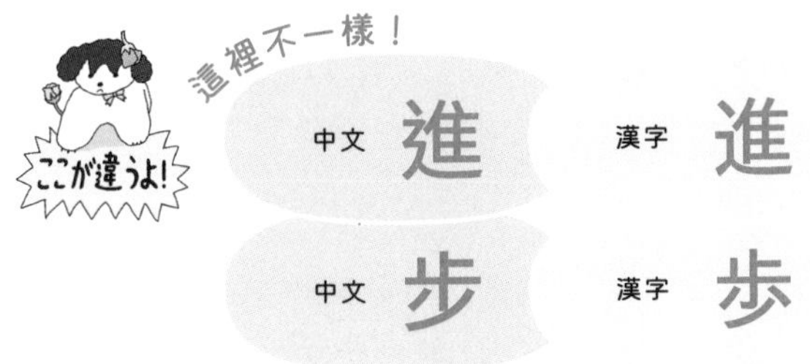

いち り いちがい

一利一害

解釋

有利有弊。事情有好的一面，也有壞的一面。

例句 1 その薬の効果は強いけど、一利一害ということで、副作用も強いらしい。

雖然那種藥的藥效很好，但所謂有利就有弊，它的副作用好像也很強。

例句 2 どんなに大金持ちでも、何かしらの悩みを抱えているので、一利一害は万人に通用する説だと信じている。

再怎麼有錢的人也會有些煩惱，所以我相信所謂有好就有壞，每個人都適用。

きよほうへん
毀誉褒貶

解釋

有時稱讚，有時又貶抑。指各種評價，毀譽參半。

例句 1 自分のやっている事に自信があれば、毀誉褒貶を気にする事はない。

要是對自己所做的事有自信的話，就不會在意是否毀譽參半了。

例句 2 あの店が毀誉褒貶が激しいのは素っ気ない接客態度を好ましく思う人と、腹立たしく思う人がいる為である。

那家店之所以出現兩極化的評價，是因為有人喜歡不矯揉造作的待客方式，但也有人因此一肚子氣。

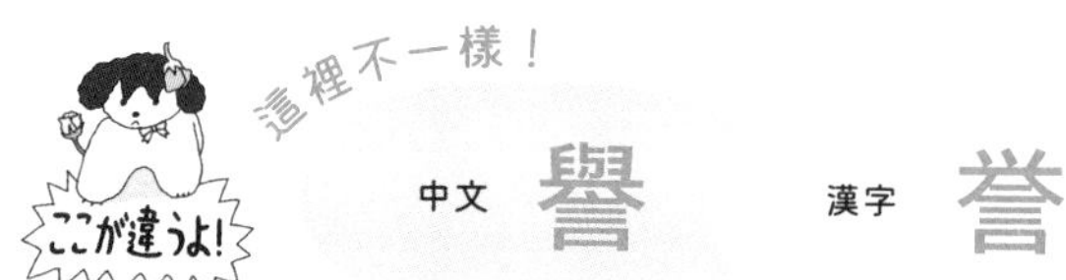

11 自然氣候

暗香浮動（あんこうふどう）

解釋

暗香疏影。從幽暗處傳來陣陣花香，尤其是指梅花的香氣，表示春天已經來到。

例句 春（はる）には公園（こうえん）を散歩（さんぽ）するのが好（す）きだ。花（はな）の香（かお）りが暗香浮動（あんこうふどう）して、歩（ある）いているだけで、とても気持（きも）ちがいい。

我喜歡春天在公園裡散步。暗香疏影的，光是那樣走著就心情舒暢。

一望千里（いちぼうせんり）

解釋

一望無際。

例句 富士山（ふじさん）を登（のぼ）るのはとても疲（つか）れたが、山頂（さんちょう）から見（み）た一望千里（いちぼうせんり）の綺麗（きれい）な景色（けしき）を見（み）た時（とき）、疲（つか）れがさっとなくなった。

攀登富士山雖然很累，但從山頂看到一望無際的美景時，疲累頓時就消失得無影無蹤了。

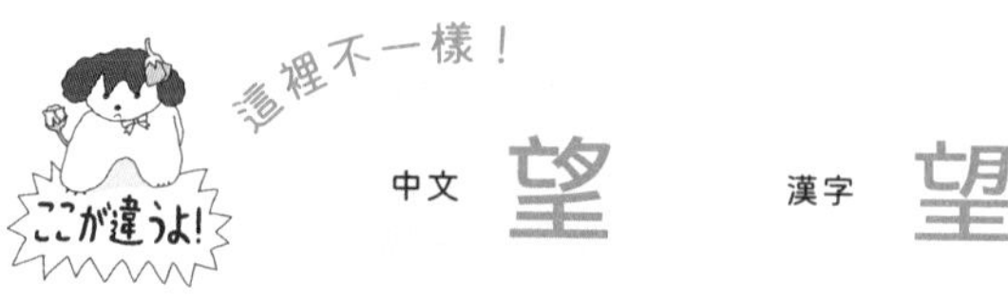

一望千頃（いちぼうせんけい）

解釋

一望無際。

例句 1 一望千頃（いちぼうせんけい）で、タワーマンションの最上階（さいじょうかい）の景色（けしき）はやっぱり特別（とくべつ）だ。

真的是一望無際，摩天大樓的頂樓景色果真很特別。

例句 2 明日（あした）から一望千頃（いちぼうせんけい）の気持（きも）ちで過（す）ごすことを決（き）めた。

我決定從明天開始，要以開闊的心情來過日子。

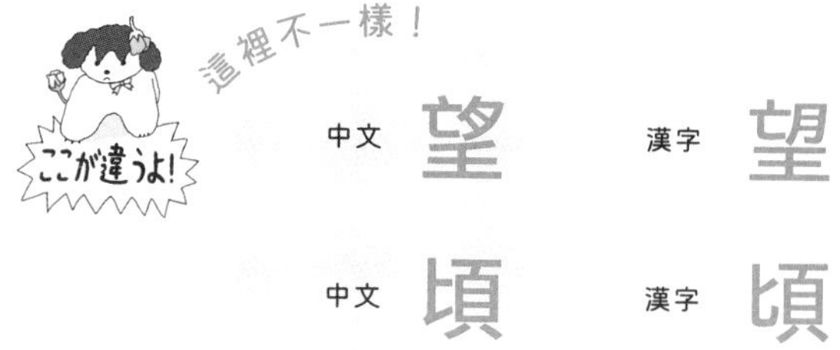

自然天然（しぜんてんねん）

解釋

自然天成。讚美事物自然形成，不用加工就十分完美。

例句 人工（じんこう）の森（もり）にもそれなりの美（うつく）しさはあるが、やはり自然天然（しぜんてんねん）の森（もり）の眺（なが）めの方（ほう）が素晴（すば）らしい。

人造森林雖然也有它美的地方，但還是自然天成的森林看起來更壯麗。

四方八方（しほうはっぽう）

解釋

四面八方，指所有方向或方面。

例句1 息子（むすこ）がデパートで迷子（まいご）になり、四方八方（しほうはっぽう）を探（さが）したが、見（み）つからず、焦（あせ）っていたら、迷子（まいご）センターで寝（ね）ていた。

兒子在百貨公司走失了，因為到處都沒找到，正心焦時，結果才知道他在走失兒童中心睡覺。

例句 2 台風の被害が四方八方に広がり、住民が暮らす家のみならず、農作物まで全滅となった。

因颱風而造成的災害四面八方地擴散，不只是居民所住的房子，連農作物也嚴重受損。

補　充 四方是東西南北，而八方則是再加上東北、西北、東南、西南。

窮山幽谷

きゅうさんゆうこく

解釋

深山窮谷。

例　句 祖父は焼き物を作る仕事をしている為、窮山幽谷に住んでいる。

由於我爺爺的工作是製作陶器，所以一直住在深山窮谷裡。

鬱鬱勃勃

うつうつぼつぼつ

解釋

生氣勃勃，充滿朝氣的樣子。

例句 1 公園に生える植物は手入れされていて、どれも鬱鬱勃勃としている。

公園裡種的植物因為受到呵護，所以每一棵都生氣勃勃的。

例句 2 社運を賭けた新しいプロジェクトは社員達を喜ばせ、勇気付けた。社内全体が鬱鬱勃勃として、どうやらいい方向に向いてきたようだ。

事關公司命運的新計畫，讓員工欣喜萬分並產生了勇氣。公司一片生氣勃勃，看來已經朝著好的方向發展了。

すいてんいっぺき
水天一碧

解釋

水天一色。碧綠的秋水與藍天相映，連成青碧一色。用以形容水域廣闊，景色清新遼遠。

例句 水天一碧の海に船を浮かべていると、海を航行しているのか空を飛んでいるのか、分からなくなる。

船隻行駛在水天一色的海面上，一時間不知是航行在海上，或是飛翔在空中。

むいしぜん
無為自然

解釋

不刻意地去做改變，保持原有的樣子。也可用來形容什麼事都不做，順其自然。

例句 結果を恐れずに、無為自然の境地で試験を受けたお蔭で受かった。

多虧我不害怕結果如何，以順其自然的心境去應試，結果就考上了。

12 金錢

いちやけんぎょう
一夜検校

解釋

一夜致富，突然變成富翁。

例句 私は宝くじが当たって、一夜検校となったが、未だこのことは誰にも言っていない。

我中了樂透而一夜致富了，不過這件事我還沒跟任何人說。

補充　「検校」是江戶時期賦予盲人最高的官職。以大量金錢去賄賂上位官吏，來獲得「検校」這個職位。

えいようえいが

栄耀栄華

解釋

極端奢侈。

例句　**社長(しゃちょう)の新(あたら)しい家(いえ)には純金(じゅんきん)の茶室(ちゃしつ)があるらしいよ。彼(かれ)は豊臣秀吉(とよとみひでよし)の栄耀栄華(えいようえいが)をそのまま真似(まね)したいみたいだね。**

總經理的新家好像有一間純金打造的茶室喔。他似乎想要模仿豐臣秀吉窮奢極侈的生活呢。

13 其他

ししるいるい
死屍累々

解釋

屍橫遍野。

例句 1 その映画では、死屍累々と死体が転がる場面があり、見るに耐えなかった。

那部電影中，出現了屍橫遍野的場景，令人不忍卒睹。

例句 2 平和な国にいる私達はアフリカや中東など、死屍累々な状況が未だに繰り返し起こっている事を本当に想像できないんだ。

身處和平國家的我們，實在很難想像非洲及中東等國家現在仍不斷上演屍橫遍野的情況。

いっさつ たしょう
一殺多生

解釋

犧牲一個人，讓大多數的人得救。原本是佛教用語，意思是為救大眾， 犧牲一個壞人的性命也無可奈何。

例句 1 一殺多生だとは言うから、君が希望退職に応じてくれれば、多くの社員を助けることができる。

話說犧牲小我完成大我，如果你自願退休的話，能造福其他許多員工。

例句 2 「テロに屈しない」という国家の方針は例え人質が犠牲になろうとも、一殺多生の考えに基づくものだ。

「不向恐怖主義屈服」的國家方針，即使犧牲人質也在所不惜，這是植基於犧牲小我的想法。

常住不滅（じょうじゅうふめつ）

解釋

永生不滅、永久不變。

例句1 体（からだ）は有限（ゆうげん）だけど、魂（たましい）は常住不滅（じょうじゅうふめつ）だ。

身軀的存在雖然有限，但靈魂是永生不滅的。

例句2 米（こめ）やパンなど炭水化物（たんすいかぶつ）を主食（しゅしょく）とする食文化（しょくぶんか）は常住不滅（じょうじゅうふめつ）である。

以米飯與麵包等碳水化合物為主食的飲食文化，永久不會改變。

永遠無窮（えいえんむきゅう）

解釋

永世無窮。長久而無止盡。

例句1 私（わたし）は小（ちい）さい頃（ころ）から天体観測（てんたいかんそく）をするのが大好（だいす）きだった。星（ほし）を見（み）ていると永遠無窮（えいえんむきゅう）の宇宙（うちゅう）の広大（こうだい）さを感（かん）じられるからだ。

我從小就很喜歡觀測天體，因為看著星星就能感受到宇宙的浩瀚無窮。

例句 2 結婚式で盛大に永遠無窮の愛を誓った兄夫婦がたったの一か月で離婚をして双方の両親を慌てふためかせた。

舉行盛大婚禮，互相立下永世無窮的愛的誓言的兄嫂，才剛過一個月就離婚了，搞得雙方父母驚慌失措的。

きょどうふしん

挙動不審

解釋

行跡可疑。

例句 1 彼は学校の周りをうろうろ歩き回ったり、しどろもどろに話したりして、挙動不審に思われるのも仕方がない。

他在學校周圍晃來晃去，再加上說話又語無倫次，所以被認為行跡可疑也無可厚非。

例句2 エスカレーターを利用する際は、盗撮だと思われないように、女性の後ろには立たないし、スマホも触らないが、それを意識するあまり、挙動不審に思われそうで、心配だ。

我搭手扶梯時，為避免被認為有偷拍嫌疑，都刻意不站在女性後面，也不去碰手機，但這樣還是會擔心因為太過刻意而被認為行跡可疑。

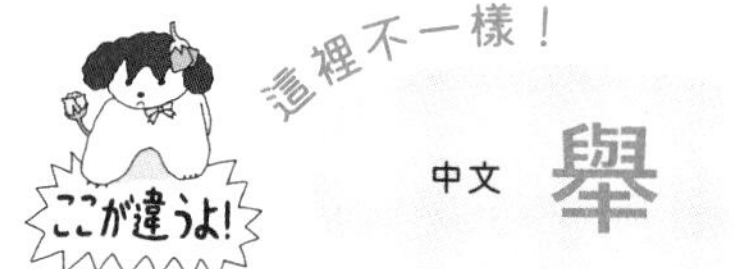

漢字 挙

しゅかくてんとう
主客転倒

解釋

弄錯事物的大小及輕重、主要與次要的立場顛倒。本末倒置。

例句1 我が社の会議ではお客よりも上司や社長の顔色を伺うので、完全に主客転倒となってしまう。

在我們公司的會議上，大家都只在意總經理跟上司的臉色更甚於客戶，真是本末倒置。

例句2 花を育てるのが好きで、咲いた花の写真を記録しようと写真を撮り始めだが、いつのまにか主客転倒して写真を撮る方が楽しくなり、カメラにのめり込んでいた。

因為喜歡種花，所以我才開始拍照來記錄花開的樣子，但不知從何時起卻本末倒置，愛拍照更甚於種花，完全迷上相機了。

危機一髪

解釋

千鈞一髮。

例句1 子供の頃、うっかりして、川に落ちたところが危機一髪で近所の人に助けられた記憶がある。

我記得小時候不小心掉到河裡時，在千鈞一髮之際被鄰居救起。

例句2 最後のチェックで気付いたので、危機一髪で大きなミスにはならなくて済んだ。

因為是在最後確認時發現，所以沒有造成重大失誤，真是千鈞一髮。

補充　「鈞」是古代計算重量的單位，三十斤為一鈞。千鈞的重量繫掛在一根頭髮上，喻情況非常危險、危急。

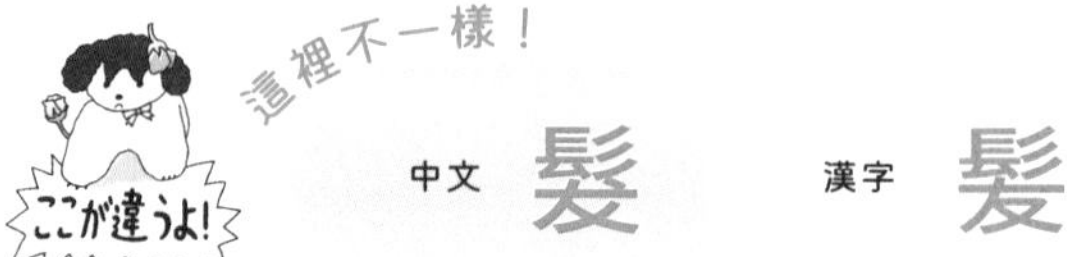

たいげんそうご
大言壮語

解釋

誇大其辭。説話誇張，所講的內容與事實不符。

例句 1　真面目な人が大言壮語な人に騙されて、未公開株を買ったらしいよ。

好像有老實人被誇大其辭的人所騙，買了未上市的股票喔。

例句 2　あの人は大言壮語を吐くことで、自分が立派な人間であるということを示したいと思っている。

那個人想要藉著誇大其辭來表示自己是一個很出色的人。

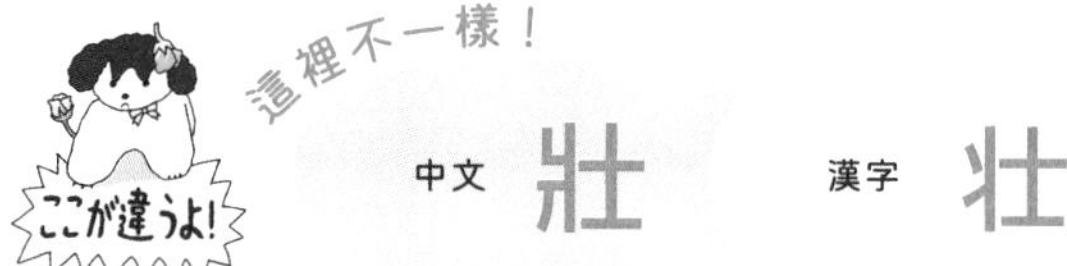

漫言放語
まんげんほうご

解釋

隨便亂説沒有根據的事。

例句1 漫言放語（まんげんほうご）が理由（りゆう）で大臣（だいじん）を辞（や）めた人（ひと）が次（つぎ）の選挙（せんきょ）で又当選（またとうせん）しているのだから、選挙（せんきょ）って不思議（ふしぎ）なものだ。

因為胡言亂語而辭去部長一職的人，在下一屆選舉又再當選，選舉真的很不可思議。

例句2 弟（おとうと）の漫言放語（まんげんほうご）は悪（わる）い癖（くせ）で、本人（ほんにん）が自覚（じかく）していないならば、死（し）んでも直（なお）らない。

我弟有滿口胡說的壞習慣，要是他本人沒有自覺的話，那麼到死都改不掉。

しんろうかいし
蜃楼海市

解釋

海市蜃樓。光線通過不同密度的空氣層，發生折射作用，使遠處景物投映在空中或地面。用來比喻虛幻的景象或事物。

例句 努力(どりょく)が伴(ともな)わない将来(しょうらい)の夢(ゆめ)は蜃楼海市(しんろうかいし)でしかない。

沒有努力相伴的將來的夢想，就只是海市蜃樓而已。

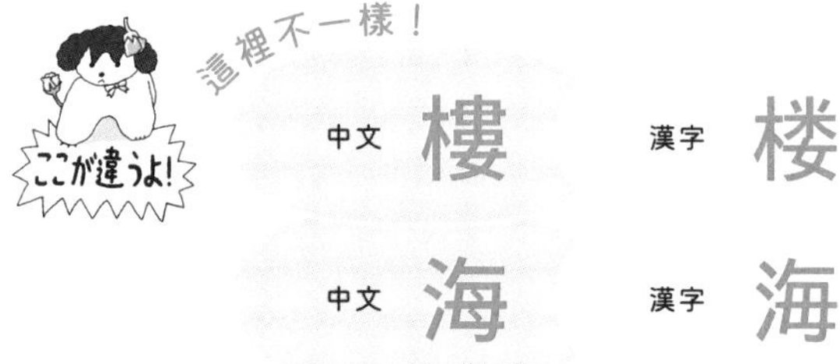

③ 日本特有

1 人物

海千山千(うみせんやません)

解釋

經驗豐富、看透一切的人。多用來指有小聰明、狡猾的人。

例句1 いつもおっちょこちょいな叔父(おじ)が地元(じもと)では海千山千(うみせんやません)の実力者(じつりょくしゃ)だと知(し)った時(とき)は大変驚(たいへんおどろ)いた。

當我得知平常總是吊兒郎當的叔叔，是當地世故老練而有實力的人時，真的很驚訝。

例句2 海千山千(うみせんやません)のあの実業家(じつぎょうか)は今回(こんかい)の難局(なんきょく)も簡単(かんたん)に乗(の)り切(き)った。

那個世故老練的企業家，這次也輕易度過了難關。

擲果満車（てきかまんしゃ）

解釋

非常有人氣，或形容非常好看的美少年。

例句 体育（たいいく）の先生（せんせい）は擲果満車（てきかまんしゃ）なので、よく我（わ）が校（こう）の女子（じょし）生徒（せいと）に待（ま）ち伏（ぶ）せされている。

因為我們體育老師長得非常俊美，所以常遭學校的女學生埋伏等待。

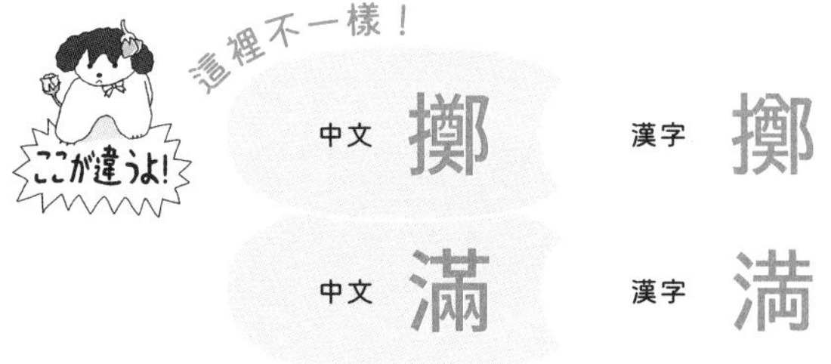

大兵肥満（だいひょうひまん）

解釋

身體非常壯碩、肥胖的人。

例句 会社（かいしゃ）の後輩（こうはい）は大兵肥満（だいひょうひまん）の肉（にく）まんに似（に）た気（き）の優（やさ）しい人（ひと）だ。

我們公司的後輩是個身型壯碩得像顆肉包、但性格溫和的人。

2 情緒

あいげつてっとう
愛月撤灯

解釋

獨愛月光的美，那豈是燈燭所能比擬。比喻對某種事物特別喜愛。

例句 アニメのキャラクターに愛月撤灯（あいげつてっとう）な彼（かれ）はいつの日（ひ）からか現実世界（げんじつせかい）の女性（じょせい）に興味（きょうみ）を持（も）たなくなった。

獨愛動畫角色的他，不知從何時開始，變得對現實世界的女性不感興趣了。

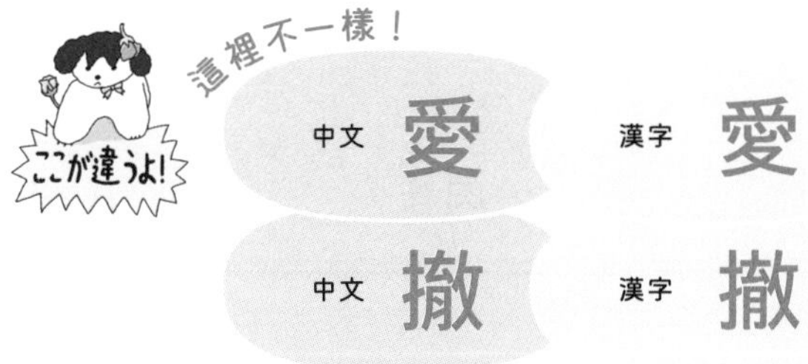

興味津々（きょうみしんしん）

解釋

興致勃勃、津津有味。

例句　雀（すずめ）の行動（こうどう）に興味津々（きょうみしんしん）の息子（むすこ）はもう1時間（いちじかん）も外（そと）を眺（なが）めている。

對麻雀的行為很感興趣的兒子，已經盯著窗外看1個小時了。

無我夢中（むがむちゅう）

解釋

熱衷於一事物到忘我的境界；為一件事失去本意。

例句1　日曜日（にちようび）はサッカーの練習（れんしゅう）をしようと思（おも）って、学校（がっこう）へ行（い）って、運動場（うんどうじょう）で無我夢中（むがむちゅう）にボールを蹴（け）っていた。

因為星期天想練足球，所以我就到學校操場忘我地踢球。

例句2　昨夜（さくや）寝（ね）る前（まえ）に読（よ）んだ小説（しょうせつ）はとても面白（おもしろ）かったので、無我夢中（むがむちゅう）に読（よ）んでいたら、徹夜（てつや）してしまった。

因為昨晚睡前看的小說很有趣，所以一不小心就忘我地通宵看到了天亮。

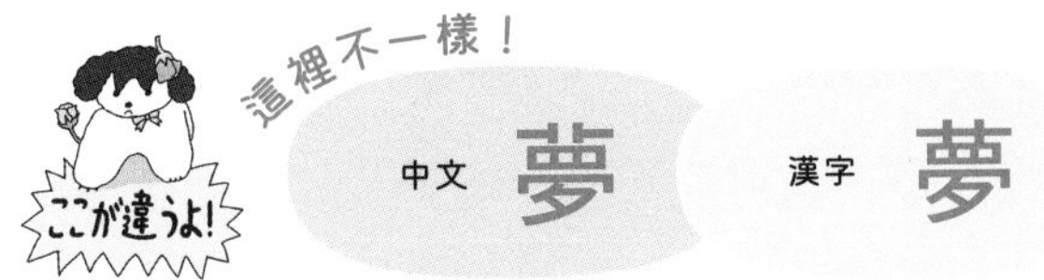

感奮興起（かんぷんこうき）

解釋

內心感到振奮。

例句 自分（じぶん）と似（に）たような生（お）い立（た）ちの人（ひと）が成功（せいこう）した話（はなし）を聞（き）いて、彼（かれ）は感奮興起（かんぷんこうき）をしたそうです。

聽說他在聽到成長過程跟自己類似的人的成功的故事後，感到很振奮。

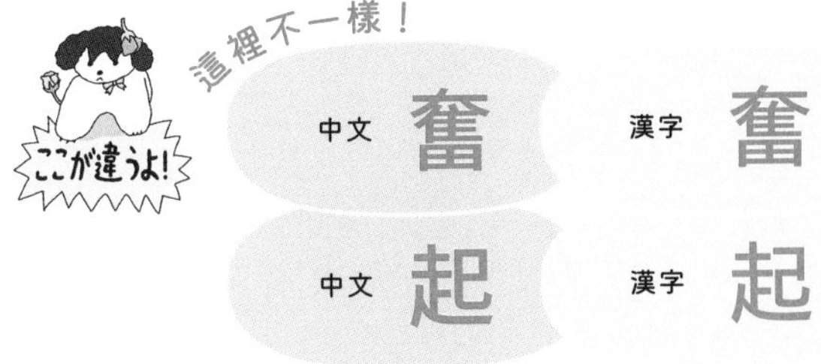

一朝之忿（いっちょう の いかり）

解釋

短暫的憤怒。

例句　うちの娘（むすめ）の笑顔（えがお）を見（み）ると、一朝之忿（いっちょう の いかり）なんて吹（ふ）き飛（と）ばす。

我一看到女兒的笑臉，剎時火氣全消。

切歯扼腕（せっ し やくわん）

解釋

非常生氣、後悔而焦躁不安。

例句　もう少（すこ）しで合格（ごうかく）できたのに、彼（かれ）は切歯扼腕（せっ し やくわん）して悔（くや）しがった。

他咬牙切齒地懊悔不已，明明差一點就及格了。

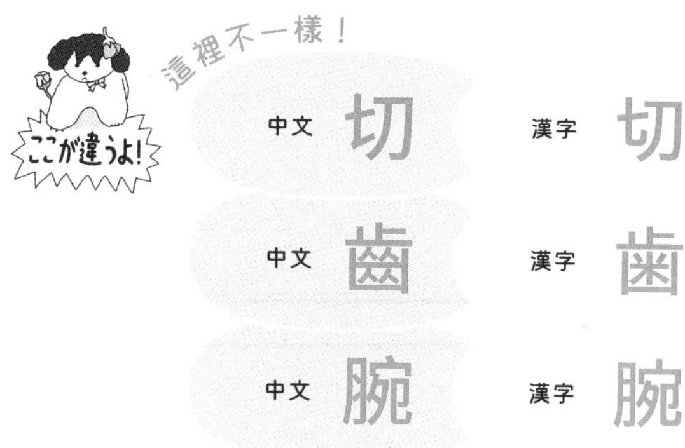

吃驚仰天

きっきょうぎょうてん

解釋

非常驚訝。

例句 モテないと評判(ひょうばん)だった会社(かいしゃ)の同期(どうき)がハリウッド級(きゅう)のモデルと結婚式(けっこんしき)を挙(あ)げた時(とき)は、出席(しゅっせき)した職場(しょくば)の仲間(なかま)は吃驚仰天(きっきょうぎょうてん)した。

出了名沒女人緣的公司同期同事，跟好萊塢等級的模特兒舉行婚禮時，出席婚宴的公司同事們都大吃一驚。

補充 可讀成「びっくりぎょうてん」，且可寫成「喫驚仰天」。

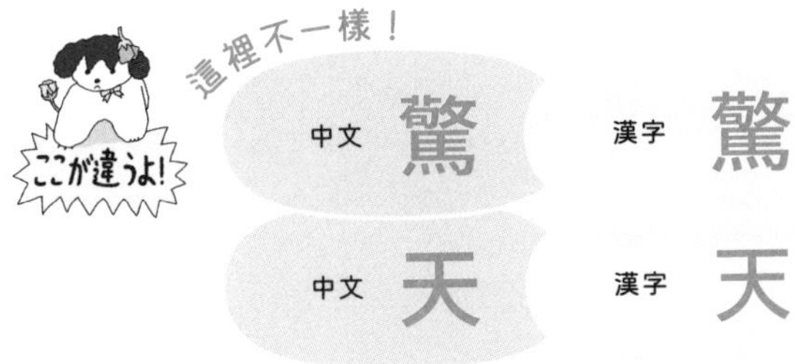

しんきいってん
心機一転

解釋

因某件事而完全改變心情。

例句 転校もそう悪いものではない。これから新しい学校で、心機一転の新しい学生生活が始まるんだ。

轉學其實也沒那麼糟。今後在新的學校，可以展開全新的校園生活。

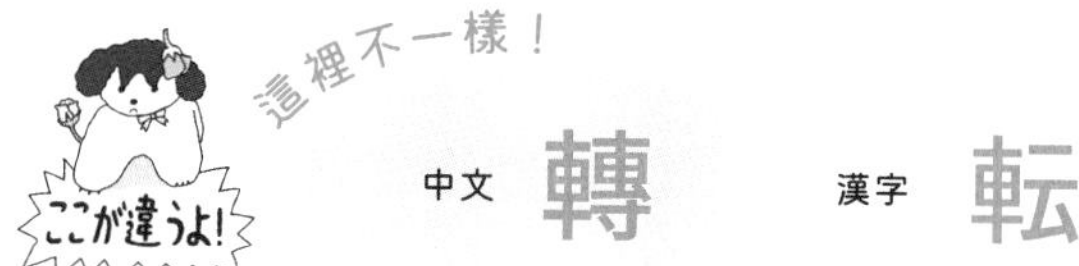

あおいきといき
青息吐息

解釋

在感到非常困擾的時候，無精打采的嘆氣。

例句1 ガソリン価格が上昇し続け、この物価高では青息吐息だ。

石油價格持續上揚，這高物價令人長吁短嘆。

例句 2 今日はディズニーランドに家族で行く予定だったが、急に仕事が入ってしまい、行けなくなったので、青息吐息を吐いた。

我今天原本預計跟家人去迪士尼樂園的，但因為臨時有工作進來就沒辦法去了，真令人嘆氣。

てまえみそ

手前味噌

解釋

自誇、自豪。

例句 手前味噌だが、このカレーは世界中で一番おいしいと思う。

雖然這是老王賣瓜自賣自誇，但我想這個咖哩飯是全世界最好吃的。

補充 味噌原本都是自己家裡製作，然後將自家做的味噌拿出來比較炫耀，才有此說法。

しょう し せんばん
笑止千万

解釋

滑稽可笑。

例句1　校長先生のあまりのアホ発言に笑止千万すぎて、笑いを堪えるのが大変だった。

我們校長的愚蠢發言實在太好笑了，要忍住不笑都難。

例句2　クラスで一番可愛いのは誰だ？そんな話をすること自体が笑止千万だ。

班上誰最可愛？這個問題本身就很好笑。

3　性格、特質

きょう み ほん い
興味本位

解釋

所有事物的判斷都以「有沒有趣」為基準。

例句　弟は興味本位で、アニメの世界に飛び込んだ。

我弟弟因為覺得有興趣，所以就投入了動漫的世界。

一言居士（いちげんこじ）

解釋

遇任何事都要提意見、發言的人。

例句 私（わたし）の進学（しんがく）の話（はなし）になると、父（ちち）は一言居士（いちげんこじ）になるが、言（い）っていることは正（ただ）しいので、私（わたし）は何（なに）も言（い）えない。

一提到有關我升學的事，我爸爸就會很有意見，但是因為他說的都很正確，所以我完全無法反駁。

補充 也可讀成「一言居士（いちごんこじ）」。

口不調法（くちぶちょうほう）

解釋

不喜歡說話，或是覺得自己不太會說話。

例句1 姉（あね）は綺麗（きれい）で、背（せ）も高（たか）くて、成績（せいせき）も優秀（ゆうしゅう）だけれど、口不調法（くちぶちょうほう）ということが唯一（ゆいつ）の欠点（けってん）だと思（おも）う。

我姐姐既漂亮、身高又高、成績也好，不過我想不善言辭是她唯一的缺點。

例句2 話（はなし）が好（す）きな人（ひと）を見（み）ると、口不調法（くちぶちょうほう）な自分（じぶん）としては羨（うらや）ましく感（かん）じる。

看到喜歡說話的人時，對不喜歡說話的我來說，真的感到很羨慕。

三日坊主（みっかぼうず）

解釋

形容三天打魚兩天曬漁網，做事無法持之以恆的人。

例句1 花（はな）を育（そだ）てようと思（おも）ったけれども、世話（せわ）が三日坊主（みっかぼうず）になり、気（き）が付（つ）いたら、花（はな）が枯（か）れてしまったんだ。

我想要種花，但卻沒有持之以恆地照料，等到我發現的時候，花都已經枯萎了。

例句2 ダイエットを始（はじ）める時（とき）には、三日坊主（みっかぼうず）にならないように、計画（けいかく）を立（た）てることが大事（だいじ）である。

要開始減重時，為了避免無法持之以恆，事先訂定計畫是很重要的。

石部金吉（いしべきんきち）

解釋

意思是說這個人頑固不化、不近人情，也可用在不近女色的場合。

例句 ルールや時間（じかん）に厳（きび）しい石部金吉（いしべきんきち）とはあまり関（かか）わりたくないんだ。

我不太想跟對規定和時間太過嚴格的人有所牽扯。

内股膏薬（うちまたごうやく）

解釋

沒主見、沒節操，看情形選邊站的人、牆頭草。

例句 どこの会社（かいしゃ）でも上（うえ）を目指（めざ）すには内股膏薬（うちまたごうやく）も旨（うま）く利用（りよう）しなければならないようだ。

不論是在哪間公司，想要往上爬到高位，似乎就必須善於酌情選邊站。

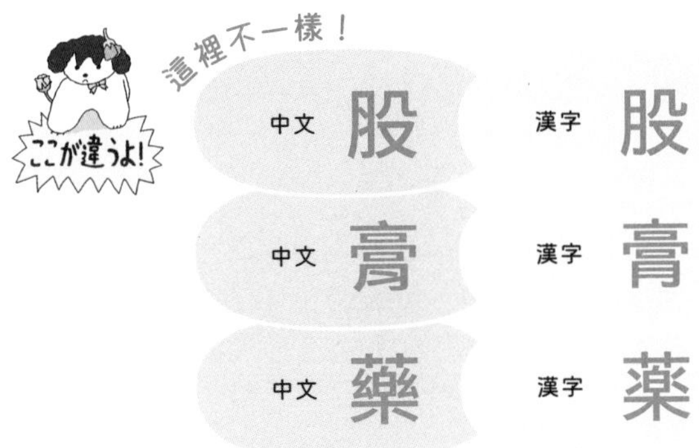

ゆうきどうどう
雄気堂堂

解釋

雄赳赳氣昂昂，沉穩從容無所懼的樣子。

例句　あの大学院(だいがくいん)の新入生(しんにゅうせい)は面接(めんせつ)の際(さい)に、どんな質問(しつもん)をされても雄気堂堂(ゆうきどうどう)とした姿(すがた)だったので、印象(いんしょう)に残(のこ)っている。

那一個研究所的新生，在面試的時候不管被我問了什麼問題，都能態度沉穩而從容回答的樣子，讓我印象深刻。

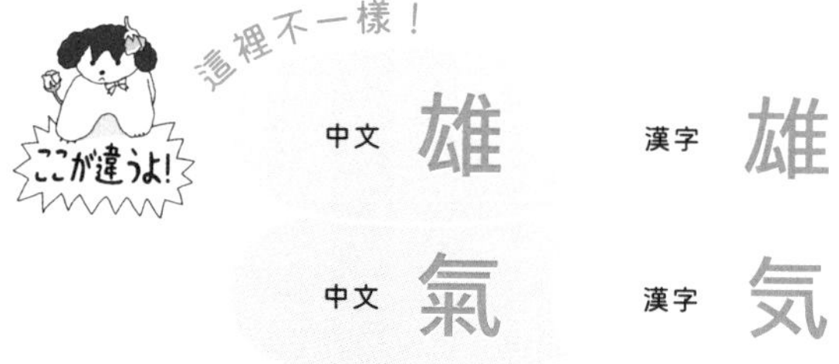

ちょとつもうしん
猪突猛進

解釋

是指人對一件事情不顧後果，用盡全力去完成。所以這個詞除了形容人做事很有幹勁，也有暗指人的個性魯莽之意，同時具有褒獎和貶抑意思的成語。

例句 兄(あに)は何(なに)かをやろうと、すぐに猪突猛進(ちょとつもうしん)になり、周(まわ)りの状況(じょうきょう)が見(み)えなくなってしまう。

我哥做事都會盲目躁進，完全看不清周圍的狀況。

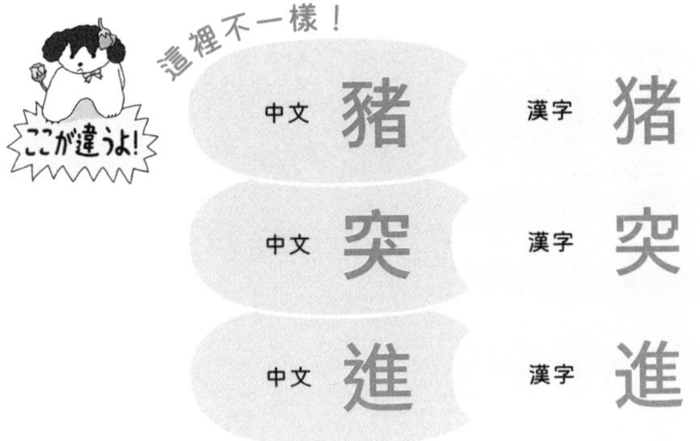

四角四面(しかくしめん)

解釋

正四方形。形容太過認真，欠缺幽默感。或是想法及態度等太過死板。

例句 国語(こくご)の先生(せんせい)は四角四面(しかくしめん)な方(かた)なので、お酒(さけ)どころかタバコもパチンコも何一(なにひと)つやらないで、毎日真(まいにちま)っすぐ家(うち)に帰(かえ)るそうだ。

我們國文老師是一位一絲不苟的人，聽說他甭說喝酒了，連香菸跟小彈珠也都不碰，每天下課後都直接回家。

あくぼくとうせん
悪木盗泉

解釋

再怎麼窮困潦倒，也不做出有違道德之事；不做會被懷疑的行為；有志氣的人絕不做出不義之事。

例句 1 通勤の満員電車では悪木盗泉の心構えから、痴漢に勘違いされないように必ず両手を上げている。

在通勤擁擠的電車上，為了避免瓜田李下，不被誤認為是色狼，我一定會把雙手舉高。

例句 2 学生時代は不良で生活態度が悪かったが、万引きや泥棒など悪木盗泉となる行為は一度もしなかった。

雖然我學生時代是個不良少年，生活態度欠佳，但我一次也沒幹過像順手牽羊、當小偷等不義之事。

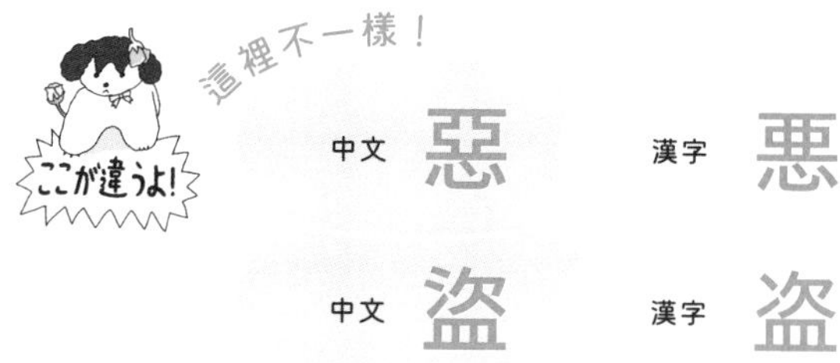

判官贔屓（ほうがんびいき）

解釋

不管任何狀況，一定會對弱者表示同情。

例句 1 このドラマは判官贔屓（ほうがんびいき）の視聴者（しちょうしゃ）の心（こころ）を掴（つか）んで、ベストセラーとなった。

這部連續劇抓住了同情弱者的觀眾的心理，所以成為最夯的連續劇了。

例句 2 スポーツ観戦（かんせん）をする時（とき）に母（はは）はいつも判官贔屓（ほうがんびいき）するので、強（つよ）いチームが好（す）きな父（ちち）と話（はな）しが合（あ）わない。

觀看運動比賽時，我媽總是會同情較弱的那一隊，所以跟支持強隊的我爸合不來。

油断大敵（ゆだんたいてき）

解釋

不小心、粗心大意。

例句 1 ガスコンロを扱（あつか）う時（とき）は、油断大敵（ゆだんたいてき）だという言葉（ことば）を心（こころ）がけている。

使用瓦斯爐時，我一直都將大意危險這句話銘記在心。

例句 2 毎日十キロも走っていたから、かなり痩せてきた。自分へのご褒美にご馳走を食に行ったら、油断大敵で、又元の体重に戻った。

之前我每天跑 10 公里所以瘦了不少。為了獎勵自己而跑去吃大餐，結果一個大意又恢復原本的體重了。

中文 斷　　漢字 断

4 信念、意志

いっしんほっき
一心発起

解釋

為了完成某件事而下定決心。

例句 1 ダイエットをして体重を 5 キロ落とす為に一心発起してジャンクフードは食べないようにした。

為了減重 5 公斤，我下定決心不吃垃圾食物了。

例句 2 兄は一心発起して国家公務員の試験を目指すことにした。

我哥下定了決心，要報考國家公務員考試了。

一意攻苦（いちいこうく）

解釋

一心一意地學習。雖然辛苦仍努力學習。

例句 一意攻苦しても夢が叶うとは限らないが、努力しないと何も始まらない。

雖說就算辛苦努力也未必會實現夢想，但不努力就什麼都不用說了。

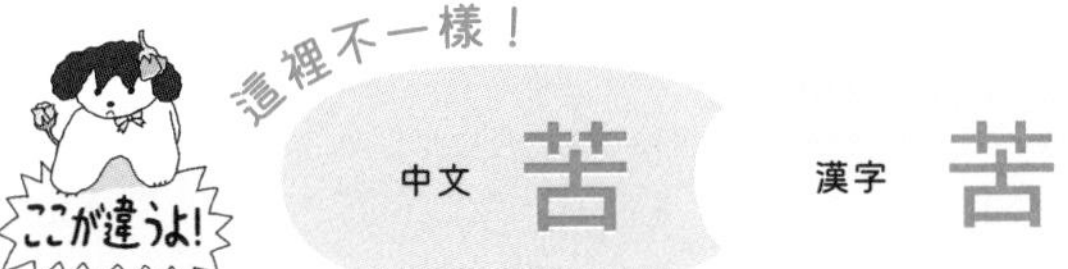

しちてんはっき
七転八起

解釋

跌倒七次，也要爬起來八次。意思是不管失敗幾次也要振作起來。

例句 どんなに難(むずか)しくても、私(わたし)は諦(あきら)めない！七転八起(しちてんはっき)の覚悟(かくご)で司法試験(しほうしけん)を受(う)けるつもりだ。

不管有多困難我都不會放棄！我打算抱著不屈不撓的覺悟報考司法考試。

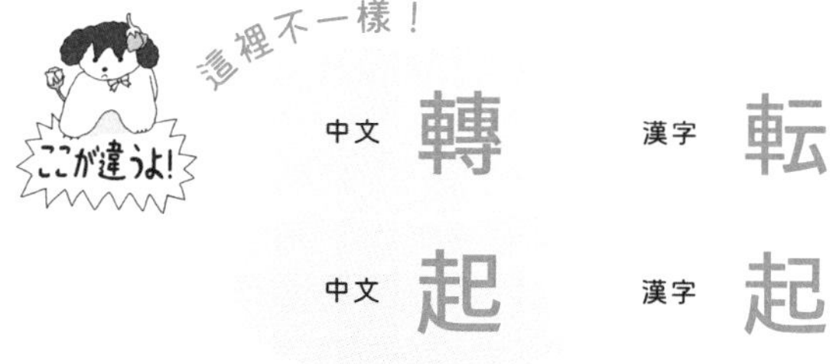

きんろうほうし
勤労奉仕

解釋

為了公共目標，無償地從事義務勞動。

例句 祖母(そぼ)は随分長(ずいぶんなが)い間(あいだ)、毎日(まいにち)勤労奉仕(きんろうほうし)でこの町(まち)の道路(どうろ)を掃除(そうじ)している。

我奶奶有好長一段時間一直在做義務勞動，每天都會去打掃這個城鎮的馬路。

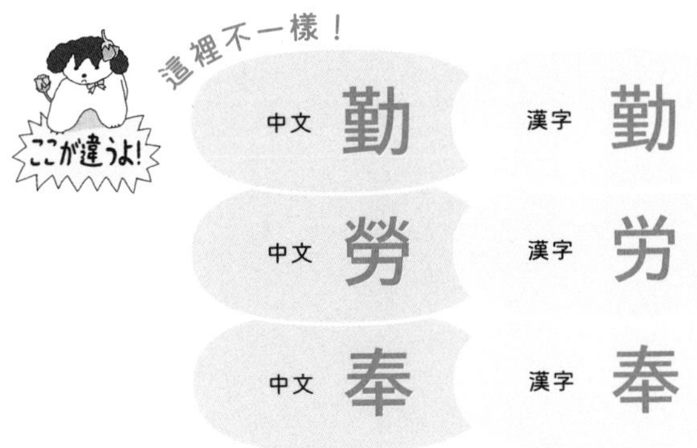

我武者羅（がむしゃら）

解釋

不顧慮後果，只是一昧地往前衝。也可用來形容專心於一件事。

例句 結婚（けっこん）してからも、小説家（しょうせつか）になる夢（ゆめ）を諦（あきら）めることはできず、家事（かじ）と育児（いくじ）をしながら、我武者羅（がむしゃら）になって書（か）いた。

我結婚後也無法放棄成為小說家的夢想，在家事跟育兒的同時，也心無旁鶩地寫小說。

真一文字（まいちもんじ）

解釋

指一直線，或是專心一意、心無旁鶩。

例句 1 妻（つま）は喧嘩（けんか）をした後（あと）、決（き）まって口（くち）を真一文字（まいちもんじ）にして、不貞腐（ふてくさ）れるその姿（すがた）が可愛（かわい）いんだ。

我老婆在跟我吵架後，會把嘴巴閉成一直線嘔氣，那個樣子還真可愛。

例句 2 我（わ）が校（こう）は全国優勝（ぜんこくゆうしょう）という目標（もくひょう）に向（む）かって、真一文字（まいちもんじ）に突（つ）き進（すす）んだ。

我們學校專心一意地朝著全國冠軍的目標邁進。

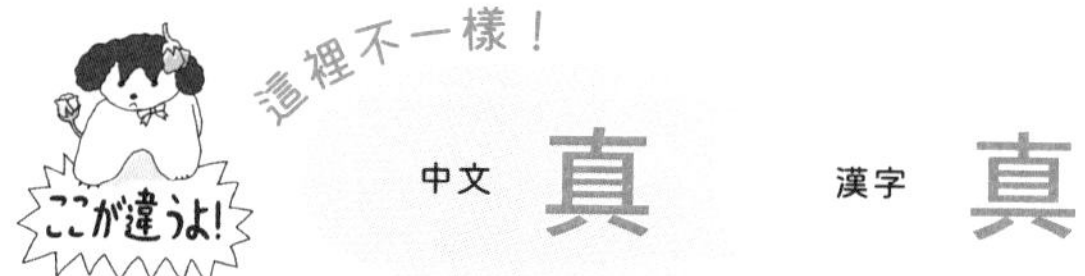

いっしょうけんめい

一生懸命

解釋

「懸命」有拼命的意思，用來指非常投入某件事的樣子。

例句 1 母が一生懸命作ってくれた料理には愛が込められたので、高級レストランの料理より美味しいんだ。

我媽媽費心做的料理因為加入了愛，所以比高級餐廳的料理還要美味。

例句 2 期末試験の為に、寝ないで一生懸命勉強した。

我為了期末考，沒有睡覺而拼命唸了書。

しかんたざ

只管打坐

解釋

心無雜念，坐禪修行。

例 句 只管打坐を楽しみながら、続けたお蔭で、体の調子が大分良くなった。

多虧心無旁騖地持續打坐修行，我的身體狀況已經好多了。

5 態度

かって き まま
勝手気儘

解釋

不在意別人的眼光，按照自己的想法行動。

例句 討論会（とうろんかい）で皆（みんな）が勝手気儘（かってきまま）にしゃべっていたから、もう誰（だれ）が何（なに）をしゃべっていたのか分（わ）からなかった。

在討論會上大家都自顧自講自己的，所以根本不知道誰說了什麼。

て まえ かっ て
手前勝手

解釋

按照自己的方便來行動。不顧慮他人，想做什麼就做什麼。

例句 好（す）きだからといって、私（わたし）の分（ぶん）まで食（た）べてしまったなんて正（まさ）に手前勝手（てまえかって）だね。

只因為你喜歡就連我的那一份也吃掉，你也太任性自私了。

得手勝手（えてかって）

解釋

任性、隨心所欲、任意妄為。

例句 近所（きんじょ）から夜遅（よるおそ）く喧嘩（けんか）をしている得手勝手（えてかって）な行為（こうい）に町中（まちじゅう）からも批判（ひはん）の声（こえ）が上（あが）っている。

鄰居深夜大聲吵架的任性行為，在附近地區也出現了批評的聲浪。

脚下照顧（きゃっかしょうこ）

解釋

一再注意自己的腳步，表示在指責他人過錯前，應該要先反省自己，或是指應該對身邊事物特別注意小心。

例句 他人(たにん)のことを批判(ひはん)する暇(ひま)があるなら、脚下照顧(きゃっかしょうこ)で、自分(じぶん)を見(み)つめなおすべきだ。

如果有時間批評別人的話，就應該要自我反省，先重新審視自己的行為才對。

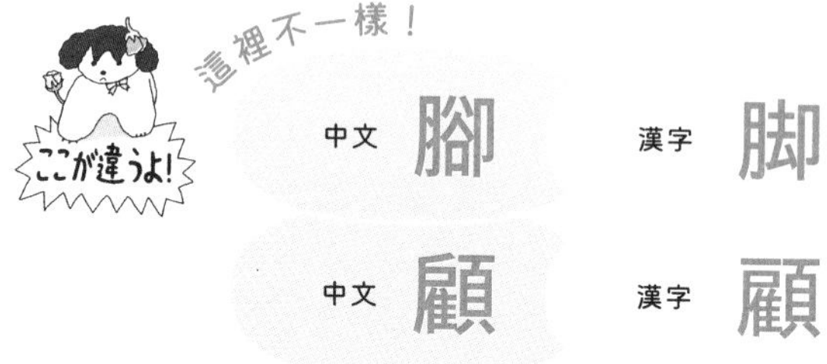

えんりょえしゃく
遠慮会釈

解釋

控制自己的行為及態度，隨時顧慮對方的感受。

例句1 朝(あさ)の通勤電車(つうきんでんしゃ)には、遠慮会釈(えんりょえしゃく)もない奴(やつ)らばかりで、肩(かた)がぶつかってもそのまま素通(すどお)りだ。

在早上通勤的電車裡，都是一些不顧別人的傢伙，就算撞到人肩膀也無所謂地走過去。

例句2 弟(おとうと)は家(うち)の中(なか)を走(はし)り回(まわ)った。誰(だれ)にも遠慮会釈(えんりょえしゃく)がなかった。

我弟弟在家中四處亂跑，完全沒有顧慮到其他人。

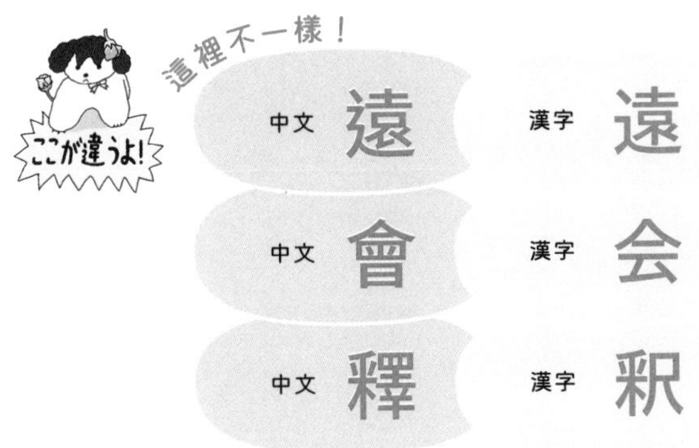

きょしんたんかい
虚心坦懐

解釋

不先入為主，以平常心看待。

例句 1 明日(あした)は大学院(だいがくいん)の面接(めんせつ)だね。虚心坦懐(きょしんたんかい)の気持(きも)ちで頑張(がんば)ってね。

你明天有研究所的面試吧。要以平常心加油喔。

例句 2 会社(かいしゃ)の先輩(せんぱい)に関(かん)しては、あまり良(い)い評判(ひょうばん)を聞(き)かないが、虚心坦懐(きょしんたんかい)の気持(きも)ちで向(む)き合(あ)ってみよう。

雖然公司前輩的風評不太好，但我們還是以平常心來面對他吧。

たいしょこうしょ
大所高所

解釋

不在意一些細微末節，而是以寬廣的角度來看。重視大局，不在乎小節。

例句1 総理(そうり)たる者(もの)は大所高所(たいしょこうしょ)から正(ただ)しい判断(はんだん)できる資質(ししつ)がなくてはならない。

身為總理者，得要有從大處著眼、做出正確判斷的資質。

例句2 どの会社(かいしゃ)に入(はい)るかを決(き)められなくて友達(ともだち)に相談(そうだん)したら、自分(じぶん)が本当(ほんとう)にやりたいことは何(なに)かを、大所高所(たいしょこうしょ)で考(かんが)えればいいとアドバイスしてくれた。

因為沒辦法決定要進哪一間公司才好，所以我找了朋友商量，結果他建議我，從大處著眼，看看自己真正想做什麼就可以了。

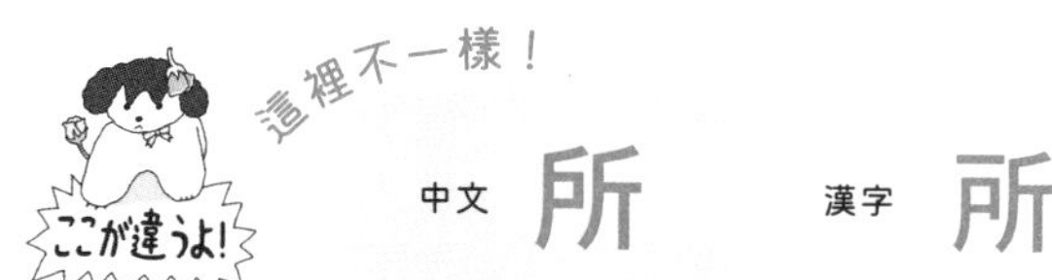

ふしょうぶしょう
不承不承

解釋

嘴巴說不要，但還是默默地去做。勉強答應。

例句 娘の買い物に不承不承に付き合ったら、休日を無駄にしただけでなく、支払いも肩代わりさせられた。

我心不甘情不願地陪女兒去逛街，結果不只是浪費假日而已，還被迫替她付了錢。

あいようように
愛楊葉児

解釋

不去探究事情的深層涵義。

例句 軽い気持ちでその研究グループに参加したが、愛楊葉児のままではならないことはすぐに分かった。

雖然我是抱著輕鬆的心情參加了那個研究小組，但馬上就了解到，不能不去探究事情的真正涵義。

補充 此熟語是從「在落葉的季節裡，小孩看到變成金黃色的楊柳葉，卻以為是黃金而非常珍惜」而來。

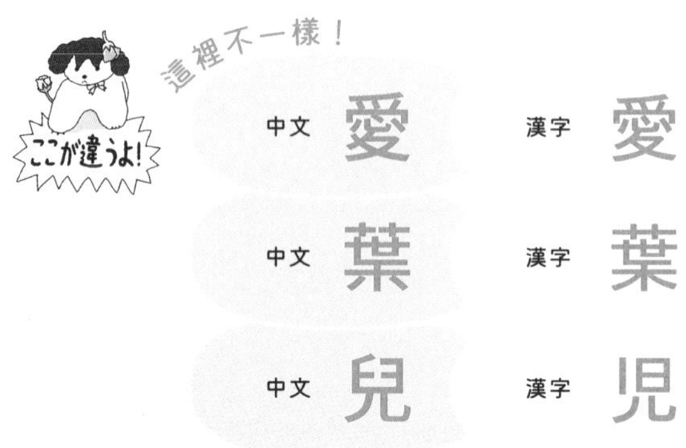

孫楚漱石（そんそそうせき）

解釋

不願承認自己的失敗，或是幫自己找藉口。

例句 1 係長（かかりちょう）はいつも孫楚漱石（そんそそうせき）で、言（い）い訳（わけ）ばかりの頑固者（がんこもの）なので、部下（ぶか）の目（め）から見（み）ても恰好（かっこう）が悪（わる）い。

我們股長總是不願承認自己的錯，是個愛找藉口的老頑固，就連屬下都覺得他很遜。

例句 2 先輩（せんぱい）の孫楚漱石（そんそそうせき）には腹（はら）が立（た）つよりも笑（わら）ってしまう。

我對前輩不願承認自己的失敗這點，與其說是生氣，倒不如說是好笑。

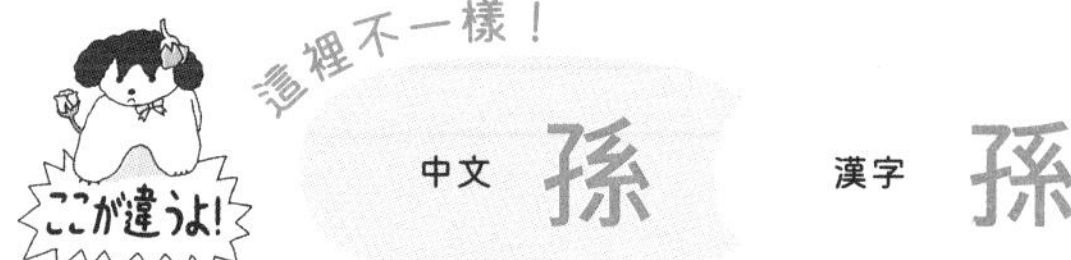

きんこんいちばん
緊褌一番

解釋

全力以赴，奮力一搏。

例句 日本語能力試験で緊褌一番となって、普段通りの実力を発揮すれば、いい成績が取れるはずだ。

在日語能力測驗考試時，只要發揮平常的實力全力以赴的話，應該就能拿到好成績。

補充 褌，指日式傳統兜襠布。

中文 緊　漢字 緊

りきせんふんとう
力戦奮闘

解釋

使出全力，發揮自己的能力。

例句 あるバドミントンの選手はこう言った。力戦奮闘したが、負けてしまった最後の試合はすがすがしく感じられた。

某位羽毛球選手這樣說過。奮力一戰後，即便在最後一場比賽輸掉了，也感到非常舒暢。

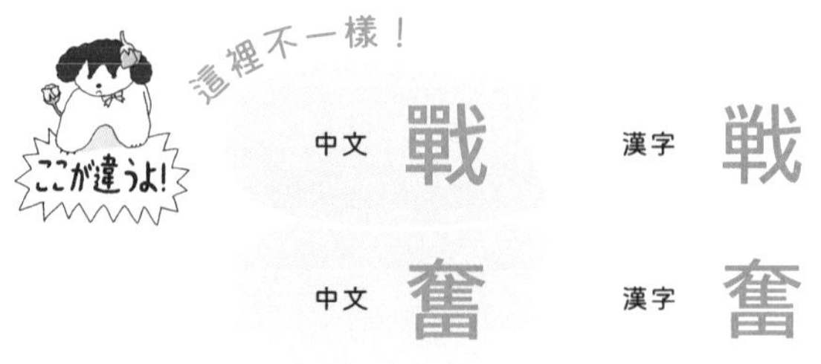

へいしんていとう
平身低頭

解釋

低頭謝罪，或是低聲下氣地拜託。

例句 1 先生(せんせい)の怒(いか)りが収(おさ)まるまで、平身低頭(へいしんていとう)で謝(あやま)り続(つづ)けるしか許(ゆる)してもらえないだろう。

在老師息怒前，我們只有不斷地低頭道歉才能獲得他的原諒吧！

例句 2 母(はは)にお小遣(こづか)いアップを要求(ようきゅう)する為(ため)、平身低頭(へいしんていとう)になって、お願(ねが)いしたが、検討(けんとう)すらせずに却下(きゃっか)された。

為了向媽媽要求增加零用錢，我低聲下氣地拜託，但我媽連考慮都不考慮就回絕了。

6 健康

いちびょうそくさい
一病息災

解釋

有點小毛病的人反而長壽。

例句 軽(かる)い咳(せき)が出(で)てしまったが、一病息災(いちびょうそくさい)で、これを機(き)に健康(けんこう)に気(き)を使(つか)っていこう。

我雖然有輕微的咳嗽，但有點小病的人反而會長壽。就趁這次機會好好注意自己的健康吧。

しょうじんけっさい
精進潔斎

解釋

不吃肉、不喝酒，甚至也斷絕與異性交往。

例句 精進潔斎(しょうじんけっさい)の食生活(しょくせいかつ)が体(からだ)に一番(いちばん)いいと思(おも)っている。

我認為禁酒禁肉的飲食生活對身體最好。

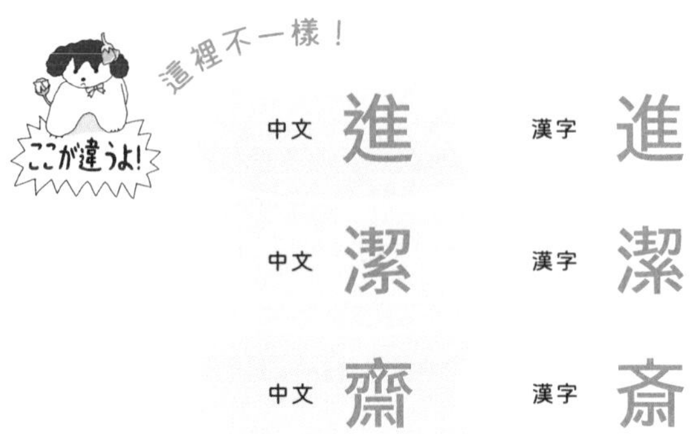

むびょうそくさい
無病息災

解釋

不生病，健康地活著。手腳靈活，有朝氣的生活。

例句 母(はは)は神社(じんじゃ)へ行(い)った時(とき)、私(わたし)の無病息災(むびょうそくさい)を祈(いの)って、お守(まも)りを買(か)ってきてくれた。

我媽去神社祈求我能無病消災，然後買了護身符給我。

あたらしんみょう
可惜身命

解釋

愛惜身體與性命。

例句 オートバイの免許(めんきょ)を取(と)った時(とき)に、母(はは)に可惜身命(あたらしんみょう)と言(い)われたので、安全運転(あんぜんうんてん)を心(こころ)がけている。

拿到機車駕照時，媽媽說要我愛惜身體與性命，所以我騎車時特別注意安全。

7 能力

りろせいぜん

理路整然

解釋

形容思路清晰，或是文章、談話有條不紊。

例句 1 部長の説明は理路整然としていて、反対派の人達まで頷いていた。

經理的說明脈絡清晰，連反對派的人都點頭表示贊同。

例句 2 理路整然と説明書に記されていたので、簡単に家具を組み立てることができた。

因為說明書的內容清楚明白，所以我簡簡單單地就能把家具組裝起來了。

じりめいはく

事理明白

解釋

事理清楚明白；對事情的道理脈絡非常清楚，通曉事情道理。

例句1 私(わたし)が間違(まちが)っていないことは事理明白(じりめいはく)なので、クラスメートに謝(あやま)りたくない。

我沒有錯的這件事顯而易見，所以我不想向班上同學道歉。

例句2 友達(ともだち)の旅行計画(りょこうけいかく)は全(すべ)てのスケジュールは綿密(めんみつ)に計算(けいさん)した時間通(じかんどお)りで、事理明白(じりめいはく)すぎて、面白味(おもしろみ)がなく息苦(いきぐる)しい。

我朋友的旅行計畫裡，所有行程都訂了詳細的時間。實在太過繁瑣，一點樂趣都沒有，真令人喘不過氣來。

がんこうしはい

眼光紙背

解釋

文字等的理解力很高。或指不光是看懂表面的文字，也可洞悉其背後涵義。

例　句 眼光紙背(がんこうしはい)に優(すぐ)れている彼(かれ)は読解力(どっかいりょく)が高(たか)く瞬時(しゅんじ)に作者(さくしゃ)の真意(しんい)を汲(く)み取(と)ることができる。

擅長洞悉文字背後涵義的他，理解力甚佳，立刻就能讀懂作者真正的意思。

緩急自在（かんきゅうじざい）

解釋

能自由地掌控速度。或是依據狀況等彈性調整，隨心所欲地控制。

例句 総理（そうり）の就任演説（しゅうにんえんぜつ）は緩急自在（かんきゅうじざい）で、国民（こくみん）が魅了（みりょう）された。

總理的就職演說快慢適宜、不慍不火，深深吸引了國民。

才気煥発（さいきかんぱつ）

解釋

腦筋轉得很快，才能優秀、才氣洋溢。

例句 ダ・ヴィンチは幼（おさな）い頃（ころ）から才気煥発（さいきかんぱつ）だった。彼（かれ）は絵画（かいが）で素晴（すば）らしい作品（さくひん）を残（のこ）っている。

達文西自小就才華洋溢。他在繪畫方面留下許多出類拔萃的作品。

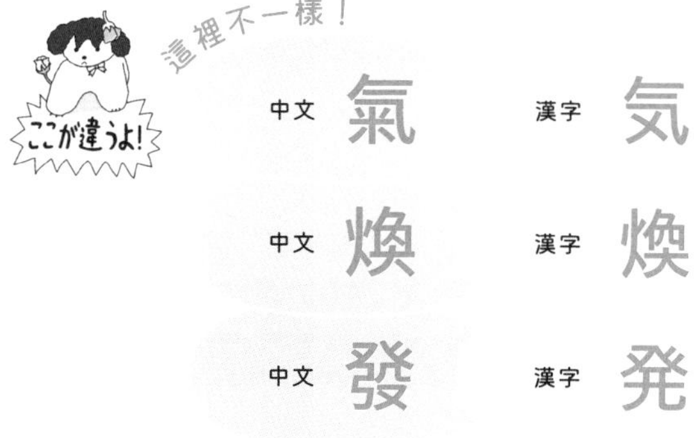

五分五分（ごぶごぶ）

解釋

勢均力敵，平分秋色。

例句 合格（ごうかく）ができるかどうかは五分五分（ごぶごぶ）だが、受（う）けなければ100%（ひゃくパーセント）あの名大学（めいだいがく）には入（はい）れないんだ。

能不能考上的機率各佔一半，但要是不去考就百分之百進不了。

打打発止（ちょうちょうはっし）

解釋

激烈辯論的樣子。

例句 民事法廷で弁護士と検察官が打打発止のやり取りを展開した。

在民事法庭上，律師與檢察官展開了激烈的辯論。

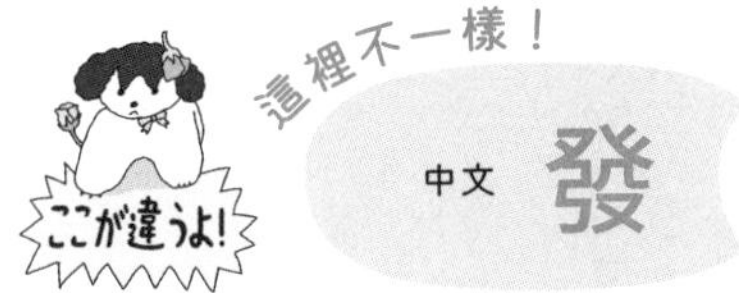

虚虚実実（きょきょじつじつ）

解釋

雙方竭盡所能想出對策，全力以赴應戰。或是藉由謊言與真實交錯，來探求彼此真正的想法。

例句 バスケットの醍醐味は名将同士がお互いに虚虚実実の戦略をぶつけ合う激しく且つ緻密な試合の展開だ。

籃球耐人尋味的地方就是，頂尖選手互相探測對方的戰略，而展開激烈且縝密的比賽。

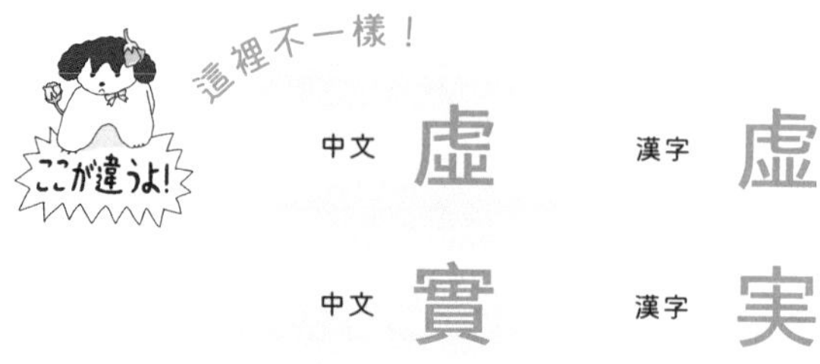

機知奇策（きちきさく）

解釋

能隨著狀況的變化而臨機應變，想出絕佳的對策。

例句 江戸時代（えどじだい）の火事（かじ）で、火消（ひけ）し達（たち）は消火（しょうか）ではなく、周囲（しゅうい）の建物（たてもの）を壊（こわ）すという機知奇策（きちきさく）を思（おも）い付（つ）いた。

江戶時期的火災，消防隊不是直接去滅火，而是想到了將周圍建築物破壞的這個奇特的好方法。

栴檀双葉（せんだんふたば）

解釋

偉大、有才能的人大部分在小時候就很優秀。

例句 **親友（しんゆう）の大成（たいせい）は言（い）わば予想（よそう）されたものだ。栴檀双葉（せんだんふたば）だと言（い）われ、幼（おさな）い頃（ころ）から成長（せいちょう）が楽（たの）しみだと言（い）われていた。**

我好朋友能成就大業，說來是可預見的。他從小就很優秀，因此從小就很被看好。

補充 也可寫成「栴檀二葉（せんだんふたば）」。

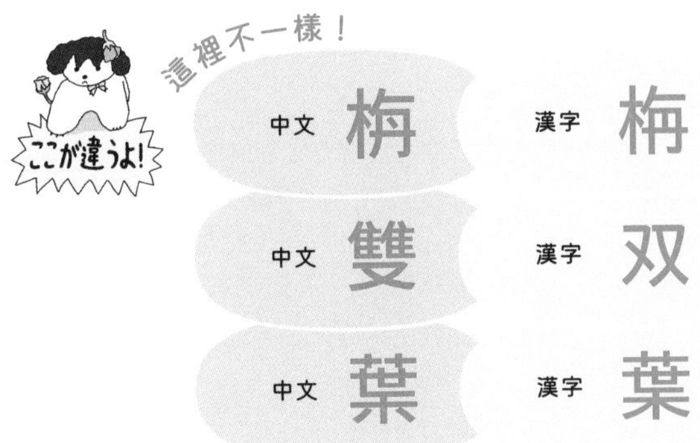

有智高才（うちこうさい）

解釋

天生聰明，後天又很努力學習。形容非常優秀的人。

例句 有智高才（うちこうさい）の人（ひと）であっても、出世（しゅっせ）して幸（しあわ）せになれる保証（ほしょう）はどこにもない。

就算是聰明又努力的人，也無法保證他會出人頭地，幸福美滿。

補充 也可以讀成「有智高才（うちこうざい）」。

海内奇士（かいだいのきし）

解釋

其優秀的程度，在世界上無人可比。或是指行為舉止與一般人不同的人。

例句 姉（あね）は学校（がっこう）で海内奇士（かいだいのきし）として有名（ゆうめい）で、彼女（かのじょ）が執筆（しっぴつ）した論文（ろんぶん）は教授達（きょうじゅたち）から高（たか）く評価（ひょうか）され、そのまま博士（はかせ）課程（かてい）に進学（しんがく）することになった。

我姐姐在學校是有名的奇人異才，她所寫的論文獲得了教授們高度的肯定，就那樣考取了博士班。

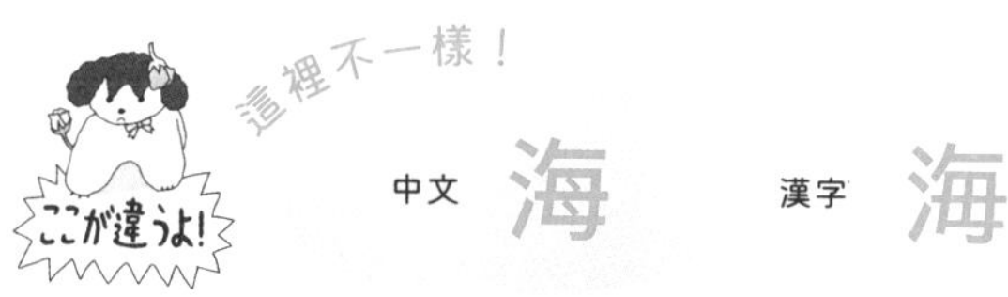

白眉最良（はくびさいりょう）

解釋

在眾多人事物當中最優秀的。

例句　歌（うた）が旨（うま）い生徒（せいと）が集（あつ）まった合唱団（がっしょうだん）だったが、特（とく）に彼女（かのじょ）が白眉最良（はくびさいりょう）だった。

合唱團裡聚集了眾多擅長唱歌的學生，不過其中尤以她最為出類拔萃。

補充　三國時期，蜀國的馬氏五兄弟各個都很優秀，其中更以馬良最為突出，而他小時候，眉毛就摻有白毛，故有此成語。

蓋世不抜（がいせいふばつ）

解釋

性格及優秀的才能是他人所無法匹敵的。

例句　隣（となり）に住（す）んでいる変（へん）なおばさんは他人（たにん）に嫌（いや）がらせをする才能（さいのう）だけは蓋世不抜（がいせいふばつ）と呼（よ）べるほど手（て）が込（こ）んでいる。

住在我家隔壁的大嬸，騷擾別人的才能簡直厲害到可謂蓋世無雙的程度。

むいむかん
無位無冠

解釋

指沒有身分地位，或是不居於重要職位。

例句 業務会議(ぎょうむかいぎ)に呼(よ)ばれても、無位無冠(むいむかん)で発言権(はつげんけん)のない私(わたし)には苦痛(くつう)でしかない。

就算被叫去參加業務會議，但在公司沒地位沒發言權的我，只是感到痛苦而已。

少数精鋭（しょうすうせいえい）

解釋

人數雖少，但每個人能力都很強的部隊。或指有同樣能力的人才。

例句 **対戦（たいせん）のチームは強（つよ）いからといって、恐（おそ）れることはないよ。こちらは少数精鋭（しょうすうせいえい）なんだから、何（なに）も心配（しんぱい）することはない。**

我們無須因為對手很強而害怕喔。因為我們人數雖少但都是精銳，所以沒什麼好擔心的。

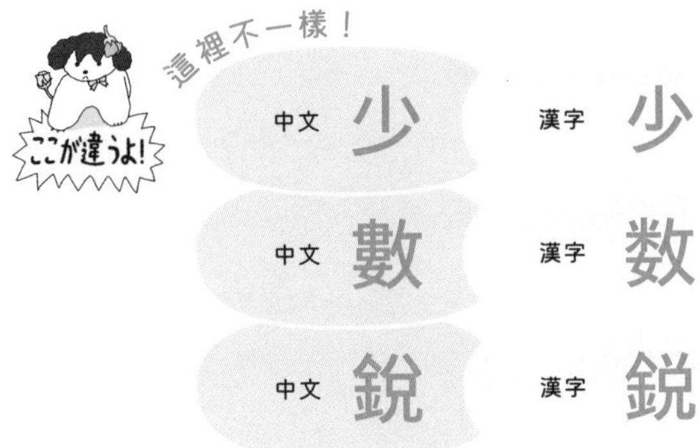

あい ご せいもく
相碁井目

解釋

凡事都有能力之差，表示人的聰明愚笨是有天地之差的。

例 句 同じ入学試験に受かって、入学した生徒達が半年もすると、相碁井目になってくるものだ。

同樣是考過學測而入學的學生，半年過後，程度就會有明顯的差異。

む て かつりゅう
無手勝流

解釋

不戰而勝的策略、方法；不經師傅傳授，自己獨創的一套。

例句 1 テニスの試合で、対戦の相手が腹痛で、欠席したので、無手勝流で勝った。

網球比賽時，對手因腹痛而缺席，所以我不戰而勝贏得了一局。

例句 2 母の料理は誰かに学んだものではなく、無手勝流で作ったものだ。

我媽媽烹飪的手藝不是跟任何人學的，而是無師自通，自成一派的。

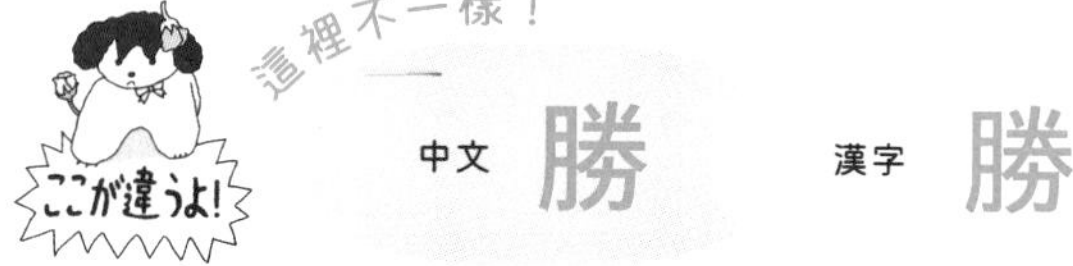

さいきふのう
再起不能

解釋

已經無法再恢復到過去的狀態，或是指就算想振作也無法辦到。

例句 司法試験（しほうしけん）に何度（なんど）も失敗（しっぱい）してしまった彼（かれ）は再起不能（さいきふのう）に陥（おちい）っている。

司法考試失敗了好幾次的他，已經無法東山再起了。

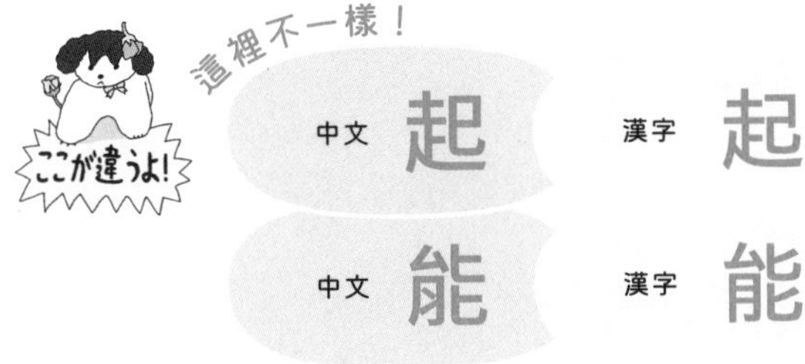

ばんのういっしん
万能一心

解釋

要是不能集中注意力來學習任何事情的話，就不可能學成。也可用來形容所有技能要是缺了真心，就不可能完美呈現。

例句 あの作曲家（さっきょくか）の曲（きょく）は素晴（すば）らしいのだが、どこか万能一心（ばんのういっしん）が感（かん）じられない。

那位作曲家的曲子雖然很優美，但卻無法感受到他的真心。

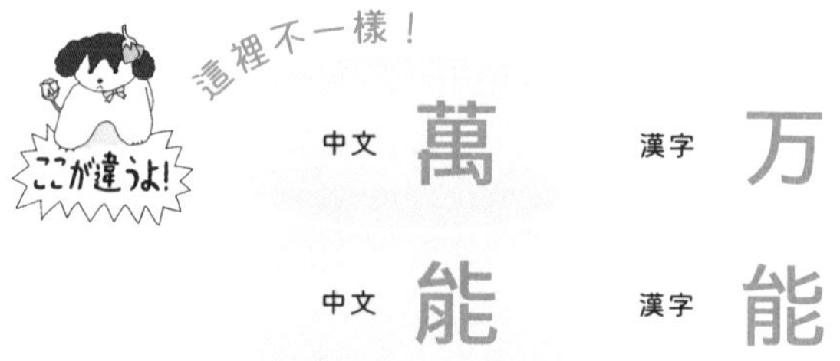

粗鹵狹隘（そろきょうあい）

解釋

見識與學問粗糙、雜亂。

例句 粗鹵狭隘（そろきょうあい）な人（ひと）は他人（たにん）の気持（きも）ちを理解（りかい）することができない。

眼界狹隘的人是無法了解別人的心情的。

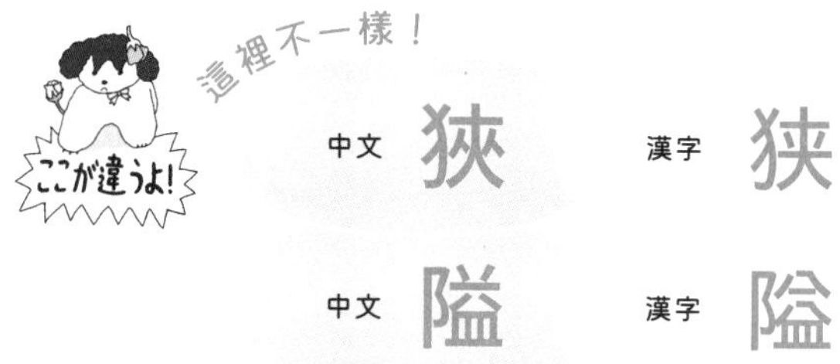

一長一短（いっちょういったん）

解釋

既有長處也有短處。

例句 1 大学院（だいがくいん）に進学（しんがく）するか、就職（しゅうしょく）するか、どちらも一長一短（いっちょういったん）で大（おお）いに悩（なや）んでいる。

不知道要考研究所還是去工作，兩種各有其好處跟壞處，真是令我傷透腦筋。

例句 2 誰（だれ）でも一長一短（いっちょういったん）がある。それを見極（みきわ）めて上手（じょうず）に使（つか）っていくことが大切（たいせつ）だ。

每個人各有其優點和缺點。自己能夠清楚知道並且善加利用是很重要的。

外題学問（げだいがくもん）

解釋

表面上的學問。像是只知道書名卻不了解內容的情形。

例句 今（いま）は学力（がくりょく）レベルが低（ひく）い大学（だいがく）が多（おお）いので、このまま少子化（しょうしか）が続（つづ）けば、外題学問（げだいがくもん）ばかりを教（おし）える学校（がっこう）は淘汰（とうた）されていくことになる。

因為目前有很多大學學力程度都很低，所以如果少子化情形持續下去的話，那麼只教導學生表面知識的學校應該就會被淘汰。

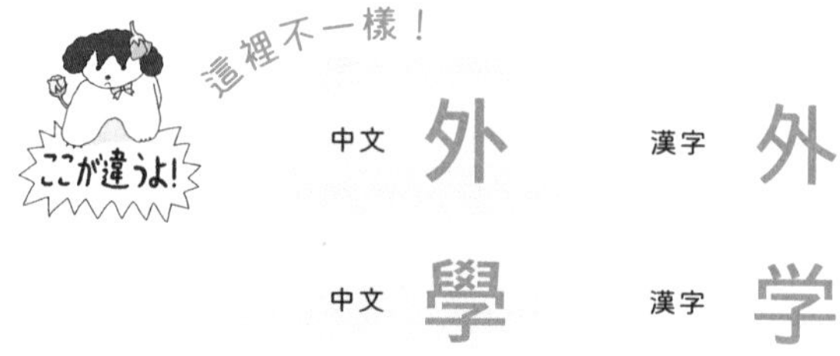

あさせ あだなみ

浅瀬仇波

解釋

思慮短淺的人，就算是遇到芝麻綠豆大的小事也會非常慌亂。

例句 浅瀬仇波（あさせあだなみ）で、騒（さわ）いでも事態（じたい）が変（か）わらないどころか悪化（あっか）するから、とりあえず落（お）ち着（つ）いて対処（たいしょ）するべく。

因為思慮短淺而慌亂也不會改變事態，反而會讓情況惡化。所以總之應該要冷靜應對。

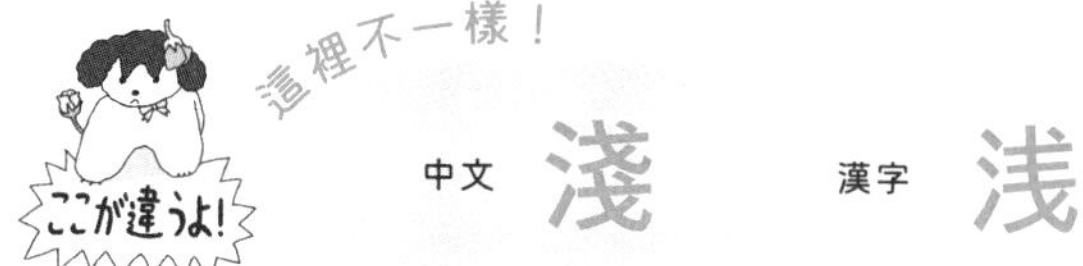

手練手管（てれんてくだ）

解釋

以巧妙的騙術欺騙他人。

例句1 昇進（しょうしん）する為（ため）に、彼（かれ）は手練手管（てれんてくだ）を使（つか）ったのみならず、同僚（どうりょう）をも躊躇（ちゅうちょ）なく蹴落（けお）とすようなことをしたらしいよ。

他為了升官，好像不僅耍了巧妙的詐術，也毫不猶豫地排擠了同事喔。

例句2 ドラマに出（で）たヒロインは男（おとこ）を騙（だま）す手練手管（てれんてくだ）は女（おんな）の私（わたし）から見（み）ても見事（みごと）だと言（い）わざるを得（え）ない。

出現在連續劇中的女主角欺騙男人的手段非常高明，連身為女人的我也不得不佩服。

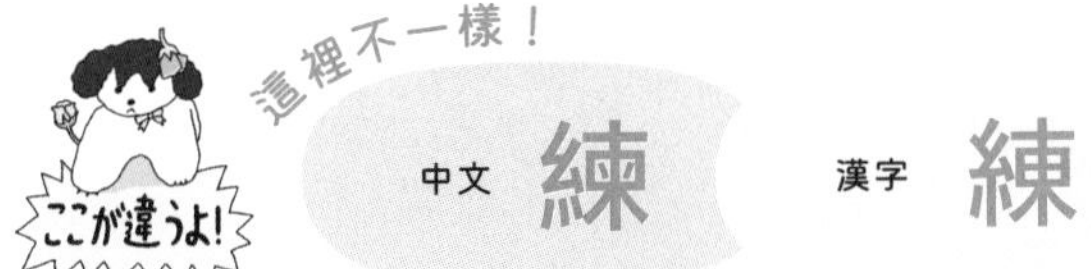

活殺自在（かっさつじざい）

解釋

能隨意掌控別人的生死，也就是能照著自己的意思讓別人行動。

例句1 大(おお)きな権力(けんりょく)を持(も)っているからといって、活殺自在(かっさつじざい)のやり方(かた)ではうまくいかない。

只因為握有莫大的權力，就生殺予奪為所欲為的作法，無法順利無礙。

例句2 娘(むすめ)のクラスの担任(たんにん)は活殺自在(かっさつじざい)で、問題児(もんだいじ)は即刻追放(そっこくついほう)する。

我女兒的班導掌握賞罰大權，立刻就會放棄問題學生。

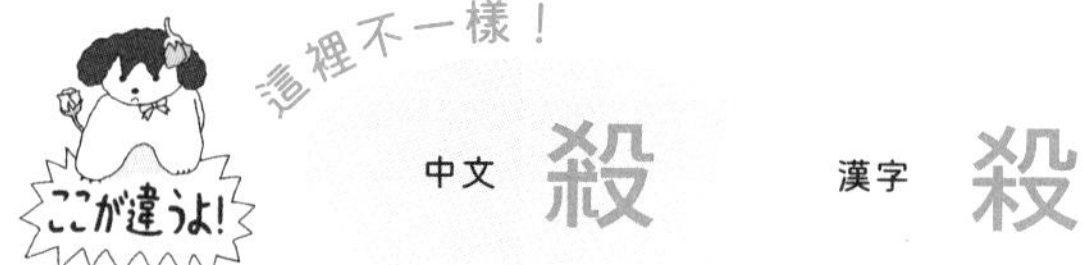

8 家庭關係

偕老同穴（かいろうどうけつ）

解釋

夫妻感情很好，過著幸福美滿的生活。

例句 祖父（そふ）と祖母（そぼ）を見（み）ていると、偕老同穴（かいろうどうけつ）な夫婦（ふうふ）になるのも悪（わる）くないと思（おも）ってしまう。

看到祖父母恩愛的樣子，我就覺得能成為白頭偕老的夫妻也不錯。

亭主関白（ていしゅかんぱく）

解釋

大男人主義，通常是指家庭內，丈夫對妻子有強烈的支配慾。

例句 会社（かいしゃ）にいる時（とき）は、真面目（まじめ）に働（はたら）いているけれども、家（うち）にいる時（とき）の旦那（だんな）は亭主関白（ていしゅかんぱく）で、徹底的（てっていてき）にゴロゴロしている。

我老公在公司非常勤奮地工作，可是在家裡卻很大男人主義，徹底耍廢，動都不動。

中文 關　　漢字 関

一族郎党（いちぞくろうとう）

解釋

指有血緣的人，或是具有相同利益的人。

例句1 お正月（しょうがつ）には、一族郎党（いちぞくろうとう）が集（あつ）まり、皆（みんな）で過（す）ごすのが我（わ）が家（や）の習慣（しゅうかん）である。

新年時，親人們聚集在一起過年是我們家的習慣。

例句2 一族郎党（いちぞくろうとう）の力（ちから）を結集（けっしゅう）して、困難（こんなん）な問題（もんだい）の解決（かいけつ）に当（あ）たる。

集結有共同利益之人的力量，來解決難題。

補充 也可讀成「一族郎党（いちぞくろうどう）」。

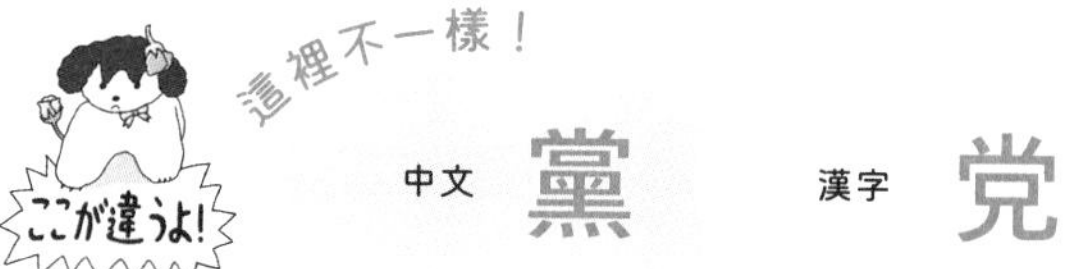

中文 黨　　漢字 党

一家団欒（いっかだんらん）

解釋

全家聚在一起吃飯聊天，和樂融融。

例句 家（うち）は必（かなら）ず週（しゅう）に一回外（いっかいそと）で食事（しょくじ）するようにしている。それは一家団欒（いっかだんらん）の時（とき）だ。

我家每個星期一定會在外面用餐一次，那是我們一家團聚的時間。

三枝之礼（さんしのれい）

解釋

對父母給予應有的敬重，以及奉行孝順。

例句 カラスにも三枝之礼（さんしのれい）を知（し）っており、ならば知能（ちのう）の高（たか）い人間（にんげん）はもっと両親（りょうしん）を大事（だいじ）にするべきだ。

烏鴉也知反哺之恩，那具備高智慧的人類更應該好好對待父母。

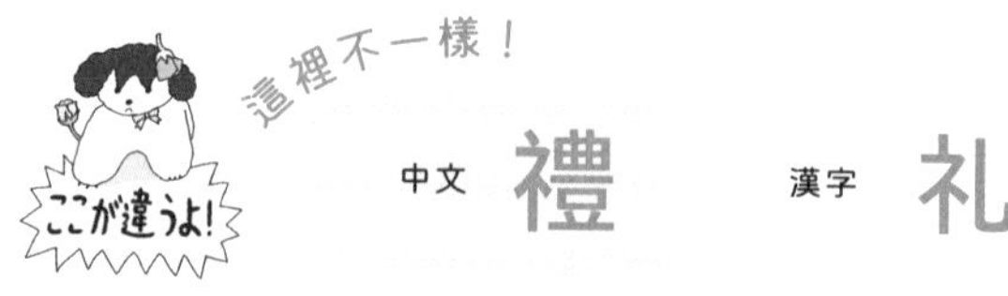

けいさいとんじ
荊妻豚児

解釋

謙稱自己的妻子與兒女。

例句 会社(かいしゃ)の同僚(どうりょう)に荊妻豚児(けいさいとんじ)を紹介(しょうかい)したけれども、本当(ほんとう)は内心(ないしん)で世界一(せかいいち)の妻(つま)と子供(こども)だと思(おも)っている。

雖然我跟公司同事介紹時說是我的拙荊犬子犬女，但其實內心覺得他們是這世界上最棒的妻子兒女。

這裡不一樣！

ここが違うよ!

中文	荊	漢字	荊
中文	妻	漢字	妻
中文	豚	漢字	豚
中文	兒	漢字	児

9 人際關係

八方美人（はっぽうびじん）

解釋

從任何角度看都很漂亮。用來比喻為了不讓別人產生壞印象，所以巧妙地去迎合他人。

例句1 誰（だれ）にも気（き）を遣（つか）っているだけなのに、八方美人（はっぽうびじん）だと言（い）われて、あまり気分（きぶん）が良（よ）くない。

我只不過是對任何人都很關心而已，卻被說成是四面討好，讓我心裡不太舒服。

例句2 会社（かいしゃ）で嫌（きら）われないように八方美人（はっぽうびじん）を心掛（こころが）ける。

為了不要在公司遭人厭惡，所以我都會謹記在心，處事要八面玲瓏。

鳩首凝議（きゅうしゅぎょうぎ）

解釋

匯集了許多人，大家相互額頭貼近，踴躍地討論。

例句 今（いま）は制服（せいふく）を廃止（はいし）して、私服（しふく）にすべきかどうか、皆（みんな）鳩首凝議（きゅうしゅぎょうぎ）をしている。

現在大家正為了是否要廢除制服改穿便服，而踴躍地在討論當中。

しったげきれい
叱咤激励

解釋

以強烈的言語或是宏亮的聲音來激勵他人，使其振作。

例句1 司法試験を諦めようとした私を、母が叱咤激励した。

媽媽大聲斥責來勉勵想要放棄司法考試的我。

例句2 叱咤激励をしたつもりだったが、かえって自信を無くさせてしまった。

我原本是要用責罵來勉勵他的，沒想到反而讓他失去了自信。

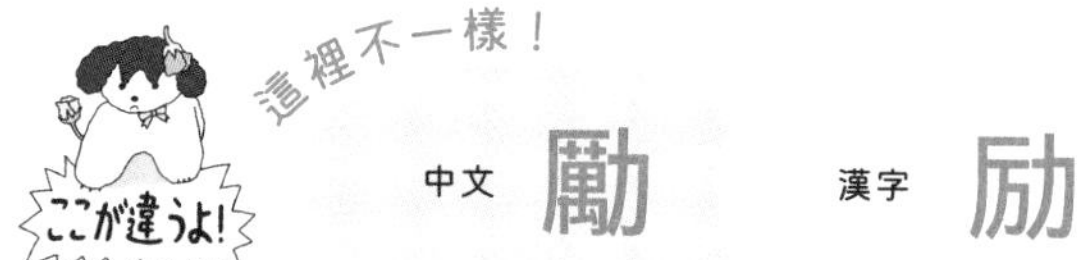

いっしゅくいっぱん
一宿一飯

解釋

以提供一晚的留宿、一餐飯來表示得到及時的幫助。也可用來提醒世人，滴水之恩，當湧泉相報。

例句 彼は私の困った時に、お金を貸してくれた。この一宿一飯の恩義は決して忘れない。

他在我有困難的時候借錢給我。我絕對不會忘記這份及時相助的恩情。

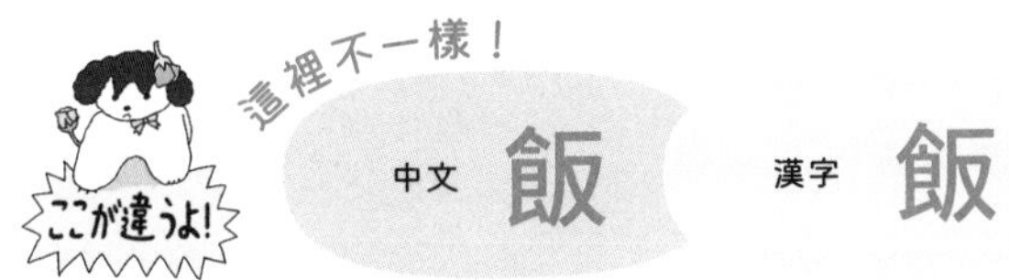

えんてんかつだつ
円転滑脱

解釋

避免跟別人發生爭執，讓事情更為圓滿順利。

例句 会社(かいしゃ)では、円転滑脱(えんてんかつだつ)な交渉(こうしょう)ができる秘書(ひしょ)は上司(じょうし)や部下(ぶか)の調整役(ちょうせいやく)になるので、とても大切(たいせつ)だ。

在公司裡，有圓融溝通能力的秘書能成為協調上司與部下之間的橋樑，所以非常重要。

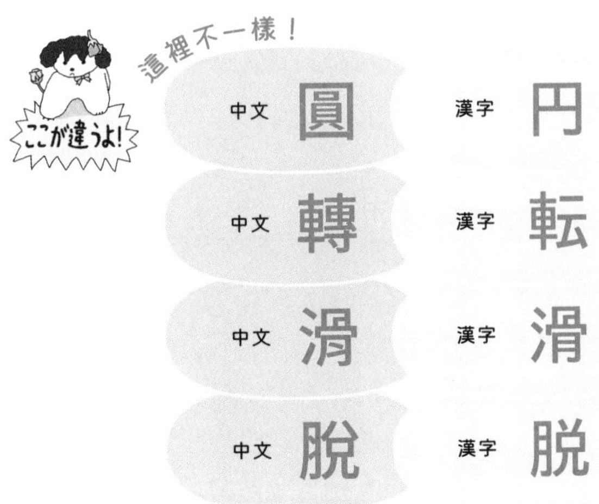

兄弟弟子（きょうだいでし）

解釋

在同一師父底下學習的師兄弟。

例句 我々（われわれ）は兄弟弟子（きょうだいでし）ではあるが、特（とく）にプライベートで仲（なか）が良（い）いわけではない。

我們雖然是同門師兄弟，但私底下並不是特別熟。

---

10 人生

行屎走尿（こうしそうにょう）

解釋

用來指日常生活。

例句 遊園地（ゆうえんち）へ遊（あそ）びに行（い）くこともアニメを見（み）ることもなく、ただひたすらピアノを弾（ひ）くことがピアニストを目指（めざ）す彼（かれ）の行屎走尿（こうしそうにょう）なんだ。

不去遊樂園玩也不看動漫，就只是拼命地練鋼琴，這就是要成為鋼琴家的他每天的日常生活。

もんがい ふ しゅつ
門外不出

解釋

家裡貴重的物品絕不拿到外面，小心翼翼地收藏。絕不拿出來給別人看。

例句 鰻屋（うなぎや）で数年間（すうねんかん）も働（はたら）いているんだが、門外不出（もんがいふしゅつ）のタレの味付（あじつ）けは社長（しゃちょう）だけ知（し）っている。

雖然我在鰻魚店工作了好幾年，但店裡秘藏的醬汁配方還是只有老闆知道。

漢字 外

おんば ひがさ
乳母日傘

解釋

生活條件優越，家有奶媽伺候，外出有洋傘遮太陽。沒經過任何艱苦環境的磨練，養成嬌生慣養的習慣。

例句 母（はは）は乳母日傘（おんばひがさ）な育（そだ）ちだった為（ため）、料理（りょうり）とか家事（かじ）とか何（なに）もできなくて、新婚（しんこん）の時（とき）は随分（ずいぶん）と苦労（くろう）したらしい。

由於我媽從小就嬌生慣養，所以不會做菜、對家事也一竅不通，剛結婚時好像真的吃了不少苦。

苦学力行（くがくりっこう）

解釋

辛苦地邊工作邊賺取學費，非常努力讀書。

例句 父子家庭で余裕がなく、息子には苦学力行させてしまったけれど、結果的に良い人生勉強になったようである。

因為我們家是單親家庭沒有多餘的錢，所以我就讓兒子自己賺錢念書了，不過從結果來看，好像是個不錯的人生歷練。

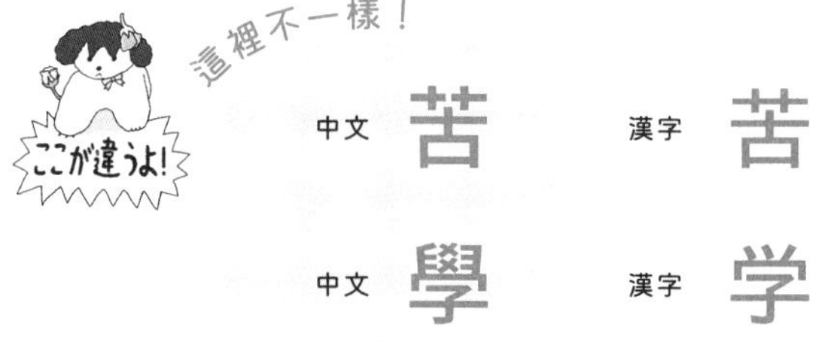

四苦八苦（しくはっく）

解釋

千辛萬苦，形容非常辛苦。

例句 勉強する時、いつも集中ができないので、試験前は四苦八苦したが、何とか赤点を逃れていた。

讀書時，因為我總是無法集中精神，所以考試前念得很辛苦，不過總算是勉強及格了。

補 充　四苦是指生、老、病、死，再加上愛別離苦、怨憎會苦、求不得苦、五蘊盛苦就是八苦。

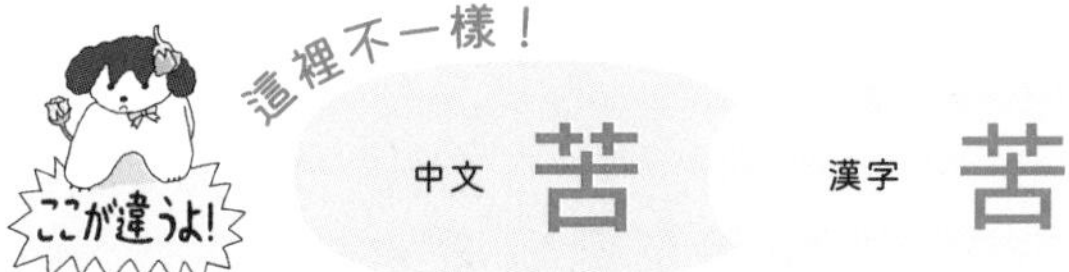

めんもくやくじょ
面目躍如

解釋

風評很好，且非常活躍。或是讓名聲、面子等變得更好。

例 句　中間（ちゅうかん）テストで全科目（ぜんかもく）が100点満点（ひゃくてんまんてん）の新記録（しんきろく）を達成（たっせい）し、クラス中（ちゅう）から面目躍如（めんもくやくじょ）と言（い）われて嬉（うれ）しかった。

期中考我創了全科滿分的新紀錄，同學說我出盡了風頭讓我好開心。

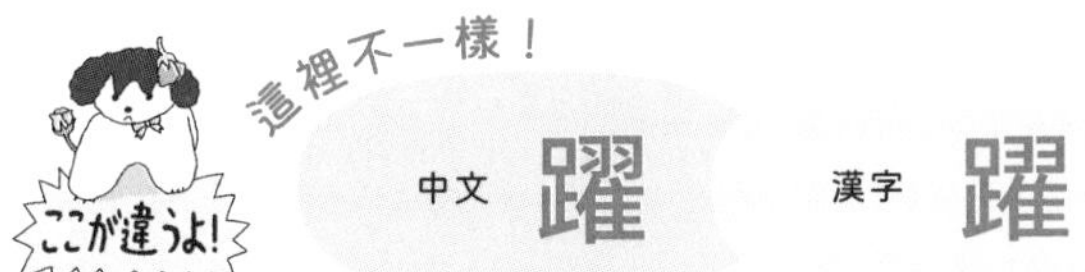

一期一会（いちごいちえ）

解釋

指一生一次的機會，當下的時光不會再來，須珍之重之。

例句1 勉強（べんきょう）も一期一会（いちごいちえ）の精神（せいしん）で取（と）り組（く）んでいくと決（き）めた。

我下定決心學習也要以一生只有一次機會的精神來努力。

例句2 君（きみ）との出会（であ）いは一期一会（いちごいちえ）だと思（おも）えるのは別（わか）れたら、会（あ）えなくなるからだ。

我之所以認為與你的相遇一生只有這麼一回，是因為別離後就無法再相見了。

補充 一期一會源於日本茶道，意思是在茶會時領悟到這次相會無法重來，是一輩子只有一次的相會，故賓主須各盡其誠意。

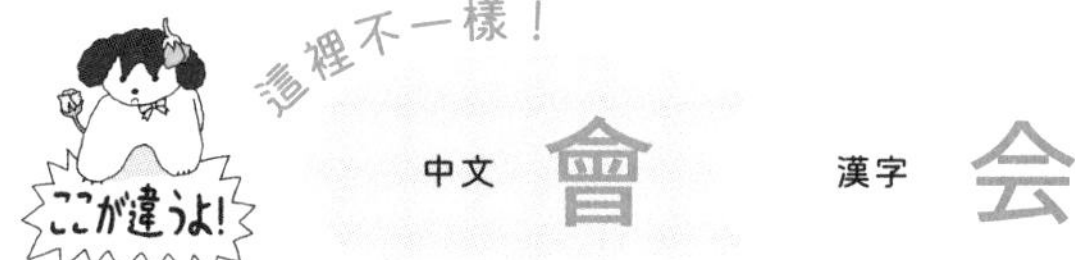

合縁奇縁（あいえんきえん）

解釋

人們之間的各種關係皆來自於奇妙的緣分。

例句 性格（せいかく）が全（まった）く違（ちが）う私達（わたしたち）が親友（しんゆう）になったのは合縁奇縁（あいえんきえん）としか言（い）い様（よう）がない。

個性完全不同的我們之所以能成為閨蜜的原因，只能說是奇妙的緣分了。

天下布武（てんかふぶ）

解釋

以武力取得天下，或是以武家政權來支配天下。

例句 大学時代（だいがくじだい）はテニス部（ぶ）の仲間（なかま）と天下布武（てんかふぶ）を果たすのが目標（もくひょう）だった。

大學時期，我跟網球社團夥伴們的目標就是打遍天下無敵手。

補充 「天下布武」是織田信長印章所刻的詞。

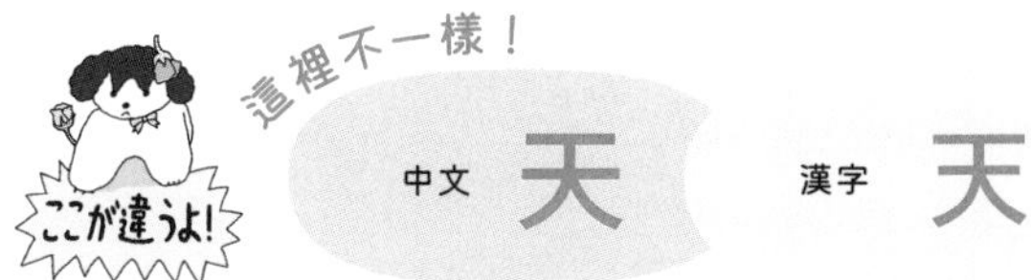

大義名分（たいぎめいぶん）

解釋

對任何人都可以堂堂正正闡明的理由；做人必須遵守的根本道理。

例句1 上司（じょうし）は会社（かいしゃ）にも来（こ）ないで、接待（せったい）という大義名分（たいぎめいぶん）の元（もと）で、毎日（まいにち）ゴルフをしている。

我們上司都不來公司，老是用應酬這個堂堂正正的理由，每天去打高爾夫球。

例句2 政府（せいふ）に国家（こっか）改革（かいかく）を訴（うった）えたが、「大義名分（たいぎめいぶん）が必要（ひつよう）だ」と逃（に）げられてしまった。

雖然我向政府提出了國家改革的訴求，但被以「需要有正當的理由」敷衍了過去。

砲刃矢石（ほうじんしせき）

解釋

以大砲、刀劍、弓箭、十字弓等來譬喻戰爭。

例　句 全国民（ぜんこくみん）の命（いのち）を守（まも）る為（ため）、砲刃矢石（ほうじんしせき）は回避（かいひ）したい。

為了守護全國人民的性命，我希望能避免發生戰爭。

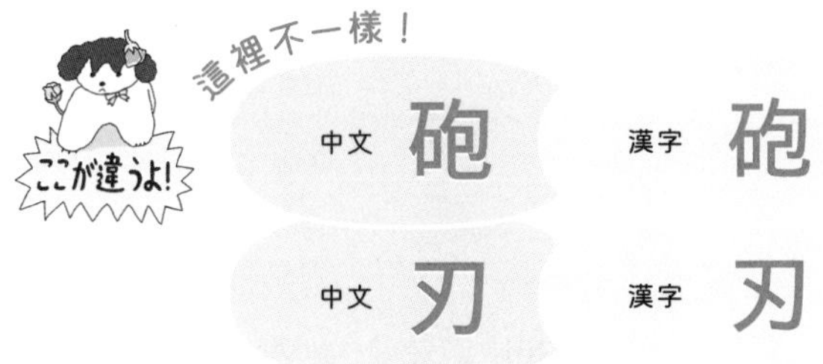

あくぎゃく ひ どう
悪逆非道

解釋

違背人應有的基本道德，做出有違人性的事。

例 句 悪逆非道（あくぎゃくひどう）な行（おこな）いはどんな理由（りゆう）があろうと、厳（きび）しく取（と）り締（し）まるべきだ。

違反人類基本道德的行為，不論理由為何，都應該要嚴格取締。

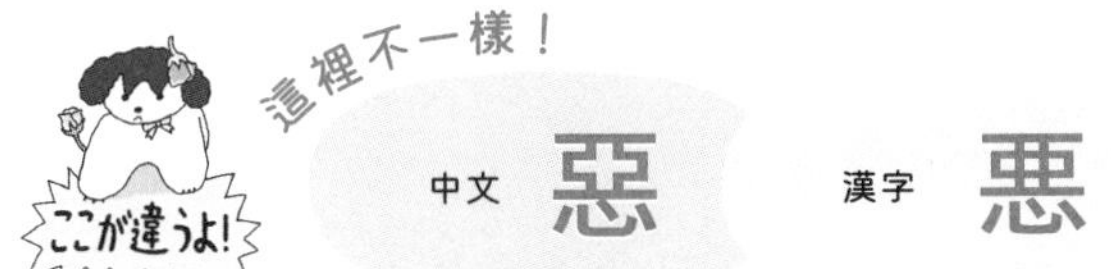

澆季溷濁（ぎょうきこんだく）

解釋

處於道德淪喪、人情淡薄的世代。

例句　澆季溷濁（ぎょうきこんだく）の社会（しゃかい）を憂（うれ）い、私（わたし）は政治家（せいじか）として立候補（りっこうほ）しようと決意（けつい）したのだ。

因為擔憂社會道德的淪喪，所以我決定了要以政治家的身分參選。

補充　也可寫成「澆季混濁（ぎょうきこんだく）」。

乱離拡散（らんりかくさん）

解釋

遭逢亂世，家人離散。形容世界的混亂。

例句　国（くに）が乱離拡散（らんりかくさん）となったのは、為政者（いせいしゃ）のせいばかりではない。投票権（とうひょうけん）のある国民（こくみん）の責任（せきにん）でもある。

國家之所以混亂，不光只是執政者的緣故，具有投票權的國民也有責任。

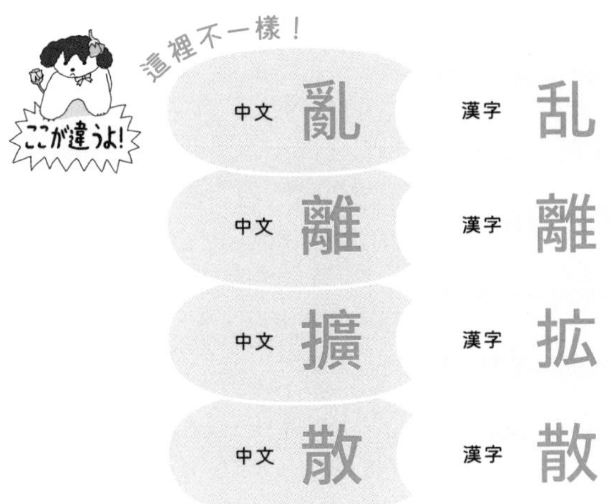

三日天下（みっかてんか）

解釋

形容掌權的時間極為短暫。

例句 近所（きんじょ）のファミリーレストランは人気（にんき）だったが、イタリアレストランが近（ちか）くにオープンしてからは三日天下（みっかてんか）と呼（よ）ばれる程客足（ほどきゃくあし）が遠（とお）く行（い）ってしまった。

我家附近的家庭式餐廳本來很受歡迎，但自從附近開了間義大利餐廳後，客人大幅減少的情形可謂只稱霸三天。

烏兎怱怱（うとそうそう）

解釋

光陰似箭，時光飛逝。

例句 英語（えいご）の時間（じかん）は烏兎怱怱（うとそうそう）とは真逆（まぎゃく）で、1時間（いちじかん）は5時間（ごじかん）と感（かん）じる。

上英文課的時間就跟光陰似箭相反，我感覺1個小時好像有5個小時之久。

補充 古代中國傳説裡有太陽住了三足烏鴉、月亮住了兔子的説法，因此會以「烏兎」譬喻「日月」。

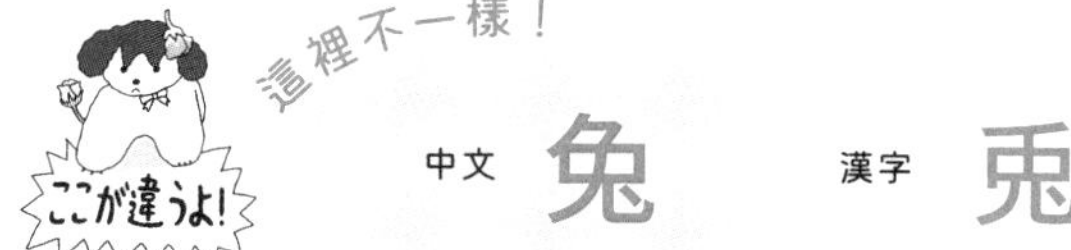

雨奇晴好（うきせいこう）

解釋

晴天好，雨天也很好，各有各的好。就像人生，有好也有壞。

例句 台北（たいぺい）101（いちまるいち）は正（まさ）に雨奇晴好（うきせいこう）で、どんな天気（てんき）でもそれぞれの景色（けしき）を楽（たの）しめる台北（たいぺい）を代表（だいひょう）する観光地（かんこうち）である。

台北101不管天氣是晴還是雨，都能觀賞到它不同的景色，是代表台北的觀光地。

二転三転（にてんさんてん）

解釋

事情的內容、狀況或人的態度再三反覆。

例句 他（ほか）の大学（だいがく）との合併話（がっぺいばなし）が出（で）ていたが、二転三転（にてんさんてん）して合併（がっぺい）は膠着（こうちゃく）して、そのまま消滅（しょうめつ）した。

雖然本校有跟其他的大學談合併，但事情反反覆覆的，導致合併事宜陷入膠著，最後無疾而終。

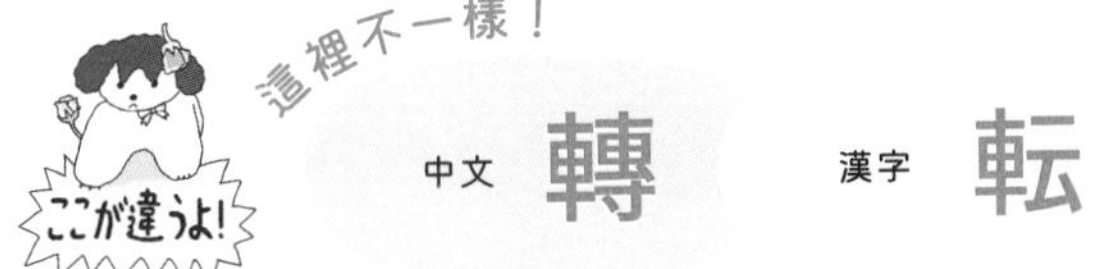

年百年中（ねんびゃくねんじゅう）

解釋

一整年都是。或指不管是睡覺還是醒著，任何時間。從早到晚。

例句 無理（むり）をして車（くるま）を買（か）ったので、年百年中（ねんびゃくねんじゅう）節約（せつやく）しなくてはいけないんだ。

因為勉強買了車，所以我一整年都得省吃儉用了。

いちえいいちらく

一栄一落

解釋

草木在春天開花，秋天落葉。比喻人生既有運勢好的時期，當然也會有運勢差的時候。

例句 政治家と成り上がり、政治献金の問題で罷免されたなんて、正に人の一生は一栄一落だ。

一步登天成為政治家的人，後來竟然因為政治獻金問題而遭到罷免，人的一生真是起起落落。

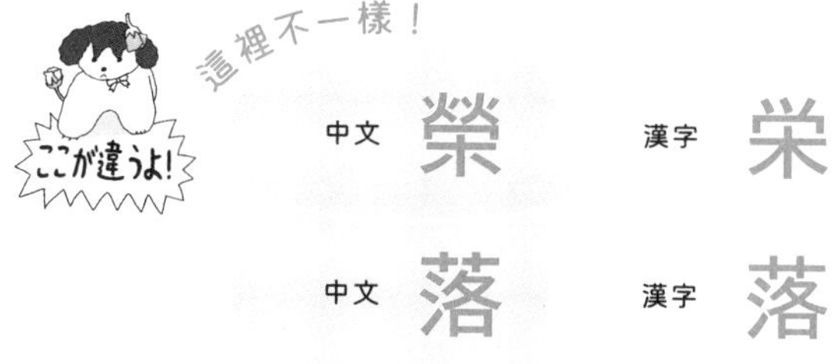

うんぷてんぷ

運否天賦

解釋

人的幸運與不幸都是由上天來安排的。

例句1 一所懸命勉強したから、合格できるかどうかは運否天賦だが、必ず良い結果が出ると信じている。

我很努力念了書，能否考上就聽天由命了，但我相信一定會有好結果的。

例句2 勝(か)つのも負(ま)けるのも運否天賦(うんぷてんぷ)だ。

不論勝敗，全聽上天安排。

しんとうめっきゃく
心頭滅却

解釋

去除心中雜念。不管遇到任何困難，只要除去心中雜念就不會感到痛苦。

例句1 祖母(そぼ)は雪(ゆき)の日(ひ)でも心頭滅却(しんとうめっきゃく)すれば、体(からだ)が暖(あたた)かくなると決(けっ)して暖房(だんぼう)を付(つ)けない。

我奶奶認為就算是下雪天，只要排除心中雜念就不會感到寒冷，所以堅決不開暖氣。

例句2 コロナウイルスでのステイホームも心頭滅却(しんとうめっきゃく)すれば、家(うち)に閉(と)じ籠(こも)る日々(ひび)も悪(わる)くないんだ。

就算因為新冠病毒而居家隔離，但只要心無雜念，窩在家裡的日子也不壞。

りごうしゅうさん
離合集散

解釋

分離與團聚不斷重複發生。

例句 今(いま)の社会(しゃかい)では、人(ひと)の離合集散(りごうしゅうさん)が激(はげ)しいので、すぐ忘(わす)れられてしまう。

現今社會，人與人之間的聚散十分頻繁，很快就會被遺忘。

ゆうめいいきょう
幽明異境

解釋

形容死別。

例句 大好(だいす)きな人(ひと)とも、いずれ幽明異境(ゆうめいいきょう)となる事(こと)を考(かんが)えると、人生(じんせい)とは寂(さび)しいものだ。

一想到和最喜歡的人遲早也會有生離死別的那一天，就讓人覺得人生真是孤寂。

未来永劫（みらいえいごう）

解釋

從現在到未來，永無止盡。永遠、永久。

例句 織田信長（おだのぶなが）が成（な）した素晴（すば）らしい功績（こうせき）はこの国（くに）で未来永劫（みらいえいごう）に伝（つた）えられていくことだろう。

織田信長所完成的偉大功績將永遠流傳於這個國家吧。

絶体絶命（ぜったいぜつめい）

解釋

陷入非常緊迫，或沒有退路的狀態、立場。

例句1 大学（だいがく）の申（もう）し込（こ）みの提出（ていしゅつ）期限（きげん）は1時間後（いちじかんご）に迫（せま）り、絶体絶命（ぜったいぜつめい）である。

距離申請大學的繳交期限只剩下一個小時，實在迫在眉睫了。

例句2 会社（かいしゃ）が絶体絶命（ぜったいぜつめい）の時（とき）に助（たす）けて頂（いただ）いたご恩（おん）は忘（わす）れません。

公司在面臨緊急情況時承蒙您的幫助，這份恩情我永生難忘。

前人未到（ぜんじんみとう）

解釋

從未有人走過，無人到達。用來比喻至今尚未有人完成的事，或是沒有人到達的領域。

例句 前人未到（ぜんじんみとう）のジャングルに遂（つい）に足（あし）を踏（ふ）み入（い）れた。

我終於踏入了從未有人到達的叢林了。

11 自然氣候

さんかんしおん
三寒四温

解釋

在冬天連續三天寒冷的天氣後，會帶來連續四天的溫暖天氣。

例句 地球温暖化（ちきゅうおんだんか）の影響（えいきょう）なのか、二月（にがつ）というのに三寒四温（さんかんしおん）にもならず、暖（あたた）かい日（ひ）が続（つづ）いている。

可能是受到全球暖化的影響吧，二月的天氣不是冷三天暖四天，而是持續暖和。

中文 溫　漢字 温

こはるびより
小春日和

解釋

初冬的天氣就像春天那樣溫暖。

例句 天気予報（てんきよほう）によると、数日（すうじつ）は小春日和（こはるびより）が続（つづ）くというので、家族（かぞく）と山登（やまのぼ）りに行（い）こうと思（おも）う。

因為氣象預報說會持續幾天初冬春暖的天氣型態，所以我想跟家人去爬山。

補　充　「小春」是指陰曆十月，而「日和」則是溫暖晴朗的天氣。

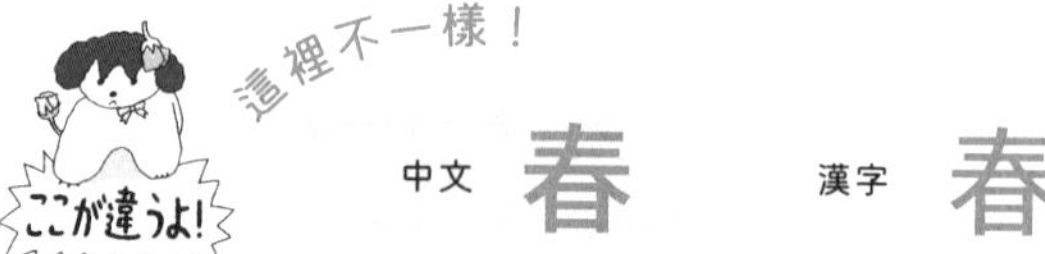

しんりょうとうか
新涼灯火

解釋

初秋涼爽的天氣最適合閱讀。

例　句　猛暑(もうしょ)を乗(の)り越(こ)え、新涼灯火(しんりょうとうか)という。勉強(べんきょう)に集中(しゅうちゅう)できる一番(いちばん)好(す)きな季節(きせつ)だ。

度過酷暑後就是所謂的初秋讀書天。是我能專心念書且最喜歡的季節。

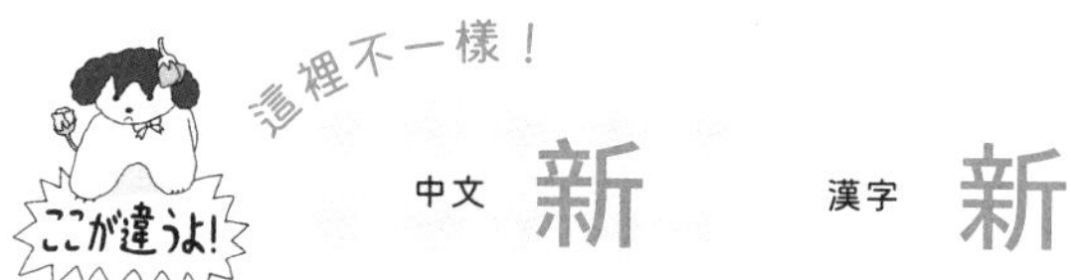

こくふうはくう
黒風白雨

解釋

狂風暴雨，伴隨著大風的強降雨。

例句 台風で昨日は黒風白雨だったから、家の周りに落ち葉や折れた枝が散らばっている。

昨天因為颱風而刮起了狂風暴雨，所以我家附近散落了一地落葉與樹枝。

あんうんていめい
暗雲低迷

解釋

好像現在就要開始下雨；一些危險、不好的事情即將發生；不穩定的局勢。

例句 新しい会社に転職したばかりだが、社内は暗雲低迷の状態で、とても不安に感じている。

我才剛換工作到新公司，但公司內部瀰漫著一股詭譎的氣氛，讓我感到非常不安。

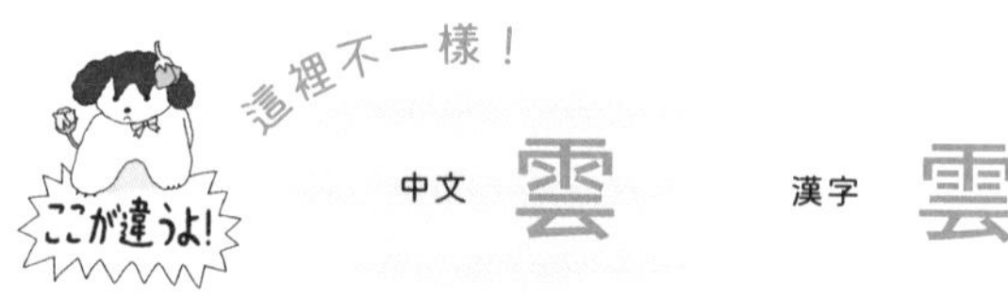

青山一髪（せいざんいっぱつ）

解釋

能看到遠處的山。遠處的山與地平線成為一直線，就像一根頭髮似的。

例句 窓（まど）を開（あ）けると、青山一髪（せいざんいっぱつ）が見（み）えるこの部屋（へや）がお気（き）に入（い）りだ。

我很喜歡這個打開窗戶就能看到山與地平線形成一直線的房間。

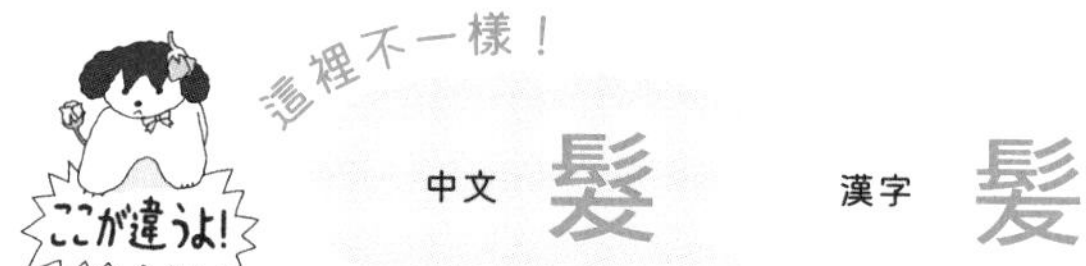

ちょうていきょくほ

長汀曲浦

解釋

綿延不絕的海岸。

例句　沖縄（おきなわ）の海（うみ）は長汀曲浦（ちょうていきょくほ）の眺（なが）めが素晴（すば）らしいと聞（き）いて、友達（ともだち）と訪（おとず）れたが、想像以上（そうぞういじょう）だった。

聽說沖繩有綿延不盡的海岸，景色非常漂亮，於是我就跟朋友一起去造訪，結果比想像的還要美。

12　金錢

はくじつしょうてん

白日昇天

解釋

突然變有錢，富貴起來。

例句　株（かぶ）で財産（ざいさん）を築（きず）き、白日昇天（はくじつしょうてん）し、株（かぶ）だけで生活（せいかつ）できそうだ。

聽說他炒股很快就累積了財富，光靠股票就可以過生活了。

13 其他

いっぽんちょうし
一本調子

解釋

狀況相同，缺少變化。

例句 結婚してから、何の変化も無い一本調子の生活は五年間も続いてきた。

結婚後，我持續過了五年一成不變的生活。

いちぶしじゅう
一部始終

解釋

事情從頭到尾，所有細節也都包含在內。

例句1 怒ってばかりいては分からない。何があったのか一部始終を話しなさい。

你光只是生氣的話，我也無從得知。從頭到尾告訴我發生了什麼事。

例句2 コンビニでお弁当を買う時、隣の高校生が万引きする一部始終を目撃してしまった。

我在超商買便當的時候，全程目擊到旁邊的高中生在順手牽羊。

有象無象（うぞうむぞう）

解釋

數量很多但是卻沒有什麼用途，或指一切有形無形的事物。

例句1 相手（あいて）は大勢（おおぜい）だが、有象無象（うぞうむぞう）の集（あつ）まりだから恐（おそ）れることはない。

對方雖然人多勢眾，但都是一些烏合之眾，無需害怕。

例句2 授業（じゅぎょう）が有象無象（うぞうむぞう）で学生（がくせい）は一人又一人（ひとりまたひとり）と出（で）ていってしまった。

因為上課沒什麼內容，所以學生接二連三地離開了教室。

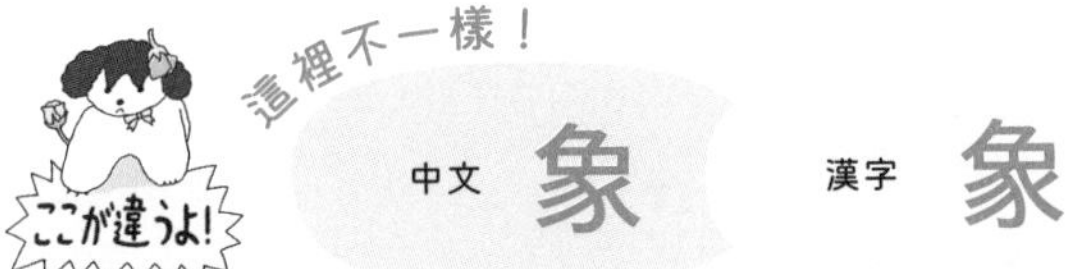

有耶無耶（うやむや）

解釋

指某人、某事物處於「有或無之間的曖昧狀態」。

例句1 僕（ぼく）は隣（となり）のクラスの彼女（かのじょ）に告白（こくはく）したが、有耶無耶（うやむや）にされてしまったので、自分（じぶん）の立場（たちば）が分（わか）らなくなった。

雖然我跟隔壁班的女生告白了，但卻被她含糊其詞帶過，真讓我不知該如何自處。

例句2 父（ちち）は「間違（まちが）えた時（とき）は有耶無耶（うやむや）にせず、正直（しょうじき）に言（い）うべきだ」とよく言（い）う。

我爸常說「出錯時，不要含糊其詞敷衍過去，應該要老實說才對」。

津々浦々（つつうらうら）

解釋

全國各個角落。

例句 バドミントン選手（せんしゅ）の活躍（かつやく）が世界（せかい）津々浦々（つつうらうら）に知（し）れ渡（わた）っているのは台湾人（たいわんじん）として嬉（うれ）しいんだ。

羽毛球選手大放異彩，世界各地無人不知無人不曉，身為台灣人的我感到很開心。

金甌無欠（きんおうむけつ）

解釋

比喻事物完整無缺。尤其會用來形容從未受到其他國家侵略的獨立國。

例句 1 文武両道（ぶんぶりょうどう）の友人（ゆうじん）が金甌無欠（きんおうむけつ）と呼（よ）ばれているのに、実（じつ）は怖（こわ）がり屋（や）で、泣（な）き虫（むし）なんだ。

我那個被稱作文武雙全的友人，其實是一個膽小且愛哭的人。

例句 2 開拓時代（かいたくじだい）はイギリスの植民地（しょくみんち）だったが、アメリカ合衆国（がっしゅうこく）が成立（せいりつ）してからは、世界最強（せかいさいきょう）の金甌無欠（きんおうむけつ）の国（くに）になった。

美國在開拓時期曾是英國的殖民地，但在建立美利堅合眾國後，成了完整無缺的世界強國。

愚問愚答（ぐもんぐとう）

解釋

提出很無聊的問題，以及做出很蠢的回答。

例句 重要（じゅうよう）な討論会（とうろんかい）だからと時間（じかん）を作（つく）って参加（さんか）したけれど、繰（く）り返（かえ）されたのは愚問愚答（ぐもんぐとう）ばかりで、呆（あき）れてしまった。

因為聽說是重要的討論會所以我就撥空參加，結果會中提出的都是些無聊的問題以及很蠢的回答，真令人傻眼。

さじょうろうかく

砂上楼閣

解釋

指容易崩壞，無法長久持續下去的事物。用來形容不可能實現的事。

例句 部長令嬢と結婚して得たこの地位は砂上楼閣だ。

跟經理女兒結婚所得到的這個地位，就如在沙堆上建蓋的閣樓。

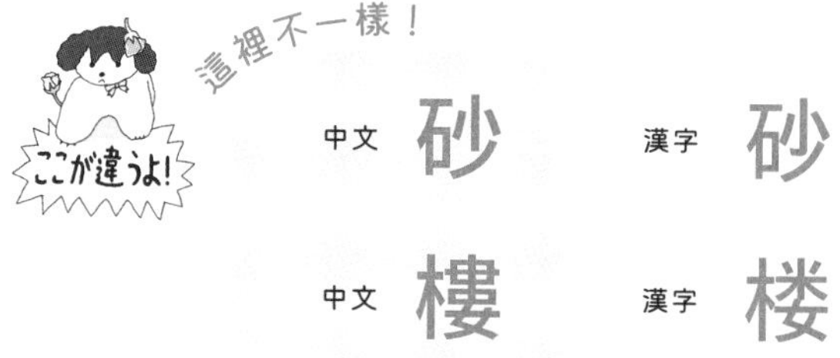

てんちむよう

天地無用

解釋

因為害怕物品破損，所以不能上下顛倒放置。

例句 天地無用を知らないなんて思ってもいなかったよ。平気で上下を逆にするなんて信じられない。

我沒想到竟然有人不知道「禁止倒放」的意思。真令人難以相信會有人很不在乎地把東西上下顛倒放置。

補充 經常可以看到包裹上面貼有「天地無用」。

中文 天　漢字 天

右往左往（うおうさおう）

解釋

如字面意思一樣，一會兒向右，一會兒向左，來來回回，往往復復。形容場面很混亂，沒有頭緒、方向。

例句 1　日本語能力試験（にほんごのうりょくしけん）の日（ひ）が迫（せま）ると右往左往（うおうさおう）して落（お）ち着（つ）かなくなってしまう。

日語能力測驗的日子一迫近，我就會慌了手腳，沒辦法冷靜下來。

例句 2　泥棒（どろぼう）に入（はい）られて、警察（けいさつ）に通報（つうほう）することも忘（わす）れる程（ほど）右往左往（うおうさおう）してしまった。

因為遭小偷闖入，所以我慌得不知所措，連要報案都忘了。

無茶苦茶（むちゃくちゃ）

解釋

胡説八道，完全沒有道理。

例句 上司（じょうし）が立（た）てたプランは無茶苦茶（むちゃくちゃ）で、全（まった）く計画性（けいかくせい）がないけど、誰（だれ）も反対（はんだい）しなかった。

我們上司訂定的方案亂七八糟的完全沒有計畫，但卻沒有任何人反對。

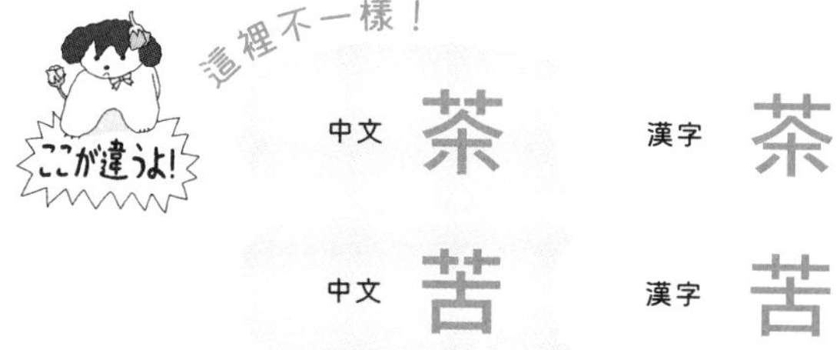

大山鳴動（たいざんめいどう）

解釋

雷聲大，雨點小。用來譬喻小事情卻引起很大的騷動。

例句 息子（むすこ）が急（きゅう）にお腹（なか）が痛（いた）いと言（い）い出（だ）したから、盲腸（もうちょう）かもしれないと慌（あわ）てて救急車（きゅうきゅうしゃ）を呼（よ）んだ。結局（けっきょく）ただの便秘（べんぴ）だったので、大山鳴動（たいざんめいどう）だったのだが、ひとまず安心（あんしん）した。

因為我兒子突然說他肚子痛，所以我想也許是盲腸炎就急忙叫了救護車。結果只是便秘而已，雖然有點小題大作，不過也暫且放心了。

事実無根（じじつむこん）

解釋

與事實完全相反，沒有根據的話。

例句 この噂（うわさ）は事実無根（じじつむこん）であり、誰（だれ）かが私（わたし）を貶（おとし）める為（ため）に流（なが）したものだ。

這個傳聞毫無事實根據，是有人為了貶低我而造的謠。

むりなんだい

無理難題

解釋

沒有道理，不可能解決的問題及不可能達到的要求。

例句 無理難題（むりなんだい）だと言（い）われればそうかもしれないが、実現不可能（じつげんふかのう）ではない。

要說是不合理的要求，或許是那樣沒錯，但也不是無法實現。

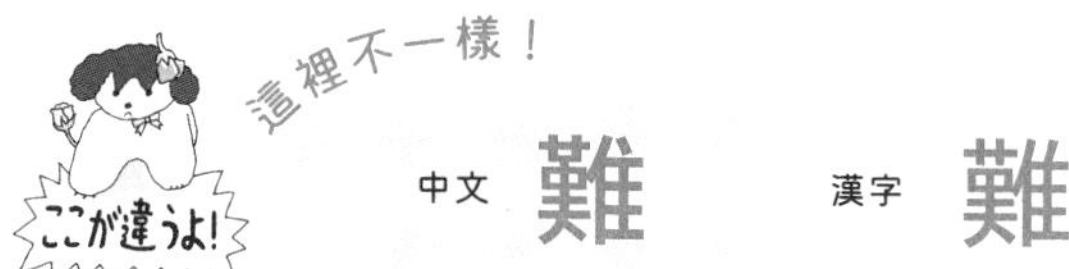

いこみき

已己巳己

解釋

指非常相像的人事物。

例句 私（わたし）は先輩（せんぱい）の家（いえ）へ訪（たず）ねに行（い）ったら、双子（ふたご）のお子（こ）さんが同（おな）じ服装（ふくそう）だったので、已己巳己（いこみき）だと思（おも）った。

我去前輩家拜訪，看到他家的雙胞胎穿著一樣的衣服，好像一個模子印出來的。

補充 因為「已、己、巳」這三個字長得很像，所以有此說法。

日本人的哈拉妙招 日文熟語典 / 張秀慧著. -- 初版.
-- 臺北市：笛藤, 八方出版股份有限公司, 2023.01
面； 公分
ISBN 978-957-710-884-5(平裝)
1.CST: 日語 2.CST: 讀本
803.18 111021527

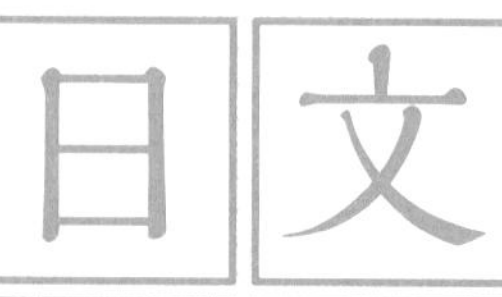

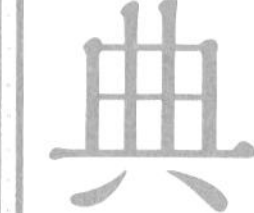

2023年1月30日 初版第1刷 定價580元

著　　者	張秀慧
總 編 輯	洪季楨
編　　輯	陳亭安
編輯協力	饒麗真
插　　圖	Aikoberry
封面設計	王舒玗
內頁設計	王舒玗
編輯企劃	笛藤出版
發 行 所	八方出版股份有限公司
發 行 人	林建仲
地　　址	台北市中山區長安東路二段171號3樓3室
電　　話	(02) 2777-3682
傳　　真	(02) 2777-3672
總 經 銷	聯合發行股份有限公司
地　　址	新北市新店區寶橋路235巷6弄6號2樓
電　　話	(02) 2917-8022‧(02) 2917-8042
製 版 廠	造極彩色印刷製版股份有限公司
地　　址	新北市中和區中山路二段380巷7號1樓
電　　話	(02) 2240-0333‧(02) 2248-3904
印 刷 廠	皇甫彩藝印刷股份有限公司
地　　址	新北市中和區中正路988巷10號
電　　話	(02) 3234-5871
郵撥帳戶	八方出版股份有限公司
郵撥帳號	19809050